砥上裕將

TOGAMI Hiromasa

11 millimeters of us

11ミリのふたつ星

視能訓練士
野宮恭一

講談社

目次

献辞

初めてお会いしてから、ずっと変わらずに温かいご支援を頂いた東淳一郎先生に、感謝を込めて。先生の思いや医師としての生き方がなければ、この物語は生まれませんでした。誠実に働き続けることを通して磨かれた言葉や行いの輝きは、物語に与えられた光です。

ロービジョンや訓練についてさまざまなご教示とご支援を頂いた村上美紀先生。先生の眼科医療に対する情熱がこの作品の熱量と温度そのものでした。諦めずに前に進み続ける力は北見眼科医院に伝わりました。

お忙しい中、視能訓練士としての経験を惜しみなく伝えて下さった平良美津子先生。先生の経験や努力は物語に差し込む光芒そのものでした。先生の経験や思いが未来に続くのだと信じ、拙著を書き上げることができました。

そして、今日を生き、職務に励み、勤めてくださる医療従事者の方へこの作品を贈ります。誰かの幸福と健康を願い、働き続けてくださることを、変わらずに想いながら。

カバー装画……杉山　巧
装幀…………大岡喜直（next door design）
表紙水墨画／砥上裕將

11ミリのふたつ星

第1話

さまよう星

誰かと向かい合っている時、瞳《ひとみ》の奥を覗《のぞ》き見てしまう癖《くせ》がある。

昔はただの癖だった。じっと瞳を見て話すので気味悪がられたりした。どれだけ注意されてもなおせない僕の欠点だった。

いまは昔よりも、もっとひどくなっている。だが気味悪がられることはもうない。僕はやっと瞳を覗き見ていても、問題なく過ごせる場所に腰を下ろすことができた。

仕事を始めてそろそろ一年になる。僕は職場で、いつもその光を見ていた。

瞳に映る小さな光を見つめると、かすかに揺らぎ、瞬《またた》いているようにも見える。その不安定な光の美しさを見ていると時間を忘れてしまう。

前口径約24ミリ、重量約7・5グラム、容積約6・5ミリリットルの中に宿る光は、この世界のどんな場所に現れる光とも違う輝きを放っている。それはなぜかと考え始めると、今日も目を逸《そ》らせなくなった。

今もその光を見つめている。

「野宮《のみや》さん、お話、聞いて頂けていますか。日曜日空いてます……、よね？」

声が意識に届いた時、反射的に頷《うなず》いてしまった。

ぼんやりと見つめていた彼の瞳から目を逸らすためだ。

勤務先の近くのブルーバードという喫茶店でのことだった。

喫茶店のマスターらしい三井《みつい》さんの柔らかい声が響いた。長身白髪の三井さんは、直立不動のままコーヒーカップを磨《みが》いていた。顔を上げると僕の方を見ていた。すると彼は、上品に整えられた髭《ひげ》の角度を変えて微笑《ほほえ》んだ。

ぼんやりしながら真っ赤なナポリタンを頬張っている時で、口の周りには大量のケチャップを付けていたはずだ。慌てて話し始めて、

「はひ、あひていまふ」と曖昧《あいまい》な発音で返すと、彼はもっと優しく微笑んでくれた。まだ食べている途中だったのだ。

落ち着いて、と言ったあとに、孫を見つめるお祖父《じい》ちゃんのように優しく待ってくれた。実際、そのくらいの年の差かも知れない。社会人になりたての孫と、定年後も働き続ける祖父。そんなふうにも見えるだろう。事実、彼は親戚《しんせき》のお爺《じい》ちゃんのように優しい。急いで美味《うま》すぎるナポリタンを胃の中に押し込んで、もう一度答えた。

「はい、空いています。どうかしたんですか」

目が線になってしまうくらい微笑みが増して、

「いえ、実はお願いがありまして。日曜日にここでイベントをするのです。普段は、私とそこ

の門村《かどむら》君とパートの方と三人で行うのです。けれどもパートの方が今日、急にご親族が危篤になってしまったようでご実家に帰らなければならないということなのです。突然のことで人手が足りなくなってしまったので」

「この喫茶店の手伝いをするということですか」

「まあ、平たく言えばそうなります。一日だけなのですが、今からでは誰にも頼めそうにないのです」

「僕で大丈夫でしょうか。僕は不器用だし、細かい仕事は苦手です。いまだに職場の病院でも、高価な機器を壊しそうになって先輩に叱《しか》られていますが」

かつて父からは「何事もゆっくりな」と教えられ、母からは二十歳《はたち》を越えても「周囲をちゃんと確認してから動きなさい。車にも気をつけなさい」と注意され、妹からは『残念イケメン』とからかわれてきた。僕は何事もそつなくこなすことができるように見えるらしいのだけれど、実態はその真逆だ。教えられたことや決められたことをただこなすだけでも、時間がかかる。

そのせいで、医療系の大学に行くことも猛反対された。高校の担任の教師にも、家族にも、他の親族にもだ。実際、大学に入ってからも苦労した。

不器用すぎて留年しそうになり、就職先もなかなか見つからなかった。

三井さんの背後に並べられた高級そうなティーカップを見て唾《つば》を飲み込んだ。僕では触れた瞬間に壊してしまいそうだ。僕の硬い声音に気付いたのか、三井さんは笑った。

「いえ、そんなに難しいことをして欲しいとは思っていないのです。簡単なお手伝いと、何と例えればいいでしょうか。命綱みたいなものでしょうか。私たちはほら二人そろって……」

そうだった。彼らは二人とも、緑内障だった。

マスターである三井さんは重度の視野の欠損がある。こうして、普段問題なくお店で働いていること自体、様々な工夫の末に成し遂げていることだ。

同じくお店で働くピアニスト兼ウェイターの門村さんも三十代半《なか》ばとはいえ、左斜め下の視野が大きく失われており、普段の生活でも躓《つまづ》くことが多い。

二人とも治療に意欲的で、視野欠損を食い止めてはいるけれど、見えない部分は生活の中でどうしても存在してしまう。

「なるほど。僕は、医療従事者としての知識を生かして、お二人のサポートに回ったらいいのですね」

三井さんは、微笑んだ。

「普段の営業なら二人で可能なのですが、いつもと違う特別なイベントなので何が起こるか予測がつかないのです。予測できなければ、私たちは動きにくくなります。そのときにサポートして下さる方が私たちには必要です。野宮さんなら、間違いないと思いまして」

「なるほど。何か起こった時でも、僕なら責任をもって説明できますものね」

僕はやっと微笑むことができた。説明なら僕にもできそうだった。なぜなら彼らのカルテを書いているのは、他《ほか》ならぬ僕自身なのだ。二人の視野の島まで思い出すことができる。

「そうです。実際やることといったら、『何かが起こらない限り』ほとんど何もありません。ここにいて私たちを見て、コーヒーを飲んでいてください。他のことは私たちがします。報酬はお昼ごはんとコーヒー代ということでどうでしょう？　日曜日はイベント用の特別メニューです。ひさしぶりのハンバーグですよ」

それを聞いて、動きが止まった。ブルーバードのまん丸のボールのようなハンバーグは幻のメニューなのだ。特別な日しか提供されない。それを休日にタダで食せるという。断る理由はない、と目が訴えていたのだろう。彼のわずかに残された中心視野にも僕の瞳の輝きが映ったのかも知れない。ケチャップが口《くち》の端《はし》についていることまで見えるだろうか。

「じゃあ決まりということで。開店前にお店に来てください。そして座っていてください。ただそれだけです。よろしくお願いします」

彼は丁寧に頭を下げた。僕も同じくらい深々と頭を下げた。そうすべきだと思った。頼まれたこと自体が嬉《うれ》しかった。

「では、日曜日に。門村君も喜ぶと思います。あっ、早く食べないとお昼休み終わってしまいますよ」

僕はナポリタンを頬張《ほおば》った。

「口にケチャップがついているから、帰り際には気を付けて」

と三井さんに言われた。

それで日曜日の朝、開店前にブルーバードへの道を歩いていた。

北見《きたみ》眼科医院の脇《わき》を抜けて住宅地を歩くと、遠くからでも鮮やかに地面が色づいているのが分かった。梅の赤い花びらが真っ黒いアスファルトに無数に敷き詰められている。道路の全面は赤一色だ。近づいてみると古い家屋の前だった。ブルーバードはその向かいにあった。

鮮やかな色味につられて、梅が散り始めた頃からこの家が視界に入るようになった。どうやら空き家になっているらしく、敷地《しきち》の中は雑草が茂って蔓性《つるせい》の植物も生《は》えている。古い日本家屋で、瓦《かわら》も塀も立派だ。元は豪壮な家だったのだろう。木も多く花も多い。それだけに庭の荒廃は遠目にも際立つ。外観はまだまだ保《たも》たれているが、手を入れなければ近いうちにそれも確認できなくなりそうだ。

こんな家は、この辺りでは珍しくない。街も人も、少しずつ古くなっている。

店に近づくと花びらが靴に張り付いた。あまりにも鮮やかな花びらだったので拾い上げようと屈《かが》むと、胸ポケットから白色の棒が落ちた。猫のキャラクターのついたペンライトだ。ペン先の部分と、キャラクターの目が光るおもちゃだった。

職場の広瀬真織《ひろせまおり》先輩から、少し早いけれど、勤続一年のお祝いとして先日貰《もら》ったものだ。なぜだかどんなときも身に着けていろと言われたので、こうして休日にも持ち歩くことになってしまった。僕は細かいことをすぐに忘れてしまうから、仕事の時だけ身に着けて、休日は着けないなんて器用なことはできない。しばらくは着けて習慣化しておこうと思っていた。

「これ何の意味があるんですか」と訊《たず》ねても、

「意味は後で分かるから。きっと私に感謝することになるよ」と、機嫌良さそうに言った。そのときは素直にお礼は言えなかった。いつも持っているなんて、とてもめんどくさい。

渋《しぶ》い顔をした僕を無視して、彼女は、

「本当にちょうどいいペンライトを探すのにお店を三軒も回ったんだから。絶対身に着けておいてね」と続けた。得意そうに言った。心なしか弾んだ声だった。ペンライトのあまりの可愛《かわい》さを奇妙に思いながら眺《なが》めまわしていると、

「こんな小さな灯《あか》りが一番大事なんだよね。強すぎても弱すぎても役に立たない。ほんと、こういうのこそが、ちょうどいいんだよ」

と、僕の手からペンライトを取り上げてスイッチを入れた。光量は彼女の言う通り明かる過ぎず暗過ぎもしない。いうなれば、性能的には微妙な代物だった。もっと小さくても、使いやすく、強く光るものもある。キャラクターがついていることに価値があるのだろうか。

猫のキャラクターについて訊ねると、「それは私も知らない」と言われた。本当にどういう基準で選んだのか分からないプレゼントだ。

でも、この一年を評価されたようで嬉しかった。

仕事をはじめて一年が経とうとしていた。職歴に小さな灯りが一つ灯《とも》ったような気がした。

僕は赤と黒のアスファルトに落ちた真新しいペンライトを拾い上げて、花びらを手に持った。すると風に吹かれてすぐに消えてしまった。

向かい風で、鼻先が冷える。春がまた遠くなった気がした。どこかで、甲高《かんだか》い鳥の声が聞こえた。ルリビタキが近くにいるのだろうか。この地域では青く美しい鳥が時々姿を見せる。

僕は暖を求めて、ブルーバードの木製の重い扉を開けた。カウベルが鳴り、

「おはようございます！」と門村さんの元気な声が聞こえた。

がっしりとした体軀《たいく》に長い腕、四角い顔、やや低めの身長、元気な強い眉《まゆ》、繊細さとは無縁な武骨な印象の男性だ。

だが、彼はピアニストだ。

去年、脱サラをして諦《あきら》めきれなかった音楽の夢を追いかけ始めた。緑内障が発覚したことと、その病気によって三井さんと出会ったことが彼の再スタートを後押しした。暗くとげとげしかった彼の雰囲気は、営業中にいつも着ている真っ白なシャツのように明るくなった。今日はエプロンを着けていない。開店前だからだろうか。店には珍しく音楽もない。

「今日はもしかして門村さんのライブですか」と近づいて挨拶《あいさつ》すると、

「マスターから聞いていませんか。そうです。今日はライブとマスターによるコーヒーの淹《い》れ方講座です。そこそこお客さんが入るみたいです」

「なるほど。いつもと違うこと、というのはそういう……」

「ええ。うちで初めてやるワークショップなのですが、マスターのコーヒーに熱心なファンの方がいて、どうしてもということで。他の常連の方の希望も多かったので、今日は気合が入っています。私もマスターも」

力こぶを作って見せた彼と一緒に僕も笑った。

「とりあえずコーヒー淹れますね。ゆっくりしていてください」

と、彼は緑内障であることを思わせないような軽快な歩みで厨房《ちゅうぼう》に戻った。傍目《はため》には彼が左斜め下の足元がほぼ見えていないことなど分からない。ただ元気なお兄さんのように見える。歩き慣れた場所、知り尽くした空間でなら、彼は間違いなくそんなふうにいられるのだ。

席に着きながら、短い言葉を交《か》わしただけで、僕はさっきよりも気分がよくなっている自分に気付いた。

彼は元気だ。

僕は職場であんな笑顔を浮かべていられるだろうか。


コーヒーがやって来たころ、カウベルが鳴った。開店よりも少し早い。店内が明るくなり、ドアに視線を向けると重なった二人の影が見えた。

小さな子どもと細身の女性の影だ。二人とも、ぶ厚いコートを着ている。光の中から出てきたのは、幼稚園児くらいの女の子と、そのお母さんだった。お母さんは女の子の手を握っていた。案の定、扉が開くと走り出そうとして引き止められていた。足元の段差を気にせず、飛び出そうとしていたのだ。

「灯《あかり》、走らない。周りをよく見て。おっちょこちょいなんだから」

と、たしなめられている。その姿に懐《なつ》かしさを覚えた。

僕も小さなころ、よく言われた。

「恭一《きょういち》、よく周りを見なさい。ぶきっちょなんだから、よく見て行動しないと、また何か壊すでしょう」

何度も言われているうちに気にも留《と》めなくなったけれど、両親に言われたことは事実だった。僕は大きくなってもいろんなものにぶつかって、よく何かを壊す。先日もあまり安くはない機材を一つ壊してしまった。僕は、自分には見えない突起物に引き寄せられるように、何かにぶつかってしまう。

彼女は手を引かれるまま、そっと段差を下りてこちらに近づいてきた。門村さんの方を見ている。

「すみません、ちょっと早く来すぎてしまいましたか。灯がどうしても門村さんに会うんだって聞かなくて。はやくピアノが聴きたいって」

話している間にも、カウンターから出てきた門村さんに走り寄り抱き着いている。彼は照れながら、

「ありがとうございます。そう言っていただけると励《はげ》みになります。イベントが始まる前にちょっとウォーミングアップをしようと思っていたので、よかったら聴いて下さい」

彼は小さな段差のあるステージの方へ歩き出したけれど、彼女は門村さんのジーンズに絡みついて離れない。苦笑いしながらピアノに向かっていたが、段差のところで、もう一度彼女はこけそうになった。

彼は慌てて身体《からだ》を抱《かか》えて、演奏用の長椅子《ながいす》の隣に座らせた。

彼女は、周囲も照り輝くような満面の笑みを浮かべて、彼と目を合わせた後、両手を膝《ひざ》に置いた。鍵盤《けんばん》をじっと見つめている。二人が並んで座ると彼女はとても小さく見えた。

丁寧にコートを脱ぐと膝の上に置いた。

お母さんもコートを脱いで、ピアノの傍《そば》の席に座った。門村さんが右手を鍵盤の上に掲げると周囲から音が消えた。コーヒーの香りがやけに鼻孔をくすぐる。

右手の音だけで演奏が始まった。弾《ひ》き始めたのは、なんと『きらきら星』だった。灯ちゃんの笑顔がまた輝度を増した。身体はリズミカルに揺れ始めた。

顔を振った時、彼女の瞳が見えた。輝いていた。星が瞬いているようだな、と思った。

僕の脳裏にも子どもの頃、覚えた歌詞が浮かんだ。けれども夜空の星の代わりに頭に浮かんでいたのは、暗室に灯る人工的な光だった。検査のためにいつも見ているからかも知れない。暗闇《くらやみ》の中で光を観測するのが僕らの仕事の本質だ。

メインテーマが終わると、彼は左手を追加してきらきら星に似た、きらきら星ではない曲を弾き始めた。アドリブだとすぐに分かった。彼がきらきら星をより美しく展開しているのだ。音色がさらに軽快になり、彼女の肩が門村さんの腕にぶつかると彼は微笑んだ。二人で踊っているようだった。見ている僕らも楽しくなるような時間が広がっていた。

夜空には星の瞬きを消し去るような極大の花火が打ち上げられていた。彼女の手拍子がリズムに重なった。

「今日は良《い》い演奏ですね」

と、背後から柔らかな声がした。エプロンを着けた三井さんが立っていた。ピアノの小刻みな和音で声は途切れて聞こえる。僕は頷いた。

「最近、腕を上げましてね。遠くから彼の演奏を聴きに来る人もいるのですよ。器用になんでもできるピアニストではないけれど、彼にしかできないことが確かにある。もう二、三年はここにいてくれるかと思ったのですが、案外いなくなる日も近いかもですね」

そう言いながらも嬉しそうだった。

「彼女が熱烈なファンですか」と、灯ちゃんを見つめながら訊ねると、

「お二人ともですよ。灯ちゃんも夕美《ゆうみ》さんも」

お母さんの名前は麻木《あさぎ》夕美さんというらしい。お子さんの灯ちゃんを伴って忙しい合間を縫ってお店に通ってくれているとのことだった。

きらきら星が鳴り止《や》まぬうちに、お店には人が入り始め、そのままライブとなりイベントは始まった。演奏が終わった時には拍手喝采《はくしゅかっさい》で、灯ちゃんは大満足のようだった。まるで自分に向けられた賞賛のように、得意げに周りを見ていた。

夕美さんが彼女をステージから下ろそうと声をかけると一瞬、こちらを振り向いた。僕はぼんやりとその様子を見ていたのだが、彼女がこちらに顔を向けた間、その喝采《かっさい》は消え去った。

灯ちゃんの目が、白目になっていた。

何が起こっているのか分からなかった。その後、何事もなかったかのように彼女は椅子から

下りてステージから客席に戻ってくる。そのときには白目は消えていた。

僕は瞬きをして、もう一度彼女を見た。何もおかしいところはない。

「どうしたのですか」

と三井さんに訊ねられて、

「いえ、ちょっと疲れ目かもと思いまして」と言うと、

「神経を使う仕事ですからね」と労《いた》わられた。僕は愛想笑いをして「そうかもですね」と職場でよく使う無機質なトーンの言葉を放った。会話はそこで途切れた。それから三井さんは、アイコンタクトで門村さんに合図を送り、彼がステージの上で挨拶を始めた。

三井さんは人数分のコーヒーを淹れるためにカウンターから離れ、演奏が始まった。ライブの後に、コーヒーの淹れ方講座ということなのだろうか。僕は、すすんでコーヒーをテーブルに運ぶのを手伝った。

「ゆっくりで大丈夫ですから」と、三井さんは言った。皆、演奏に集中していて、誰も動いていない。いまならカップを運べそうな気がした。僕は一客ずつ両手で運んでいった。

お客さんは僕が来ると微笑んでくれた。僕も同じように笑った。僕にもコーヒーが運べた。

普段の業務と違うことをするのが、なぜだか楽しかった。芳《こう》ばしい香りに満たされた空間に、甘く心地よい音が広がっていた。真っ黒なコーヒーに真っ白なクリームが渦を巻きながら溶けていくような感覚だった。

僕はその空間の中を丁寧に歩きながら、渦を回転させ続けていた。門村さんの気持ちが少し

分かったような気がした。

ライブの後、昼食が終わり、三井さんの講座が始まると途端にやることがなくなった。僕は壁に掛けられた青い鳥の写真を見ながら、さっきの昼食の味を思い出していた。ハンバーグは最高だった。余韻に浸りながら彼の話を聞いていると、白目のことは忘れてしまっていた。古い喫茶店の匂《にお》いとハンバーグの風味が混ざり、休日が味わい深いものになった。

彼の声が遠くで聞こえていた。

たぶん、彼の話が専門的過ぎて、僕には分からなかったからだろう。どうやら初心者に向けた講座ではなくて、玄人《くろうと》向けのものだったようだ。実際に店舗を経営している人も混ざっているらしい。彼のコーヒーはその道では有名なものなのだそうだ。講義を受けるお客さんの瞳孔《どうこう》は開いている。技術的な説明が終わり、ドリッパーからコーヒーが落ちてくるのを待っている時間に三井さんは目を細めて語り始めた。瞳は泣いているのか、微笑んでいるのか分からない。

「こうして何度コーヒーを淹れたのか分かりません。分からなくなるくらい淹れても答えは見出せません。ですが、コーヒーを淹れることが私を支えているなあと思うことがよくあります。私の人生で唯一変化しなかったものです。私は緑内障です。ずいぶん昔から、このドリッパーやサーバーの全体は見えないのですが、いまこれがどうなっているのか手に取るように分かります。想像することで細部を知ることができて、次に何をすべきかが分かります」

彼はポットを傾けて回し、巧《たく》みな動作で適量のお湯を豆に注ぎ足した。

「全部が見えているわけではないから、もしかしたら今の手順は正しいかも知れないし、正しくないかも知れない。でも、繰り返し想像すると、ふと次の一手が見えてくるんですよ。もしかしたら完全には見えないからこそ、コーヒーを淹れるということが好きなのかも知れませんね。皆さんもときどき、目を閉じて確認してみてください。香りや温度や自分の動作を。するといも思いがけない発見がありますよ」

でき上がったコーヒーを小さなガラスのコップに少しずつ注いで、全員に配った。皆、真剣に色を見て、香りを感じて、最後には目を閉じて味わった。感覚に集中した大人の気配が広がっていく。

夕美さんも同じことをしていた。隣では、灯ちゃんが大人しく座ってテーブルの紙ナプキンで折り紙を始めていた。あまり上手には折れていなかった。やっぱり僕と同じで不器用な子なのかも知れない。彼女の様子をじっと眺めていると、ふいに夕美さんと視線がぶつかった。小さく会釈されたので、僕も細かな動きで頭を下げた。少し見過ぎだったろうか。

ワークショップが進み、人もまばらになった頃も麻木さん親子は残っていた。

とくに夕美さんは熱心で、三井さんに質問をぶつけていた。

二人の話が長引き深くなっていくと、灯ちゃんは退屈そうに席から離れてしまった。門村さんも洗い物などで忙しそうだから、誰も彼女にかまっていなかった。

僕は彼女の姿を目で追い、観察していた。仕事の癖が抜けない。

じっと見ていると、彼女はそれほどせっかちな性格というわけでもないことが分かった。注意深く足元を確認して歩いているし、急に騒ぎ出すこともない。見ていなくても大丈夫ではないかと思っていた矢先、ピアノに近づこうとして段差で転んだ。

僕は慌てて「大丈夫？」と声をかけながら近づいた。

助け起こそうとしたとき、顔を上げた彼女の左目は一瞬、また白目になった。白目になったというよりも、白目の面積が大きくなっていた。僕は瞳をじっと見つめた。彼女も目を逸らさない。次第に瞳が潤《うる》み、大声で泣き出してしまった。

「ちょっと、あの、すみません！」

夕美さんが近づいて来たことに気付いて、視線を逸らした。彼女は灯ちゃんを庇《かば》うように抱き留めている。色白の眉間《みけん》に皺《しわ》が寄っている。

やってしまった、と思った。僕の悪癖だ。どうしようもなく瞳に惹《ひ》き付《つ》けられてしまった。また遠慮なく見つめ過ぎて怖がられてしまったのだろうか。ただ、僕には引っかかることがあった。何かが、おかしい。僕があまり見たことのない光だった。職業的な感覚を刺激する何かがある。

「すみません、じっと見てしまって。どうしても気になってしまったものですから」

僕が謝ると眉間の皺が少しだけ解かれた。爪楊枝《つまようじ》二本重ねたくらいだろうか。もっと浅いかも知れない。

「いえ、こちらこそ子どもから目を離してしまいました。どうぞ、お構いなく」

彼女は一瞥《いちべつ》した後、席に戻った。僕は彼女を呼び止めようとしたが、その隙《すき》も与えてくれなかった。完全に警戒されている。彼女は帰る準備まで始めてしまった。仕方ないと思い、席に戻ろうとすると、三井さんが声を上げた。

「あちらは野宮さんといって、私がお手伝いを頼んだ方です。怪しい人ではありませんよ。言うなれば、今日はうちのスタッフです」

彼女は立ったまま、灯ちゃんの肩を押さえてこちらを見ていた。僕はもう一度会釈した。警戒は解かれていないようだ。

「そうなのですね。あの方がこちらをじっと見ていたようなので、小さな子どもを連れてきてご不快だったかなと思ってしまいました。なんというか、ここは大人の空間ですから」

彼女の強い声を聞いて、僕も眉間に皺を寄せた。僕らは同じような顔をしていたのだろう。

「思うところがあるのならおっしゃっていただけませんか」

と三井さんに促《うなが》され、僕は口を開いた。

「じっと見ていて、すみませんでした。ただ少し気になったことがあったものですから」

「気になったこと?」彼女はまた娘を引き寄せた。

僕は深呼吸をした後、一歩近づいた。同じだけ彼女も下がる。僕は立ち止まった。

「よかったら、今ここで簡単な検査をさせてもらえますか? すぐに終わる検査です」

「検査って、あなたお医者さんか何かなのですか?」

「いえ、僕は……」

と説明を始めようとした時、門村さんも横から出てきた。気が付くと、店内にお客さんは誰もいなくなっていた。

「夕美さん、彼は眼科に勤める医療従事者の方ですよ。とても腕のいい……、なんて言ったかな？」

僕は軽く微笑んだ。やっぱり、僕らの職業名はあまり定着していない。息を吸い込んで、

「僕は、視能訓練士です」と言うと、また首を傾《かし》げられた。

医者でもなく、看護師でもなく、腕がいいとはどういうことなのだろう、と彼女の顔に書いてあった。

しかも、視能訓練士とは何だ？　訓練士なのに、検査？　そんな表情だった。

病院にいなければ、こうやって何もかも説明しなければならないのだ。彼女の足が止まった。僕は二人に近づき、

「眼科の検査技師のようなものです。簡単なテストですから」

と、灯ちゃんの前にひざまずいた。近づくと小さな顔の作りがはっきりとしてきた。目の全体も瞳も小さくない。いまはまっすぐにこちらを見ている。

「では、失礼します」と夕美さんに断りを入れると、彼女は頷いた。

「僕のおでこのこの辺りを見ていて」と指差して、一瞬だけ注視してもらい、右目から検査するため左目を手のひらで隠した。これで検査ができる、と思った時、手が払われた。もう一度、同じことをすると「嫌！」とはっきりと言われ、今度は手を叩《たた》き落《お》とされた。夕美さんの

視線が刺さっているのが気配で分かる。

「目を隠すのは嫌」不機嫌そうにこちらを射抜いている両眼があった。瞳孔も、それほど小さくない。もう少し協力してくれたら検査はできる。

夕美さんを見るけれど、力を貸してくれそうにない。ふと、灯ちゃんが僕の胸ポケットのあたりを見ているのに気が付いた。胸ポケットのペンライトを見ていた。正確にはペンライトのキャラクターを見ていた。

「これ知ってる？」と訊ねると、コクンと首を縦に振った。実は、僕は知らない。

「キラニャン……」と小さな声がした。

これはキラニャンというのか……。確かに顔を乗り出して目を光らせるような特徴的なポーズをしている。

「じゃあ、このキラニャンの目を見ていてくれるかな？　ほんの少しの間、この子の目を見ているだけでいいよ。できるかな」

数秒考えた後、灯ちゃんは「できる」と答えた。気が変わらないうちにやるしかない。

僕はペンライトを胸ポケットから取り出し、軸をひねった。するとキラニャンの目が光った。「おお」と彼女の高い声が響いた。子どもにしか発することのできない声だ。誰かの心を開いてしまう甲高い声音だった。僕は「じゃあ、いくよ」と声をかけてから、彼女の目に光を当てた。

全神経を親指の先ほどもない小さな的に集中した。勝負は一瞬で決まる。

「見るんだ」

と、脳裏で自分の目に語り掛けた。彼女が注視してくれるのは、たぶん数秒で、そして一回だけだ。外せない。

キラニャンの光が彼女の真っ黒な瞳に当たる。僕は腕をしっかりと止める。光源と彼女の瞳との距離は約33センチ。輝度は、高すぎず低すぎもしない。本当にちょうどいい。目を見開き、黒目の中の光の位置を確認する。

勘違いであって欲しい。勘違いの方がいい。でも、もし勘違いでなければ、今、見つけないと貴重なチャンスを逃してしまう。でも、間違っていてほしい。

願いながら、彼女の黒目の中心を確認した。

11ミリの光を吸い込む黒い的を見つめた。大人でも子どもでもこの大きさはほぼ変わらない。光は角膜に吸い込まれていく。小さな星の光のようだ。

このたった11ミリ。

小指で押した先ほどの的を通して、人は世界を見ている。多くの人が生まれながらに宿すふたつ星だ。

あるべき場所にそれがあることを祈りながら……。だが思い描く光は、その場所にはなかった。ライトが点《っ》いていることをもう一度確認して、瞳の中を覗き見た。光は瞳の中の暗い縁をさまよっている。

星はさまよっている。

右か、左か……。

僕の表情が曇っていたのだろう。

「どうしたんですか?」と不安そうに夕美さんが声をかけた。灯ちゃんも口をすぼめた。僕は答えなかった。

僕は「一度、目を閉じて、瞬きして」と彼女に指示を出した。

「まぶしい」と目を擦ろうとしたけれど、手を止めた。「ごめんね。じゃあもう一回だけ」と、繰り返そうとするとお母さんと同じように眉間に皺を寄せながらこっちを見てくれた。とてもよく似た親子だ、と思い微笑ましくなった。

そして、ため息を吐《つ》きたくなる衝動を必死にこらえた。光は、黒目の中心を外し、内側に寄って灯されていた。さっき灯した時とは左右が入れ替わっている。

僕はライトを消した。彼女の眉間の皺が戻った。夕美さんの方は、爪楊枝五本分くらい皺が開いていたが、さっきよりも不安そうだった。

「もう大丈夫だよ、ありがとう。よく頑張ったね」と灯ちゃんに言い、過剰な笑顔を作った。病院の外でもこんなふうに微笑むことになるなんて思わなかった。自分の感情を消し去るための表情だった。彼女は褒《ほ》められたことに満足して、夕美さんにしがみついた。

「何か分かったのですか」三井さんが訊ねた。

僕は彼を見ずに、まっすぐに夕美さんを見た。彼女の瞳をじっと見て次に言うべき言葉を慎重に考えていた。僕はとても嫌な奴《やつ》だと思われるのだろうな、と思いながら口を開いた。

「いま簡単な検査をしました。精密な検査はここでは難しいので、『あたり』をつけるような検査なのですが……。それで結果から申し上げると、灯ちゃんは斜視の可能性があります」

「斜視？　斜視ってあの、目が外側とか内側を向いているあの症状ですか？　そんなことはないです。娘の目はまっすぐ向いていますよ」

思った通り反論された。僕は首を振った。

「娘さん、お幾つですか？」

「四歳です。四歳と二ヵ月……。去年の三歳児健診のときは何も言われませんでしたよ。機械で測ってもらいました」

たぶんスポットビジョンスクリーナーのことを言っているのだろう。自動で検査をしてくれる便利な機械だが、絶対ではない。機械は人間ほど柔軟ではなく、わずかな条件のズレで誤差を起こすこともある。

「三歳児健診で見落とされてしまうこともあるんです。三歳になりたてくらいの頃に検査を受けてしまうと余計に見逃すことがあります。健診を受けたのは、その頃ではないですか」

彼女はしぶしぶ頷いた。

「医療従事者のミスということではないんです。グレーゾーンの子を判断するのは本当に難しいのです。でもいま、簡易的な検査をして見つかりました」

「ちょっと待ってください。機械でやって計測できないのに、どうしてオモチャのペンライトで測定できるのですか？　あなたの方が機械よりも正確だということですか」

そうです、と言いたくなったけれど、そうとも言い切れない。彼女の言う通りオモチャのペンライトであることは事実だ。納得してもらうには説明しなければならない。そして、納得してもらえなければ、僕が言ったことは無意味になってしまう。見ず知らずの誰かが突然喋《しゃべ》り始めたお節介《せっかい》くらいの価値だろう。灯ちゃんの検査や治療には結びつかない。

「いま行ったのは、ヒルシュベルク法という検査です。斜視を『正確に』測定する検査ではありませんが、斜視ではないか、という『あたり』をつけることはできます。瞳の中の光が当たる位置を見ていました。彼女の場合、目と鼻の内側の黒目部分に光が当たっています。ペンライトはオモチャのように見えますが、要は光って注意を惹《ひ》くことができればいいので、こんなオモチャのペンライトの方が都合がいいのです」

説明しながら、だから広瀬先輩はこのキラニャンのペンライトを渡したのだと気づいた。これだけ子どもの注意を惹くことができるのだから、効果覿面《てきめん》だ。「どんなときも身に着けていろ」と言ったのも、こんなときのためなのかも知れない。

「きっと私に感謝することになるよ」と言った声が、耳元で蘇《よみがえ》った。なぜだか妙に悔《くや》しい。

夕美さんは黙ってしまった。

「しっかりとした検査は、病院でお願いします。斜視であった場合、訓練や治療が必ず必要になります。放っておいても、自然に治るというようなものではありません」

彼女の視線が落ちた。僕はまた瞳をじっと見ていた。落胆というよりも哀《かな》しみが目に浮かんでいるように見えた。反射的に謝りそうになって、僕は口を結んだ。僕が謝っても事実は変わらないのだ。

「ママどうしたの？　このかっこいいお兄ちゃんにいじめられたの」

と灯ちゃんが語り掛ける。夕美さんは「いいえ、大丈夫よ」と微笑んで見せたが瞳が潤んでいた。声をかけたくなったけれど、医学的な説明を求められているわけではない気がした。それに現状では希望的な観測を話すことができない。検査の結果は、『あたり』でしかないが、感覚的には彼女は斜視だと確信していた。ヒルシュベルク法はやり方さえ知っていれば、難しい検査ではない。難しいのは子どもの注意を惹くことだけだ。それはキラニャンがやってくれた。そして、残念ながら精度は低くない。

口を開いたのは門村さんだった。

「夕美さん、野宮さんは決して悪気があって言っているのではないんです。そういう方ではありません。むしろお二人が心配で声をかけてくれているのだと思います。私も、病気のことを聞いた時ショックだったので気持ちは分かります。ですが、少しだけ彼の話に耳を傾けてくださいませんか」

彼女は顔を上げた。門村さんを見た後、三井さんを見た。彼も頷いた。そして、視線は僕に戻ってきた。

「病院に来てください。すぐそこの北見眼科医院に僕は勤務しています。来ていただければ、先生にもしっかりと診てもらえます。僕が未熟で検査の結果が勘違いであるなら、その方がいいんです。灯ちゃんは健康だということです。不安を一つ消すことができます。僕らもその方が嬉しいです。でももし、斜視であれば先延ばしにはできません。どうか、よろしくお願いします」

僕は頭を下げた。そうすべきだと思った。胸のペンライトが小さな音を立てた。プラスチックが内部の構造とぶつかるチープな音だった。

「分かりました」

と彼女の声が聞こえた。僕が頭を上げると、相変わらずの曇った表情があった。濁《にご》った黒い雲が灰色に変わっていくような鈍《にぶ》い明るさを宿していた。

まっすぐに彼女の瞳を見た時、疲れ果てていることが分かった。ここにいる誰よりもくすんだ光だった。

「来られた時、先生に事情は話しておきます。来週よろしくお願いします。楽しいイベントの日に、すみませんでした」

彼女は立ちつくしていた。灯ちゃんは僕を見てはくれなかった。

彼女たちに向かって微笑んでみせることはできたけれど、そうすべきではないと思った。かといって深刻すぎる顔をするのも間違っていると思った。

以前、広瀬先輩に、自信と不安との間でバランスを取ることがこの仕事で大切なことなのだと言われたことがある。

いまが、その時なのだと思った。

次の日、アパートから自転車を出して走り出すと昨日よりも風が少しだけ温《ぬる》かった。車の通りの多い横断歩道を抜けて病院にたどり着き、スタッフ専用の裏口から入り着替えて検査室に向かうと、「あ〜肩、凝《こ》った」とお疲れ気味の広瀬先輩がいた。

僕を見つけると低い声で「おはよ〜」と声をかけた。機嫌が悪そうではないことを確認して「おはようございます」と返すと、目を閉じたまま微笑んで見せた。眠いのだろう。目の下には濃い隈《くま》がある。白い肌に余計に目立つ色合いだ。年齢は三十歳くらいなのだろうか、正直よく分からない。今のように疲れていると、最低でもそのくらいには見える。元々細い人だったけれど、このところ忙しいのか余計に細く見える。

「論文ですか?」と、僕が訊ねると、

「まあそんなところだね。最近、休みの日でもバタバタしていてね。あっ、今日もちゃんと着けてるね!」

と急に笑顔になった。キラニャンのペンライトのことだろう。心なしかキラニャンも微笑んでいるように見える。

「これってキラニャンっていうらしいですよ。知ってました?」僕は得意げに話した。

「知らない」と真顔で答えられ、僕が黙っていると、興味なさそうに「そうなんだ」と返って来た。僕は、「実はこの子が本当に役に立つことがありまして」と、昨日の出来事を話した。するとと「ふ〜ん」と声をあげながら、ニヤついていた。話が一通り終わると、

「じゃあ、これがいるかもね」と足早に検査室の奥に歩いて行った。ぼんやりと眺めていると手招きをする。僕は慌てて後を追おうと思ったけれど、むしろゆっくりと歩いた。検査機器を壊すわけにはいかない。彼女は満面の笑みを浮かべた。

検査室の奥には厚手のビニールカバーをかけられた大きな塊《かたまり》があった。ビニールはずいぶん埃《ほこり》をかぶっている。先輩がそっとカバーを外すと中から、見慣れない検査機器が登場した。いや学生時代に一度見たかも知れない。けれどもはっきりとは、思い出せない。

片目《かため》ずつ分離した双眼鏡の覗き穴がU字のアームによって繋《つな》がっている。アームの横には金属の長い棒がついており、潜水艦の潜望鏡を思わせる形だ。覗き穴の横に伸びる円筒も特徴的な形だ。全体は古ぼけた灰色をしていて、前後左右に無数の黒いネジがあり、パネルにはボタンがたくさんついている。学生時代以来使っていなかった単語を、頭の中でようやく探し当てて、

「シノプト!」と叫ぶと、彼女はまた笑った。

「正解、シノプトフォア。これ、たぶんいるでしょ」

ありがとうございます、と頭を下げようとしたときに、

「おお〜、懐かしいもの引っ張り出してきたね」と背後から陽気な男性の声がした。

振り返るとラガーシャツとチノパンの男性が立っていた。ビールが大好きそうなどこにでもいる中年のおじさんのようだ。

この病院の院長の北見先生だった。彼は私服の時、いつもニコニコしている。

「北見先生、おはようございます。今日は早いですね」

と、僕が言うと、

「私だってたまには、始業前に来ることがあるよ」と胸を張ってみせた。

先生は、始業時間ぎりぎりにやってきて、白衣を着るのが日課になっていた。理由は、病院前の花壇の水やりをしているからだ。園芸をやらないと仕事をする気にならないと、どんなときでも土いじりをしてから病院に入ってくる。誰よりも早く病院に着いているそうだが、誰よりも遅く診察室に入ってくるのが日常だ。

「懐かしいね。もう十年以上使っていないな。十年前に使った時も、検査のためじゃなくてちゃんと機械が動くか確かめるためだったものね。今日はこれ使うの？」

「分からないです。もしかしたら、斜視の子が来るかも、と思って準備しています。シノプト、まさかここにあるとは思いませんでした。一度も使ってるの見たことないから」

「私も買ったのすら忘れちゃってたよ。最近は視能訓練士さんでも、なかなか見ない機材だよね。これを置いている個人の病院って、このへんではここくらいじゃないかな」

そうだろうと思った。視能訓練士の仕事は『訓練士』と名前はついているが、実質は眼科での検査がメインで就業している人がほとんどだ。僕も実務で訓練を行ったことはない。大きな病院以外は、ほとんどの眼科ではそうだろう。当然、大きな病院の眼科はそう多くはない。

「どうして視能訓練士って、こんなに訓練の仕事がないのでしょうね」

と訊ねると先生は「そうだね〜」と天井を見つめた後、

「うちみたいな視能訓練士さんが二人しかいないところで訓練をやると、スケジュールがパンパンになるからかなあ。ほら、うちは二人でやってギリギリ回っているでしょう。そこをいつ終わるかも分からない訓練のために時間を割《さ》いてしまうと、大混乱になるはずなんだよね。訓練って子ども相手にするものだし。一応時間の枠は決めるけど、その通りにならないことも多い」

「確かにそうですね。他にもう一人いるなら別ですけど」相槌《あいづち》を打つと、先生は微笑んだ。

「そうなんだよね。でも訓練のためだけにもう一人用意しても、訓練ができるほど優秀な視能訓練士さんだとむしろ検査して欲しいよね。それに十分にお給料を払えるくらい、訓練だけで費用が捻出《ねんしゅつ》できるってことなんて、絶対にないから、経営的に考えるとたぶん無理だなって判断になると思う。うちがやると病院がつぶれちゃうかも……」

「ほんとに、ですか?」

先生は肩をすくめてみせた。海外のコメディアンみたいな仕草《しぐさ》だった。

「少し大げさかもだけれど、苦しくはなるかな。少なくとも皆頑張って働かないといけなくなるかも知れない。見通しも立ちにくいし、必要なことだとは分かるけど勇気がいるんだ。ということで、ほとんどの個人の病院はやっていない。それに訓練自体も主に視能訓練士さんの分野で、技術的にとっても難しいんだよ。野宮君も子どもの検査難しいでしょう?」

僕は頷いた。子どもの検査は、いまも苦手だ。広瀬先輩も得意ではないと言っていた。

検査には他覚検査と自覚検査があり、他覚検査は字義の通り別の誰かの感覚によって行うことができる。検査を受ける本人の努力が要《い》らないということだ。機械で自動的にできるものもある。一方、自覚検査は、見えるとか見えないという本人の感覚によって行う検査だ。

この自覚検査が子どもの場合、とにかく難しい。そもそも「見える」という現象自体が他人にとっても自分にとっても、あやふやなものなのだ。見えるような気がする、見えないような気がする、などという言葉は、病院ではよく聞く。

子どもなら、なおさらその感覚を正確に伝えることはできない。検査に集中することも難しい。昨日、灯ちゃんに行ったヒルシュベルク法は他覚検査に含まれるものだが、それさえあの年齢の子どもではできないこともある。医療行為は、患者と医療従事者の協力によって成り立つものだ。

訓練となれば、難しさはあの検査の比ではないだろう。

「というわけで、どこの病院でもやらなくなっちゃうんだよね。広瀬さんは、訓練やったことある？」

彼女はキョトンとした顔をして、

「私？　ほぼやったことないですね。まったくないわけじゃないけれど覗き見た程度です」

と言った。意外な言葉だった。

「どんな印象？」と北見先生。

「印象……、ですか。そうですね、シノプトを使ったり、訓練すること全体についていえると思うのですが」

　彼女は息を飲んで、目を細めた。

「暗い谷間にかけられた、いつ落ちるかも分からない吊り橋《つばし》を渡らせながら、手招きで子どもを呼び寄せる感じでしょうか。もちろん両脇《りょうわき》に手すりも柵《さく》もないような吊り板の橋です」

　先生は、なるほどと頷いていた。僕はまったく意味が分からなかった。

　僕の表情に気付いた先輩は、

「いつかやってみたら分かるよ。特に訓練が必要なのは小さなお子さんが多いから、計画通り進まないんだよ。私よりも、子どもの扱いがうまい看護師さんとか、幼稚園の先生とかの方が向いているかもって思ってしまう。私はこれについては、落ち込んじゃうことが多かった。私は小さな子には怖がられるからね」

　そうなのだ。彼女はほぼすべての検査を高い精度で行えるのだが、子どもには泣き出されることが多かった。これは一年間、眺めていて気付いたことだ。彼女にも苦手なことがあるのだと気付いて、ホッとしたのを覚えている。

「広瀬先輩で駄目なら僕はもっと駄目かもですね」

「それはやってみないと分からないけれど。少なくとも私は駄目。まあ、ここにいる限りやることはないと思うよ。このシノプトだって忘れ去られるくらいやっていないんだから」

　そう言って彼女は軽く機材を叩いた。北見先生も笑って見せた。

　灰色の潜望鏡のような箱が、僕にはだんだん開けてはならない封印の箱のように見え始めていた。使うことにならなければいいけれど、あのときの彼女の瞳の光は内側に灯っていた。僕は暗い光を思い出していた。

「始業時間まで少しあるし、使い方の練習でもしよう。野宮君の話では、今日はこれが役に立つかも知れないから」

「よろしくお願いします。まだうまく扱えないので」

「私もだよ」と広瀬先輩は、真面目《まじめ》な声で言った。

その日、一日待っても麻木さん親子は来ないまま夕方を迎えた。

やっぱり来てはくれなかったかと、残念に思う一方でホッとしている自分にも気付いていた。手に負えないことに手を出そうとしていたのかも知れない。思い出さないようにと心に決めようとしたけれど、灯ちゃんの白目を剝いた瞳が瞼《まぶた》に浮かんできた。

僕はため息を吐いた。

割り切らないと上手《うま》くやっていけないことは分かっているのに、昨日の出来事を反芻《はんすう》し続けていた。まだまだ仕事に慣れていないな、と自分に言った。

人が来なくなった待合室で観葉植物を眺めながら目を休め、陽が落ち始めて外が藍色《あいいろ》に染まりかけたことを確認した時、駆け込むように二人がやってきた。

僕と同年代の看護師の丘本真衣《おかもとまい》さんが『受付終了』の札を玄関に掛けにいく直前だった。

受付にやってきて、僕を見つけると、

「まだ、大丈夫ですか」と夕美さんは訊ねた。この時間に来る人は、たいてい同じ質問をする。

「もちろん」と僕は笑顔で答え、問診票を差し出した。彼女の隣には隠れるように、灯ちゃんが立っていた。

「こんばんは」と屈んで声をかけると、さらに隠れられてしまった。夕美さんの表情も昨日と同じく硬《かた》い。僕は一度、検査室に戻って彼女たちを待った。

戻ってくると、いつもの職場なのに緊張し始めた。待っていたんじゃないのか、と焦り始めて、なぜこんなに緊張しているのかと思い返すと、これが自分にとって初めての体験だからだと気付いた。

僕は、灯ちゃんの斜視を確信していた。そのときには確信と言うよりは、予感と言ったほうが正しいもののはずだった。だが、おそらく斜視はある。緊張は、集中になだらかに変わり始めた。検査室に彼女たちが入って来たとき、僕は、

「どうぞ、こちらに」と大きな笑顔で、視力検査用の椅子を指した。この笑顔は、嘘《うそ》ではないけれど本物でもない。

夕美さんは、さっきよりも明るい室内で上から下まで僕を眺め、

「やっぱり先生だったのですね」と無機質な声で言った。視能訓練士は「先生」と呼ばれることもある。たいていの場合、患者さんの勘違いだけれど、僕も広瀬先輩も訂正しないこともあ

った。あまりにも勘違いの数が多すぎるし、時々そのせいで検査に積極的に協力してくれることがあるからだ。僕は微笑み、

「保護者の方は、こちらにどうぞ」と業務用の声で、別の椅子に促した。

外で待ってもらうことも考えたけれど、昨日の様子を鑑《かんが》みる限り、傍にいてくれた方が検査が早く進むような気がした。

広瀬先輩と遠くで一瞬だけ目が合い、彼女もこの子が今朝、話していた子どもなのだと分かったようだった。検査室は静まり返っている。

今日の灯ちゃんは落ち着いていた。よく知らない場所に緊張して大人しくなっているのかも知れない。今のうちに検査を始めてしまおうと思った。

彼女の年齢は四歳と二ヵ月。それほどこちらの指示を素直に聞いてくれる子でもなく、どこまで検査に集中してくれるのかは分からない。

視力検査の結果は、両眼とも0・5。日常生活に支障が出てくるレベルではないが、もう少し欲しい。

そのあとオートレフでの屈折検査のため椅子を移動して、きちんと顎《あご》台に顎を載せてくれることを祈るような気持ちで促しながら、上手くいったときにはガッツポーズしそうになった。顎台の調整も、これまでで一番早くできた。

ゆっくり急げ、と頭の中で唱えていた。昔よく自分に言い聞かせていた言葉だ。機嫌を損《そこ》ねられたらそこで、次への道が閉ざされてしまう。まだここは、登山道の入り口でしかない。吊

り橋まで彼女を連れていかなければならないのだ。

オートレフの数字を確認し、迷ったけれど眼圧検査まで行うことに決めた。

ノンコンタクトトノメーターの前に彼女を誘導する。不快感を示す人が多い検査だ。登山道を進み、心臓を破る急な坂道が始まった。

彼女は目に当たる強い風に耐えられるのだろうか。僕の背後から突風が吹いてきたような気がした。顎台を調節するための、電動のモーターの緩慢な動作と作動音がうらめしく思える。ゆっくりとしか下がらない。彼女は、踵《かかと》を椅子に打ちつけて、よそ見を始めた。早く、整ってくれと胸の内で呟《つぶや》いた。顎台を消毒し「じゃあ、ここに顎を載せて」と、気分とは反対の笑顔を作り、彼女の瞳を覗き見る。まだ、あと少し大丈夫そうだ。

彼女は、コクンと頷いた。機器が揺れる。そのときになって、今日は髪を二つ結びにしているのだなと気が付いた。やっと少しだけ、僕の目も開き始めたのかも知れない。彼女が身を乗り出して顎を載せたタイミングで、

「ちょっと待ってね、もうちょっとだけ調節するね」と椅子の高さと機材の高さをもう一度、変えた。このままでも進めることはできたけれど、こういう小さなことが成否を分けるのだと経験的に気付いていた。焦るとすべてがうまくいかなくなる。決して、機械が検査をするわけではないのだ。人が人を検査している。

「これでいい？」と彼女に訊ねると、

「大丈夫」と小さな声が聞こえた。その後、夕美さんの方を振り向いた。彼女は視線を合わせ

ただけだった。灯ちゃんが心細いのだと、そのときに分かった。

「もうちょっとだけ、頑張ろうね。ここ覗いたら、いまから風が出てくるけど、なるべく目を閉じないで頑張ってね。大人の人でも閉じちゃう人はいるから仕方ないんだけど、灯ちゃんは頑張れるかな？」

そう言うと、顎台から一度だけ顎を外して、こちらを真っすぐ見た後、

「がんばる」と声に出した。負けず嫌いではあるらしい。

「じゃあ、一緒に頑張ろう」と彼女の姿勢を再度確認したあと、モニター越しの瞳を眺めた。右手のレバーで的を絞りながら、ボタンを押すタイミングを計り、

「はい、じゃあ目を開けてね」と言った瞬間に、間髪入れずボタンを押した。ボシュと独特の駆動音がした。

信じられない結果だった。

一発で成功。上手くいった。もう一回測りたいところだが、この一回が限度だろう。機嫌が悪くなる前に、このままの流れで、

「じゃあ、もう一回、次は反対ね……。最後だから。じゃあ行くよ」自分でも思いもしなかったほど、声が弾んでいる。彼女が少しだけ頷いて、機材が揺れた。再度ボタンを押すと、また上手くいった。彼女は、本当に頑張っていた。

大人でもこう上手くはいかない。当たり前の検査なのに、これ自体が奇跡のような気がしていた。「顎を外して。頑張ったね」と言った時、また一度だけ僕を確認した。眼圧には異常は

なかった。

まず一つ目の山は登った。谷は、もうすぐそこにある。灯ちゃんが、席を離れようとした夕イミングで、「次はこちらにどうぞ」と広瀬先輩が助け舟を出してくれた。

「シノプトは一緒にやろう」と目で合図してくれた。

助かった、と思った。

僕だけでは、上手くあの機械を操作できない。褒められたことが嬉しかったのか、広瀬先輩の誘導に素直に従ってくれる。夕美さんも動かない。同じような検査だと思っているのだろう。もしくは、僕よりもベテランそうな白衣の『先生』が出てきたので安心しているのかも知れない。

「よろしくお願いします」と彼女を見送ると、一瞬だけ灯ちゃんはこちらを向いた。少し遠くなった僕を確認するために片目をつぶって、左目だけでこちらを見ていた。立ち止まった灯ちゃんに夕美さんが声をかけて、シノプトフォアの前にゆっくりと座った。

僕は彼女の反対側に座り、広瀬先輩と一緒に準備を始めた。


シノプトフォア（大型弱視鏡）は、両眼で見た像をどうやって重ねているのかを測ったり、またその機能を訓練したりする機械だ。つまり、両眼で物を見るときの機能に関《かか》わる機械だ。左右上下に加えて奥行きをどう見ているのかも計測することができる。

左右の大きな鏡筒の中には、スライドを投影する機構が埋め込まれており、その像をどの位置や角度で合わせたのかで、被験者の感覚の中でどんなふうに像が結ばれたのかを数値的に測る。

たとえば、車と車庫のスライドがあり、その二つが重なる位置を教えてもらうと、左右どの位置で両眼が像を結んでいるのかを確認することができる。

乱暴に言ってしまえば、左右でズレた絵を見て、そのズレの度合いを確認する機械だ。

斜視とはカメラで言えば、まっすぐなカメラ本体に斜めにレンズが取り付けられている状態だ。ファインダーを覗いて真っすぐに物を見ようとしても、直線で対象物を見ることができない。

では逆にワザと斜めから光を入れ、景色や絵柄《えがら》を見せて、本人にとって正常に見える場所を教えてもらえれば、結果的にどのくらい角度がズレているのかを計測することができるというわけだ。シノプトフォアでの検査を、大ざっぱに説明するとそんな感じになる。

人の目は、光が入って来たときに、目のレンズを通し、レンズのさらに奥にあるフィルムに相当する網膜という箇所に光を集めることで、物を見る。

さらに集められた光は、電気信号に変換されて脳に届けられイメージを構築する。

そのとき、『見えた』という感覚が起こる。

目の向きがズレている斜視の場合、フィルムに相当する網膜の光が当たる場所自体がズレているということになる。

視機能の発達の段階で、ズレた場所に光を当て続けるとその周辺の神経が発達して正常な位置で光を感受しなくても、見やすくなってしまう。つまり『ズレていた方が見えやすい』が起こってしまうのだ。けれども、人間の目はズレたまま脳の中で像を綺麗《きれい》に結べるほど、器用には設計されていない。

その結果、両眼で同時に物を見るのが難しくなり、脳の方も『片っぽだけでも見えればいいか』といういい加減な選択を始める。両眼から光は入ってくるが、片方の目の情報は遮断されてしまう。人間の視機能も徹底してめんどくさいことはやめてしまうようだ。

すると発達段階で、両眼を同時に使う機能に支障が出て、『立体視』が失われてしまう。立体視のみならず、日常生活でさまざまな弊害が生まれやすい。

立体視とは、その名の通り世界を立体的にとらえる目の機能のことだ。

片目では平面的な情報、両眼でやっと立体的な情報を人はイメージとして構築することができる。

当然、日常生活では欠くべからざる機能の一つといえる。

僕は彼女が興味を持ってくれるように、黄色の縁がついているウサギと花の絵柄のスライドを選んだ。重ねると、ウサギが花束《はなたば》を持っている絵になる。

僕は灯ちゃんに顎台に顎を載せてから、双眼鏡のような丸い穴を覗きこんでもらった。いよいよ検査が始まる。

「ウサギが見えるかな?」「見えるよ」「何匹いる?」「一匹」

質問の仕方はこれで合っていただろうか、と不安になりながら訊ねた。だが、ここまでは大丈夫だ。


「花を持ってる? それか尻尾《しっぽ》がある?」と訊ねると、

「持ってないよ。尻尾はある」と返ってきた。

僕の手が止まった。広瀬先輩が代わりにパネルのボタンを操作した。

「じゃあ、両方見えて来たら教えてね」

僕は右手で金属の棒を握った。いよいよ計測するのだ。

「いいよ。これが終わったら帰れる?」

この検査が終わった後に、彼女はこれまでと同じ日常に帰れると信じているのだ。だが、それは違う。真実が一つ明らかになると、現実は変わってしまう。

僕はどう答えていいか分からず、ただ、

「大丈夫だよ。全部終わったら帰れるからね」

とだけ言った。全部がいったい何を指すのか、自分でもよく分からなかった。

僕はアームに取り付けられた金属の棒をゆっくりと押し始めた。彼女の視覚の扉を開ける重い棒だった。棒の動きに合わせて、なぜだか、ウサギは目を開いたまま生まれてくるんだったよな、と奇妙なことを思い出した。

ウサギは彼女の瞳の中でゆっくりと重なるように歩き始める。花束を持った像は、花束を持っていないもう一匹の尻尾を持っているウサギの影と重なり、彼女の瞳は祝福のようにウサギに花束を与えた。

「両方見えた？　ウサギは花束を持つことができた？　尻尾は？」

と僕は訊ねた。

「できたよ。できてるよ。丸い尻尾もある」

と彼女は得意げに言った。

「ありがとう。じゃあ、あと少しだけね」

と、別のスライドを用意した。

灯ちゃんは斜視だった。彼女の瞳は正常に像を結んではいなかった。

花束は、遠くにあった。


一通り検査が終わり、二人は北見先生の前に座った。カルテを見て、眉間に皺を寄せ、笑顔は消《き》え失《う》せている。先生は、彼女の名前を呼び、

「ちょっといい？」と訊《き》いた後、僕が昨日行おうとした目の前に手をかぶせる検査をした。今度は手を払いのけなかった。まるで魔法のような間のとり方だなと思った。その後、スリットランプでの検査が終わり、先生は小さく唸《うな》った。半暗室に座った二人は真横に並んで暗い影を帯び、先生は彼女たちよりもさらに黒く見えた。

こちらに向き直った先生は前置きなく、

「斜視ですね。間違いなく」

と言った。夕美さんは言葉の意味が分からないというように、動きを止めて何の反応も示さなかった。先生は、説明を続けた。こうなることも予想していたようだった。

「交代性の斜視というもので、左右が交代で斜視になります。灯ちゃんの場合、両眼とも外側に向かってズレる外斜視です」

先生はそこで言葉を止めた。夕美さんの反応を待っていた。そして不自然なほど時間が流れた後で、

「でも、先生。娘の目は真っすぐ向いています。斜視というのは、私は詳しく知りませんが、目が普通ではない方向を向いている症状のことでしょう？　昔、私の知り合いにいました。小さなころから物もしっかりと見えていると思いますし、娘は普通の子だと思います。先生の勘違いではないでしょうか」

あなたの仰《おっしゃ》っていることはとてもよく分かる、というように、ゆっくりと何度も先生は頷いた。ただ僕らには彼がいつもと違う表情をしていることが分かった。

「確かに一見、彼女の目は何の問題もないように見えます。これは交代性の斜視の子の特徴です。ないように見えても斜視は、実は存在しているのです。両眼とも斜視を抱えている彼女の目は二つの目で物を見ているようで、実は片目ずつで世界をとらえています。よく顔を傾けたり、片目で遠くを見る動作をしていませんか」

肩の動きが止まり、彼女が息を止めているのが分かった。顔色も悪い。

「していますが、それは癖ではないのですか」

「いいえ。片目しか使っていないので、見やすくするためにそうした動作をすることがあります」

彼女は眉間に皺を寄せた。両眼を開いているのに、どうして片目だけで見ているなんて言えるのかと疑っているのだ。にわかには信じられないことも、僕らには予測がついていた。これこそが、この病気の特徴なのだ。片方の目で見る時、もう片方の目は機能していない。

「じゃあ、娘はいつも片目だけで過ごしているのですか」

「その通りです。何を見るのも片目だけです。斜視というのは目が正常な位置についていない病気です。ですので、本来は両眼で焦点を合わせるところを、目の位置のズレのためにできないから、片目で合わせています」

「でも娘の目はまっすぐ、ついています」声に怒気が混ざり始めた。先生は表情を変えず受け止めていく。

「ええ。ですから、片方の目は脳の中でシャットダウンして、片方だけで世界を認識しているのです」

「そんなことが可能なのですか」

もっともな疑問だ。僕も学生時代に不思議に思った。けれども実際にそれは斜視の子どもたちの中で起きているのだ。

「ええ、事実です。どのような仕組みでそうなっているのかは、まったく分かりません。脳が情報をシャットダウンしているのではないかと言われています。理屈は解明できていませんが、常に片目だけで生活をされていることは間違いないと思います」

夕美さんは黙ってしまった。現実に思考が追いつかなくなってきているのだろうか。先生は説明を続けた。

「いいですか……、どんなにやっても自分の目では焦点を結べない、でも片方だけなら世界は二重に見えたり、気持ち悪く見えたりせずに、はっきりと見える。だから、そのときどきで片方ずつ使って世界を見ているのです。だから遠くを見る時は片目をつぶるし、より見やすくするように身体や顔を傾けて見つめるのです」

先生は片目の動きを、行って見せた。彼女は瞬きすらしない。

「どうしてそんなふうに？　何が原因なのですか」

「原因は、はっきりしていません。脳や身体や心を含め、視機能全般に関わるメカニズムを私たちは解き明かしていないんです。分かっているのは、そうした症状が起こるということだけです」

「じゃあ、よく分かっていないのだったら、娘は大丈夫かも知れないということですか」

先生の表情が曇った。夕美さんは理解を拒《こば》み始めていた。良くない流れだ、と思った。広瀬先輩も厳しい顔をしていた。

言葉を尽くさなければいけない時だった。彼女の瞳はさらに暗く淀《よど》んでいく。灰色の雨雲が黒雲に変わっていくようだ。

理解がなければ、どんな治療も前には進まない。とくに子どもの治療には保護者の理解が大きなカギになる。

先生の口がまっすぐに結ばれた。決断をしようとしていることが分かった。

「麻木さん、いいですか？　合図をしたら灯ちゃんを見ていいてください」

「え？」と彼女の目が見開かれた瞬間、「いまです」と先生は言って、軽い力で灯ちゃんの座っていた回転椅子を回して、夕美さんの方へ彼女の膝を向けた。

驚きながらも夕美さんは彼女を見ていた。僕も少し離れてその様子を見ていた。光源は僕の背後にあり、灯ちゃんの肩には光が当たっていた。

人が歩くほどの速度で、反時計回りに椅子は回転し、彼女の頰《ほお》に光が掛けられる。

彼女はゆっくりと夕美さんの方へ向き直った。光の中にある左目は夕美さんを捉《とら》えていた。きめ細かい白い肌が輝いている。

だが、薄闇の中に置かれたままの右目が、淡い光が当たるほど角度が変わった時、その目は真っ白だった。椅子はさらに回転する。

目は明らかに外側を向いていた。

事故に遭った瞬間も、人はこんな表情をするのだろうか。夕美さんの目も大きく開かれた。

ブルーバードで僕が見た灯ちゃんの瞳は、幻ではなかった。

言葉を失った彼女に、北見先生が声をかけた。

「見えましたか。これが現実です。生まれてくる子どもの二、三パーセント程度が斜視になります。珍しい病気ではありません。こうして気付かないこともよくあることなのです」

「こんな、こんなことに気付かないなんて……」

灯ちゃんは不思議そうな顔で、夕美さんを眺めている。

「三歳児健診で見落とされてしまうことも大きな原因の一つですが、家の中で過ごす時間が多かったり、一緒に過ごす時間が少なくて気付きにくいこともあります。もちろん、ずっと一緒にいても気付かれないこともあるようですが……。普段、お子さんはどのように過ごしていますか?」

夕美さんは責められているかのように小さくなった。

「普段は、私はフルタイムで働いているので、私の母と過ごしています。日常生活はなんとか送れますが、母は足が丈夫ではないので、家にいることが多かったと思います」

「そうですか」と声を落とした後、先生はしばらく時間を置いた。他に患者さんはいない。終業時間はもうすぐだったけれど、まだまだ時間を使うつもりなのだと分かった。灯ちゃんは退屈そうだった。

「斜視が発見されないまま、大きくなって取り返しがつかなくなってしまうケースもよくあります。その点、お子さんはいま見付けられて良かったとも言えます。今ならまだ、訓練や治療を施すことによって立体視や目のズレを回復できる可能性は残っています」

「訓練や治療ってどんなことをすればいいのでしょうか」

彼女の表情は冷え切っていた。

「治療用のメガネを装用したり、斜視がひどい場合は手術……、ですね。どちらにしても一生付き合っていく病気で、根気強く病院に通って頂くことになります。この近くでは東山《ひがしやま》大学病院が専門の治療を行っていますよ」

「東山大学病院って、隣町のあの大きな病院ですよね？　車で一時間くらいかかる……。とてもそんな余裕も時間もありません。今日だって職場に無理を言って帰ってきて、ここにいるんです」

「ですが、このままお子さんを放置することはできません。彼女には治療が必要ですよ」

夕美さんは俯《うつむ》いた。弱り果てていることは、横顔からでも分かった。保険証を見る限り、彼女の家は母子家庭で、夫はいない。痛みに耐えるように唇を結んでいた。そして、

「私にはよく分かりません。灯は普段はまっすぐ物を見ているように思えるし、見えにくいとも言わないし、きちんと段差をよけたり階段を上ることもできます。少し不器用でせっかちなのは確かですが、私の見ている限り日常生活にも支障はありません。ごくたまに、目がズレてしまうくらいで、そんなにたくさんの時間やお金を使わなければならないのでしょうか。私には理解できません。だって、目が見えにくいなんて、これまで一度も言ったことないんですよ」訴えるような声で言った。

軽々しく話しているわけではないことは、分かっていた。声は冷えて尖っている。彼女は追い詰められて、必死に逃げ道を探そうとしているだけだ。信じるべきでないことを信じようとしていて、理解するべきことから目を背けようとしていた。

雲間から差す光芒《こうぼう》を探しているようだ。僕らは彼女の現実に雨を降らせているのだろうか。彼女の瞳に輝きを探すことができない。瞳孔は開き、最も黒くなった。

先生も広瀬先輩も言葉を探していた。彼女が落ち着くまで待とうとしているように思えた。ふいに僕と灯ちゃんの視線が合った……、といっても彼女の片目だけだ。右目はズレたままだった。僕の背後にある光が眩《まぶ》しいのだろう。彼女は僕を見ているのだろうか。それとも、逆光によって作られた僕の影を見ているのだろうか。

僕は彼女の瞳を探していた。

誰かと瞳を合わせて話をしたいと、僕は思う。

誰かの瞳を覗き見る時、そこには言葉にできないとても美しいものが隠れているような気がする。瞳の中以外、この世界のどこにも存在しない光だ。その光に吸い寄せられるように、僕は視能訓練士になった。

「あの、すみません。良かったら、こちらに来ていただけますか?」

僕は口を開き、視力検査をするための椅子を指差した。広瀬先輩も夕美さんも目を見開いた。沈黙を破るのが、僕だとは思わなかったのだろう。

彼女は立ち上がり、促されるままに診察室の半暗室から出て、検査室の椅子に座った。

「ではそのまま、前を向いていてください」と指示をして、検眼枠を取り出し、

「失礼します」と言った後、彼女に検眼枠をかけた。度の入っていない丸縁のメガネをかけた顔はさっきよりも小さく見えた。彼女の哀しみが一瞬だけメガネで隠れたような気がした。そ

れから、赤いビロード張りのレンズが大量に並べられた箱から二枚の金縁のレンズを取り出し、素早く検眼枠に装着した。「うっ！」と彼女が呻《うめ》き、眉間に皺を寄せた。

「周りを確認してみてください。見えますか？」

彼女は戸惑いながら首を振った。そのあと、

「よく見えません」と言った。

僕には彼女の視界が手に取るように分かった。すべてが靄《もや》がかかったように見えて、あるべきものがそこにはないはずだ。頭痛を併発する曇りガラスを明るい雪の日に眺めているような感覚と言ったらいいのだろうか。

僕は正面に立ち、

「どうぞ、立ち上がってこちらまで歩いて、僕の手を取ってみてください。さあどうぞ」

彼女は立ち上がり、一歩一歩確かめるように、こちらに向かって歩いてくる。

「これ、まだ続けなければいけませんか。何か意味があるんですか」

「あと、少しです。頑張ってください。さあ、手を取ってください」

やりきれない気持ちで、僕は手を差し出した。とても残酷なことをしていることは、自分でも分かっていた。けれども、これしか方法はないように思えた。北見先生も広瀬先輩も、僕が何をやっているのか、理解してくれていた。痛みを目に宿している。患者さんには決して見せることのない表情がそこにあった。

彼女は手を差し出した。僕はその手を迎えなかった。ただ、彼女の掌《てのひら》の重みを待っていた。

そして、怖々とした足取りでこちらまで近づいた夕美さんが、僕の手を目がけて手を振った。けれども温《ぬく》もりは僕の指先を掠《かす》め、通り過ぎた。取りこぼした手は、空を切って落ちていった。

「もう一度、お願いします」

と、僕は手を差し出した。彼女は距離を微調整して、やっと僕の手に掌を重ねた。

拡大された彼女の二つの瞳が、強度の遠視レンズ越しにこちらを見ていた。この距離なら、僕の顔も見えるのだろう。

「この気持ち悪いレンズ、もう取ってもいいですか？　とても立っていられないです」

少しだけ、息を吸い、僕は口を開いた。

「これが今の灯ちゃんの見ている世界です」

夕美さんの動きが止まった。検眼枠に掛けていた手が下りていく。僕はもう一度、同じことを言った。

「これがいまの彼女の視覚です。まったく同じではありませんが、このくらいの情報しかありません。そして、いま感じておられることが、いつも彼女が感じていることなんです。物が二重に見えたりはしていないと思うから、これでもまだマシな方なんです」

夕美さんの目から大粒の涙がこぼれ始めた。検眼枠を僕に渡し、慌てて目頭を押さえて誰もいない方を向いた。

「すみません、あの……」と言葉にならず、溢《あふ》れくる涙を拭《ぬぐ》い続けている。灯ちゃんが慌てて夕美さんに駆け寄ろうとしたが、数歩走り出すと転んでしまった。夕美さんは、彼女を抱きしめるために歩み寄った。

「本当に灯は、こんなふうに世界を見ているのですか？　こんなに頭が痛くなって気持ち悪くなるようなら、絶対に泣き出したり、不平を言ったりするはずです。そんな言葉は一度も聞いたことがありません」声が震えていた。

「聞いたことがないのは……」と、話し始めたのは北見先生だった。椅子を運び、勧めながら説明を続けた。

「彼女にとって、これが生まれた時からの当たり前の世界の見え方だからです」

「え？」

「彼女はこの景色しか知らないんです。それ以外の見え方なんて想像することすらできない。そもそもそういうものだと思って慣れてしまっているから」

「そんな……」

「本当です。あなたは、不器用だと彼女のことを言いましたが、それは彼女の視覚が正常に機能していないためなのかも知れません。今はまだ、視機能が未発達な年齢で他の子とそれほど差異はないかも知れません。けれども、これから就学する年齢になり、大人になった時には、斜視があるために様々な障害に出会うことが予想されます。それは単純に集中力であったり、慢性的な頭痛であったり、車の運転であったり、容貌《ようぼう》に関わるものかも知れません。誰に何を言われなくても、斜視のせいで人間関係が苦手になってしまう場合も考えられます。職業の選択に関わる場合もあります。そのときにも、もちろん手術で傾いた目を治すことはできます。けれども、視機能をより良い状態で回復することは望めないと考えた方がいいと思います。正直な話をすれば、四歳二ヵ月という年齢は、現状でも遅きに失した感はあります」

これ以上辛《つら》い話は聞きたくないと思いながらも、彼女は母親として問い返した。目が訴えていた。

それはどういう意味なのですか？

無言のままの問いに、先生は答えた。

「本来は三歳児健診で……、というお話をさせて頂いたことと関係しています。訓練や治療のスタートは三歳が理想なのです。治療の効果が大きく見込めるのは、五歳までです。早ければ早いほど希望が持てます」

言葉の終わりに従って、先生の声は小さくなっていった。僕も何も言わずに、検眼枠からレンズを抜いた。レンズが手の中で小さな音を立てた。彼女の涙の音のようだった。

「どうでしょうか？　費用的なものは保険が適用されるものもありますし、それほど大きな負担にはならないのではないかと思います。ただ、時間と手間と根気は必要です。東山大学病院に紹介状を書かせて戴《いただ》こうと思いますが、如何《いかが》ですか？」

それからまた無言の時間が続き、最後に一言、

「努力はしますが、通い続けるのは現実的に難しいと思います」

と声を絞り出した。それが彼女の本当の声のような気がした。

「ママ、泣かないで」と灯ちゃんが彼女を抱きしめていた。広瀬先輩は何かを言いたそうに前に出たけれど、先生が制止した。

事情は様々だ。灯ちゃんのためを思っても、どうしてもそこに行けない理由があるのかも知れない。もどかしいが、僕らが踏み込めない領域がそこにあった。

僕らができるのは、患者さんの要望に沿い、精いっぱい医療を提供することだけだ。

僕らは二人に生活や人生の在り方を強制することはできない。

僕らは『なぜ』や『どうして』を問うことはできない。

「どうしても無理ですか？」

と先生は訊ねた。答えはなく、うつ向いたままの彼女は「すみません」と声を振り絞った。

「しばらく、待合室でお待ちください。またこちらにお呼びします」

と、先生が言うと二人は検査室から出ていった。「ママどうしたの？」と訊ねる灯ちゃんの声が遠くに聞こえた。

扉が閉まると、広瀬先輩が口を開いた。

「信じられない。どうしてなんですか。あの子、あのままじゃ治療されませんよ。私、もう一回説明してきましょうか」

彼女は怒っているようだった。それを見て、いつもの柔らかなオジサンに戻った北見先生は「まあまあ」となだめた後、白髪交じりの眉毛《まゆげ》を八の字に寄せてため息を吐いた。

僕も事情を説明すれば、大学病院に行って治療をしてくれるものだと思っていた。それで、彼女たちは救われるのだと考えていた。

こうなってしまっては、正直、僕たちに打つ手はない。終業時間はとっくに過ぎている。このまま、黙っていれば「今日はこれで……」という話になって、彼女たちは二度とここには来ないかも知れない。

北見先生が今日一番の長いため息を吐いて、

「私たちにできるのは、ここまでかな。もう一度、話してみるけど駄目だろうね」

と言った。笑顔とは不釣り合いな厳しい声だった。

そのとき、突然、待合室から歌声が響いてきた。小さな女の子の声で、調子はずれな『きらきら星』を歌っていた。僕らは突然の歌声に耳を澄ませた。灯ちゃんの歌は音量を上げていく。一通り歌うと、「ママ、元気出して。一緒に歌おう」と元気な声が聞こえた。けれども、夕美さんの声は灯ちゃんの歌を追うことはなかった。

彼女はお母さんのために声を張り上げている。無伴奏の歌が、無機質な空間に響いていた。

僕は目を閉じて、大きく身体を揺らしながら門村さんの演奏を楽しそうに聴いていた灯ちゃんを思い浮かべていた。あの瞬間、彼女は幸せそうだった。

僕らは、彼女たちの幸せを壊しただけだったのだろうか。冷たい雨を与えただけだったのだろうか。

星の瞬きのようなあの光は消えてしまうのだろうか。

そう思った時、自分でも思いもしなかった言葉が口をついた。

「先生、ここで訓練はできませんか」

先生と先輩は顔を上げた。二人は何度も瞬きし、すぐに不可解なものを見るような目で僕を見た。広瀬先輩が厳しい声で、

「野宮君は、訓練できないでしょ」

と言い放った。そのことは僕も分かっていた。だが、もしここで声をあげなければ、何かが永遠に失われてしまうような気がした。

僕は『視能訓練士』でいられない、ような気がした。

「できません。できませんけど、訓練できないでしょうか。僕も視能訓練士です。できないかも知れませんけど、できるかも知れないことはやりたいです。あのままじゃ、たぶん彼女は治療も訓練もできません」

言い終える前に、広瀬先輩の鋭い視線と声が飛んできた。

「あのね。そんなこと一人じゃ決められないよ。あなたが訓練をしたら、もっと優秀な視能訓練士があの子の訓練をする機会を失ってしまうかも知れない。治るものも治らないかも知れない。私が今ここで、ちょっときつめに説得した方がいいでしょ。訓練するとなったら責任もできるし、みんなの負担も増える。訓練は一、二年で終わるわけじゃない。ずっとずっと続くんだよ」

「それも分かっています。でも、たぶん、あの子には僕らしかいないんです。灯ちゃんのお母さん……、夕美さんは、説明を理解していないわけではないと思います。現状を軽んじている

わけでもなく、本当に大学病院には通院できないのかも知れません。だとしたら、灯ちゃんはこのまま放置されてしまうことになります。僕にできることは、全力で頑張ります。ですから、先生……」

「駄目だよ。野宮君が頑張ることが、私には良いことだとは全然思えない。それはむしろあの子には残酷なことだよ。大学病院に行ってしかるべき医療従事者に診てもらうことがベストだよ」

これまで聞いた中で、最も厳しい声と言葉が響いた。それほど重大な問題であることは、僕にも分かっていた。だが、だからこそ僕も譲れないと思った。

僕らは黙り込み、検査室に静けさが戻った。もう、きらきら星は聞こえてこなかった。

「野宮君」と北見先生の優しい声が響いた。僕は顔を上げて彼の目を見た。細隙灯顕微鏡《さいげきとう》を覗いている時のような目で、僕を見ていた。この病院の北極星《ほっきょくせい》だと思った。動かず、鋭い光だった。笑顔を解いた先生の瞳は、はっきりと見える。人と人の傷病を見極め続けてきた医師の目だった。

僕はふいに去年の面接の時のようだなと思った。あの時も崖《がけ》っぷちだった。

視線は対峙《たいじ》し、先生も僕の瞳の中に真実を探していた。

「どうしてもやるの？」

とだけ、彼は訊いた。僕は息を吸い込み、

「やります。やらせてください」

とはっきりと言い、頭を下げた。そして顔を上げると、もう一度目が合った。

声と同時に漏れる大きなため息が聞こえた。目は大きく開かれた。

「ありがとう。野宮君、分かったよ。やろう。私も、私たちも頑張るからね。うちは、二人も優秀な視能訓練士がいるんだ。なんとかなるだろう。広瀬君の意見が正解だと私は思うけれど、野宮君の言葉に動かされたよ。ベスト以外にも選択肢はある。ベストではないけれど、私たちにもできることはあるのかも知れない。やれるところまで……、やろう。さあ、二人を呼んで来て」

僕はお礼の言葉も出てこないまま、頭を下げて検査室を出た。

扉を開けた二人に、僕は駆け寄った。

彼女たちは今にも泣き出しそうな瞳で、僕を見ていた。

「大丈夫だよ」とは、まだ言えなかった。でも、その代わりに、

「これから、ここで一緒に頑張っていきましょう」と伝えた。

何を言っているのか夕美さんには上手く伝わらなかった。僕が笑顔でいたからだと思う。彼女たちは同じ表情で僕を見ていた。彼女たちの瞳には、まだ光は現れていなかった。

僕は二人の瞳から目を逸らさなかった。

この場所で僕は仕事をするのだと思った。

疲れ果てた夕美さんに事情を説明し、後日メガネ合わせをするための日付を予約して帰ってもらった。

更衣室で着替えた後、ロッカーを閉めると肩が重くなった。更衣室を出ると、そのまま帰る気にはならなくて、休憩室でぼんやりしていた。ペットボトルのお茶を持ったまま口を付けることができない。僕に本当に訓練ができるのだろうか。じっと壁を見つめていると、

「野宮さん、何してるんですか？」

と女性の声がした。視線を向けると、私服に着替えた丘本さんが立っていた。動きやすそうなパンツルックで、胸には一眼レフを下げている。

「いや、今日は疲れちゃったなあって思って、ゆっくりしていました」と話すと、

「そんな感じですね」

と言った。年齢は一つ下くらいだったと思うけれど、職場では一年先輩で、ほぼ唯一の同年代の同僚だった。気の置けない仲と言ってもいいような気がするけれど、気を許していると、頻繁に無理難題を押し付けてくる。今日のように一眼レフを持っている時は要注意だ。ボーッと壁を眺めていたら、僕の横にちょこんと座って、

「気分転換したいんだよね？」とニヤニヤしながら近づいてきた。

ほらきたぞ、と思った。瞳を覗くと、不気味なほど輝いている。よくない兆候だ。

「いえ、そろそろ帰ろうかと……」と、誤魔化《ごまか》しながら席を立とうとすると、袖《そで》を摑《つか》まれた。

そして、もう一度、

「気分転換したいんですよね」

と言い直した。僕は愛想笑いをしてしまった。

連れていかれたのは、病院の屋上だった。夜風は冷たいが、心地よかった。高ぶった感情も冷まされていく。

「ここには何をしに？」と訊ねる間もなく、三脚とカメラをセットして、椅子を用意し始めていた。彼女の趣味は写真撮影なのだ。こんな夜に何を撮るのだろう。黙々と作業を続けているうちに、セッティングは終わったようでカメラは空を向いていた。

終わるとまた、こちらを向いてニコリと笑った。小柄《こがら》な影がきびきびと動いて、どこかから僕用の椅子を持って来た。「ありがとうございます」と頭を下げた後に、浮かんだのは、

「僕は必要なのか？」

ということだった。いつものような、重たい撮影機材の運搬ではないらしい。僕が座ったタイミングで、彼女はリュックの中から水筒を出して、蓋《ふた》になっていたカップを僕に手渡すと何か温かいものを注いだ。

「紅茶ですよ」と機嫌良さそうに言った。僕はまた、促されるままそれを貰い礼を言った。彼女は中蓋《なかぶた》に同じものを注いで飲み始めた。僕はついに、

「僕、この作業に必要でしたか」と訊いてみた。すると、

「夜に女の子一人じゃ危ないでしょ」と返された。危ないと言われても、関係者以外立ち入り禁止の病院の屋上だ。誰かがやってくるとも思えない。僕が眉をひそめていると彼女は笑っ

た。

「冗談ですよ。一人で撮影していると、話し相手が欲しくて」

なるほど、それならよく分かる。彼女は暇だと、僕に絡んでくることがある。広瀬先輩とも仲が良いのだけれど、彼女は機嫌の悪い日が少なくない。そんなときには、僕の出番という訳だ。それにこんなところに独《ひと》りでじっとしていても退屈だろう。

「ここでは何を撮っているのですか。何もないように思えますが」

丘本さんはもう一度カメラの角度を調節し始めた。空を眺めても、星は見えない。

「星が見えないって思ったでしょ？　そんなことないんですよ。ちゃんとあるんだなあ」

「そうなんですか？」

「たぶん！　見えなくても、じっと見ていたらあります。長時間露光していたら何か写るかもと思って」

「なるほど。それなら、何か写るかもですね」

「ええ、でも、何も写らなくてもいいかなあって。今日は練習だから。これは本番で星を撮るためのセッティングの練習……、挑戦です」

「挑戦ですか」

「挑戦です。だから、失敗してもいい。星に向かっていたいだけ」

僕は灯ちゃんの斜視のことを思っていた。不安は夜空と同じように、星もなく広がっている。気付くと、僕らは真っ黒な天上を二人で見上げていた。星はやはり見えなかった。

彼女が紅茶を啜《すす》る音が聞こえた後、

「でも、野宮さん、カッコよかったですよ。剛田《ごうだ》さんと話してたんですよ。あいつはやる気だぞって。私たちも微力ながら応援しますからね」

と言った。僕は彼女を見た。彼女の瞳が小さな光をたたえていた。水の中に浮かぶ星のようだった。僕は学生時代、視機能の教科書で読んだフレーズを思い出した。地球と眼球はよく似ている。眼球を覆《おお》う涙は海と同じだ。その海に星の光が横たわっている。

光はどこかにはあるのだ。いまは、まだ見えなくても。

「頑張ります」と僕は言った。

「がんばれ」と彼女は中蓋を差し出した。僕らは乾杯して、また夜空を見上げた。

暗順応した視界に、微《かす》かな光が瞬いて見えた。


一週間後に、アトロピンという目薬を五日間差して瞳孔を緩《ゆる》めた灯ちゃんがやってきて、屈折検査をしたときに、ようやく準備が完了したと思った。ここまでは何の問題もなく進んでいた。

この日も、先生は丁寧に説明を行い斜視について理解を深めてもらおうと尽くしていた。夕美さんは疲れ果て、ぼんやりとしたままだった。

彼女の表情は明るくはならなかった。この病院に通い続けるだけでも大きな負担になるのかも知れない。

「メガネは、よく買い物に行く場所の近くで買ってくださいね。買い物のついでに行けるように」と、先生は話していた。

帰り際、灯ちゃんは病院の階段を手すりや壁をつたいながら後ろ向きに一段ずつ下りた。夕美さんは何も言わずに、その姿を眺めていた。

僕もその姿を真剣に見つめていた。

次の通院日は、二週間程後の土曜日。僕らは休日出勤になった。降り出しそうな雨を空は堪《こら》えていた。待合室は少し暗い。先生は白内障手術の予定を入れて、広瀬先輩は術前の検査をし、僕は訓練だ。

二週間、みっちりと斜視の訓練の勉強をした。学生時代のレジュメを引っ張り出し、職場で資料を漁《あさ》ってみたりもしたけれど、医学的な説明だけではイメージは摑みづらかった。

広瀬先輩にも質問してはみたけれど、研修時代の遥《はる》か昔の記憶で、それも少しやっただけなので役には立てないと言われた。それでシノプトフォアをあれだけ使えるのかと驚いてしまった。

とにかく手がかりがまるでない。誰かに質問できれば良かったけれど、訓練を行っているクリニックは、北見眼科医院の周辺にはどこもなかった。訓練を必要としている子はみんな、麻木さん親子のような苦労を抱え込んでしまうのだろうか。病院を探し、遠方まで赴き、長い待ち時間の末、ほんのわずかな訓練を受ける。

斜視は決して、稀《まれ》な病気ではない。確率的に言えば、百人のうち、二、三人はいるのだから、一学年に数人はいるかも知れないし、発見されていない子を含めればもっと多いかも知れない。子どもたちの数に対して、治療や訓練ができる環境が圧倒的に整っていない。当然、視能訓練士も訓練のスキルを持っている人はそれほど多くないだろう。

「視能訓練士って何なのだろう？」

訓練について、調べれば調べるほど分からなくなった。

学生時代の同期を頼って、何人かに連絡してみたけれど、うちではやってない、経験がないというのがほとんどだった。そして最後に、

「野宮が本当に訓練やるのか？」と訊ねられた。大学でも落ちこぼれで不器用だった僕の印象が焼き付いているのだろう。それは確かに今もあまり変わっていない。北見眼科医院だって、滑《すべ》り込《こ》みでやっと就職できたのだ。先生が拾ってくれなかったら、国家資格を持っていても、視能訓練士として働くことすらできなかった。僕は「頑張るよ」とだけ伝えて電話を切った。

考え事が増えて、気付くと自転車ではなく歩きで通勤するようになっていた。

二週間の間に季節は変わり、冬の名残《なごり》は消えてしまった。梅は満開を過ぎ、花は残り少ない。曇り空の多かった日々から晴れの日も増えてきた。ウグイスは、歌が少し上手くなった。

約束の日に、麻木さん親子はやってきた。灯ちゃんはまた走ってやってきた。メガネをかけて辺りをきょろきょろと見回している。

広瀬先輩と僕はまた待合室で彼女を出迎えた。先生が手術室に入ってしまってからは、やることがなくなってしまっていたからだ。

メガネ越しに恐る恐るこちらを見ていた彼女は、僕の「こんにちは」という声に反応して会釈した。声は聞こえなかった。しばらくして夕美さんもやってきた。後ろから広瀬先輩に突《つっ》かれた。そうだった。危うく忘れるところだった。

「メガネ本当に可愛いね！　とっても似合っているよ」

大げさなほど明るい声で、彼女のメガネを褒めた。広瀬先輩も同じように声を上げた。はじめてメガネをかけて来たときは『とにかく褒める』というのがとても大事なことなのだとアドバイスを受けていた。

理由はシンプルに、メガネを装用することが斜視の訓練と矯正の大部分を担っているからだ。メガネをかけることができなければ、この先は見込めない。僕らは過剰なほど、ほめそやしていた。灯ちゃんは気分良さそうに身体を揺らし、夕美さんの陰に隠れた。照れているのかも知れない。少なくとも、とても機嫌がいい。

対照的に、夕美さんは疲れ果てているのが傍目にも分かった。挨拶もそこそこに、受付に用意した書類や資料を提出してもらうと、

「待合室でゆっくりお待ちください」

と声をかけた。彼女は力なく微笑んで、ソファで目を閉じていた。

僕らは検査室の隅《すみ》の物置のようになっていた部屋を片付けて小さな訓練用の小部屋を作っ

た。資料や他の検査器具が隅に置かれていたけれど、机と椅子は用意することができた。小さな自習室のようだった。

「じゃあ、これからお兄さんと一緒に遊ぼう。僕の名前は、知ってる?」

「知らない」とあっさりと言われた。四歳児では、名札も読めないし、そもそも僕の名前に興味がないのかも知れない。

「僕は野宮恭一と言います。これから月に何回か、ここで一緒に目を良くするための練習をします。いいかな」

彼女は頷くこともなく聞いている。まだ座ってはいない。椅子をどうぞ、と勧めても座る気配もない。僕にも訓練にも集中できそうにない。会話が続かなくなりそうになって、

「メガネの調子はどう?」と訊ねると、

「これ、いつまでつけないと駄目?」

と質問を返された。声は刺々《とげとげ》しかった。正解は「最低でも数年先まで」で、答えとしては「いつまでも」なのだけれど、それを伝えると訓練をやってくれなくなるのではないかと思われた。僕が答えに窮していると、

「このメガネ、なんだか変な見え方するし、フラフラして気持ち悪くなって、遊びにくい。ママは、絶対取っちゃ駄目って言うけど、ママは見てないし、ここでは取っていい?」

これは予想していた答えだった。斜視の治療のためのメガネは、普段とは違う見方を子どもに促すものだ。つまり、いつもはこのやり方で見えると思っている方法を封じて、正しい眼位

で物を見るように矯正する器具だ。快適にはできていない。彼女たちにとっては不自然なことをやらされている、と感じるはずだ。僕は、彼女にメガネの説明をしようと言葉を選んでいた。すると、力まかせにメガネを引っ張り、外そうとしていた。厳密に調節されたメガネのフィッティングがズレている。

「駄目だよ。それは取っちゃ駄目」

思わず大きな声が響いた。

「どうして?」

どうしてなのかを説明する言葉は、この二週間分の勉強の成果が無限に浮かんできた。けれども、それを伝えるための言葉は浮かんでこなかった。こんな単純な「どうして」にも答えられない。僕は、大人のための言葉しか持っていなかった。なんとか絞り出した答えは、

「ママが悲しむよ」だけだった。

それを聞くと、灯ちゃんは「分かった」と答えた。そして、椅子に座り、ため息をついた。小さな子どものため息は、大人よりも重いのかも知れない。だが、このチャンスを逃してはいけない。僕は、「塗り絵は好き?」と彼女に訊ねた。

答えは帰って来なかったけれど、彼女の前に広げて見せた。塗り絵と色鉛筆を置く無機質な音だけが響いた。しばらく僕らは黙って、まっさらな塗り絵を眺めていた。塗り絵は子どもの遊びではない。メガネをかけたまま細かい作業をすることが訓練なのだ。そのことによって目は力を使い、一つの像を両眼で結ぶためのトレーニングをする。小さく細かい作業に疲れるほ

ど集中することが訓練の内容になる。

「あの……、これ……」としどろもどろになりつつ、彼女の方に押し出した。無言だ。けれども、彼女の機嫌が悪くなっていることだけは分かった。

「アカリ、嫌なんだけど」と口をとがらせて言った。そして、塗り絵と色鉛筆を払いのける。色鉛筆は床に転がった。

「嫌なの。メガネかけたままこんなの、イヤ。頭、痛くなるでしょ！」

机を叩く音がして、またメガネを外そうとしていた。フレームが曲がっている。

「駄目だよ！　そんな乱暴に外しちゃ。とっても繊細な医療器具なんだよ」

「イリョウなんとかなんて、分からない！　ここに来るとママもアカリも嫌な気分になる！　どうしてアカリだけメガネされるの！　野宮さんなんて嫌い！」

メガネは力いっぱい握られて、床に叩きつけられた。慌てて拾おうとした瞬間に、彼女はメガネを踏みつぶした。

「ああ」と自分でも予想もしなかったような大きな声が出て、それにびっくりした灯ちゃんはこちらを睨《にら》んでいた。右目が外側を向いて、片方の目だけが僕を睨んでいた。

そして、その大きな瞳から、涙が溢れ出した。

「野宮さんなんて嫌い！」

彼女は駆け出して、検査室から出ていった。どうすることもできない。

メガネを片付けるべきか、彼女を追いかけるべきか悩んだけれど、ここには誰もいない。なるべく急いで割れたレンズと曲がったメガネのフレームを集めて、待合室に行った。

引き戸を開けると、夕美さんが彼女を抱きしめていた。

始まってまだ十分も経《た》っていなかった。夕美さんは寝起きだったのか、目をしばたたかせながらも彼女をなだめている。僕の手に握られたフレームと塵取《ちりと》りに集められたレンズを見て、すべてを悟ったようだった。彼女の瞳にも少しずつ涙が溢れてきた。誰かの涙をこんなに冷たく感じたことはなかった。瞳はまた黒く淀んでいく。

引き戸の前で立ち尽くす僕に、

「こんなこと、意味あるんですか」

と声をかけた。僕は何も答えられなかった。何を話しても、それがどんなに正しくても、いま必要なのは言葉じゃないような気がした。

灯ちゃんの泣き声を聞いて、奥から北見先生と広瀬先輩が出てきた。先生は、僕と二人を交互に確認すると「どうしたんですか」と説明を求めた。

本当はすべて分かっていたのだろう。先生はいつもよりもずっと穏《おだ》やかだった。白衣を着ていない時のように優しい表情を浮かべていた。

「麻木さん、すみません。メガネが壊れてしまったので、今日の訓練は終わりです。たぶん、灯ちゃんも集中できないでしょう」

「ええ」と夕美さんは頷いたけれど、疲れ果てていてそれ以上、何も言いたくないようだった。僕の方を見ることもなかった。視線の先には窓があり、雨粒がガラスを叩いていた。だが

彼女の涙ほど大きくはない。静かな院内に雨音が響いていた。しばらくして、ぽつりと、

「いいんです。大切なものはどうせ、壊れてしまうのだから」

と言った。意味は全く分からなかった。僕たちは言葉を失っていた。

この沈黙が、彼女たちとの関係の終わりのような気がした。きっと僕の瞳も暗く沈んでいるのだろう。沈黙を打ち破ったのは、北見先生だった。

先生は灯ちゃんに近づき、しゃがんで、見たこともないほど大きく微笑んだ。

「いいかい？　あのお兄さんはね、君にいじわるをしたいわけじゃないんだ。ママにもだ。そうじゃなくて、君たちを救いたいと思ったんだ。君の目を治して、頭が痛くなったり、転んじゃったり、大きな事故に遭ってしまったりするのを止めたいと思ったんだよ。そして、ママをとても哀しいことから救おうと思って、お休みの日にここにいる。ママも私たちもそうだ。だから、今度ここに来た時は笑顔で、また一緒に訓練をしてくれるかな？」

「クンレンをしたら、頭が痛いのは治るの？」

「それは灯ちゃん次第だよ」

先生は、しゃがんだまま夕美さんの目を見た。

彼女は瞳を隠すように、会釈した。頭を下げた時、そっと涙を拭った。もう瞳は見せてくれなかった。彼女が僕らを見なかったからだ。その後、

「さあ、帰ろう」と、受付で支払いを済ませて顔を伏せたまま帰ってしまった。

僕は両手にメガネの残骸《ざんがい》を持ったまま、立ち尽くしていた。先生が、僕の肩を叩き、

「諦めるな。諦めるなよ」と言った。

「はい」と答えた後、今日はこれ以上なにかに耐えるのは無理だ、と思った。

待合室から、すべての音が消えていた。

残された雨音さえ、遠くにあった。


疲れ果てて、傘を差して路地を歩いた。家とは反対方向だった。すぐに帰る気にはなれなかった。路地を抜けて歩くと、荒れ放題の空き家が見えてきて、今の気分に重なった。草木も雨で重く枝垂《しだ》れている。

身体のどこにも痛みはないのに、それに似た何かが胸の内側にあった。

このままじゃ駄目だと、足を向けた先はブルーバードだった。はじめからそこにたどり着けるように歩いてきたのかも知れない。

扉を開けると、眩しいほどの笑顔があり、門村さんが声をかけてくれた。店内には客は誰もいない。壁に掛かった時計を確認すると、ランチタイムが終了しているのが分かった。

僕の視線に気付いたのか、彼は、

「ランチなら、まだ大丈夫ですよ」と言ってくれた。考えるのも面倒になって、

「じゃあそれで、お願いします。すみません」と声にした。

「どうしたんですか」と言ってくれたのは、三井さんだった。ゆっくりと大量のコーヒーカッ

プを洗っていた。静かに呼吸をするように仕事を楽しんでいるようにも思えた。僕はカウンターに掛けて、ため息を吐きながらも笑顔の演技をしてみた。辛い時に誰でもがやる力ない微笑みだ。たぶん簡単に見破られてしまうだろう。

「今日はお休みでしょうから、一杯どうです？　先日助けてもらったし、ごちそうしますよ」

「一杯って、お昼にお酒も出してましたっけ？」

三井さんは視線を合わせずに、前を向いたまま微笑んだ。

「アイリッシュコーヒーですよ。私も少し飲みたい気分だったから。門村君もどうですか」

確かコーヒーにウィスキーと生クリームが入った飲み物だったはずだ。メニューを開いて確認すると、アイリッシュウィスキーをベースに、コーヒーと砂糖と生クリームが入っているらしい。甘く濃く酔える飲み物ということだろうか。

「いただきます」と僕はためらわずに言った。彼は嬉しそうだった。

「三人だけだし。楽しくやりましょう」

彼は、洗い物をやめてコーヒーの準備を始めた。門村さんはランチの準備を始めていた。

「マスターが飲むなんて、珍しいな」と彼は言った。

しばらくして出てきたのは、大きなソーセージと目玉焼きの載ったナポリタンだった。鉄板の上でケチャップが焦《こ》げて、音を立てていた。鉄板の上のスパゲッティは、熱が消え去る前に空になった。どんなに辛くてもお腹《なか》は空くものだ、と分かった。

アイリッシュコーヒーはその後、出てきた。三井さんは、僕の前に立っていた。

「で、どうしたんです？」と彼は訊いた。

グラスに口を付けて、生クリームを鼻の下にあてた後、ウィスキーの香りとコーヒーの温もりを感じ、強烈な甘さに身体が熱くなってきた。やりきれない気持ちが流れるべき道を定めて、砂が落ちるように向かっていくような気がした。

僕は夕美さんが、資料として病院に提出してくれた何枚かの写真を見ていた。

夕美さんと灯ちゃんと、彼女の父親が三人で写っている写真だ。写真を見ると、斜視が確認できる場合があるのだ。どの時点から斜視の特徴が顕著に表れ始めているのか知ることができる。治療用の資料として北見先生が提出を求めていた。

三歳後半までは、彼女の父親は写っていた。それ以降はいなくなり、二人からも笑顔が消えた。たった一年の間に、夕美さんは疲れ果て、老《ふ》け込《こ》んでしまったようにも見えた。彼の喪失の中に、彼女たちがいるのだと思えた。

斜視は見る側が注意して見なければ分からないけれど、三歳の後半には確認できる写真があった。片目がわずかに外にズレていた。

僕は病院内でのことを話してよいものか悩んだけれど、詳細は伏せながらも、灯ちゃんの訓練が失敗したことと、夕美さんが元気がないことを話した。写真のことは話さなかった。

話を聞きながら、三井さんも立ったままアイリッシュコーヒーをちびちびと飲み、ウィスキーを少し足した。話は終わり、

「大切なものはどうせ、壊れてしまうのだから」と、僕は呟いた。

「どういうことですか」と、僕と同じく唇あたりに生クリームをつけた門村さんが訊ねた。

「いえ、夕美さんが言ったんです。とても寂《さび》しそうに。僕らは意味が分からなかったけれど、彼女の声がそのときだけは、はっきり聞こえたような気がしたんです」

「それは……」と、口を開きかけて、三井さんは言葉を飲み込んだ。僕は、問いただすように彼を見て、視線を合わせてしまった。訊くべきではないのかも知れないとは思っていた。けれども、知らなければこれ以上彼女たちと前に進めないのではないかとも思った。

「お話ししていいのかは分かりませんが、私の独り言のようなものだと思ってください。私は彼女たちの友人ですから」

「もちろん、僕は誰かに言いふらしたりはしません。内容によっては、職場の同僚にも」

「ありがとうございます。私も、灯ちゃんのことがとても心配なのです」

彼はグラスをカウンターとキッチンを仕切る細い台の上に置いた。

「たぶん、彼女が言ったその言葉は、彼女の夫だった智樹《ともき》さんについてです。智樹さんは、去年亡くなったのです」

「ご病気ですか?」

彼は首を振った。

「災害です。大雨の後の川の氾濫《はんらん》が原因でした。記録的な雨の後、堤防が決壊したとのことです。彼女たち二人は間一髪で助かり、周りのお年寄りにも避難を呼びかけに行った智樹さんだけが亡くなりました。何もかもこれから、という時にです。誰かを助けようとして亡くなってしまったんです」

言葉がなかった。物語も会話も、ここですべてが終わってしまうようにも思えた。僕は、

「それって、彼女たちは、お父さんばかりか家も財産も本当にすべて失ってしまったっていうことですか？」

と声を絞り出して訊ねた。彼は静かに頷いた。そのあと、唇《くちびる》を噛《か》んだ。

「ええ。小学校の近くで、子どもを育てようと購入したばかりの家だったらしいのですが、運悪く災害に巻き込まれてしまったみたいです。開けた土地で、川からはそれなりの距離がある場所だったようです。ですが、記録的な大雨で辺り一帯の民家は軒並み水に飲み込まれたそうです。彼女たちはしばらく被災地で暮らしていました。彼が見つかるのを願いながら……。斜視を発見できなかったのは、仕方のないことなのかも知れません。そして彼の遺体はまだ発見されていません」

僕は彼女の暗い瞳を思っていた。斜視を説明した時の彼女の表情が浮かんでいた。

「智樹さんは何度かここにも来られたことがありますが、とても真面目な優しい青年で、夕美さんとお似合いの方でした。結婚したときは、ここにも報告に来てくれたんですよ。夕美さんはね、昔ここの近くに住んでいたから、小さなころからこの店に通ってくれていたのです。ちょうど今の灯ちゃんくらいの年からでした。私の妻とも仲が良くて、よく遊びに来ていました。だから今の灯ちゃんを見ると私も昔のことを思い出すんです」

僕は黙って彼の話を聞いていた。雨を眺めていた彼女の横顔が浮かんできた。

「これから家族みんなで幸せに暮らしていこうと思っていた矢先のことだったと思います。住む場所も夫も失った彼女は、ボロボロの状態でこちらに帰って来たようです。何もする気がなくなって灯ちゃんとご実家で暮らしていたようですが、ある日、ふと一人で夜に訪ねて来てくれました」

そこで彼は、大きく息を吐いた。

「閉店間際の時間に。痩《や》せ細《ほそ》ってただならぬ様子だったのは一目で分かりました。私もすぐには誰だか気付くことができませんでした。夜遅かったのに濃いコーヒーを飲みたいって言い出して、止めたのですが、どうせ眠れないからって言って……。訪ねてきたのはちょうど門村君が働き始めたときくらいだったでしょうか。彼は奥でピアノの練習をしていました。濃いコーヒーを差し出すと彼女はすぐに飲み干してお代わりを注文しました。私は二杯目を薄く作って、子どもの頃、彼女が好きだったうちの焼き菓子を出したんです。妻が考案したレシピです。それを齧《かじ》ると、懐かしいって泣いて、それから、しばらくして、また大泣きを始めてね。慰めようとしたのですが、そうではなくて、こんな温かい気持ちになったことはないって言うんです。被災地でも自分を救ってくれたのは、お菓子だった。このお菓子の味を覚えていたからかも知れないって。お菓子と、音楽とコーヒー。全部、温かいって。その後から足繁く、またこちらに通ってくれるようになって、少しずつ元気になっていきました。門村君の演奏も彼女を元気づけていったのだと思います。彼も脱サラをして新しい生き方を始めたばかりで自分を励まして演奏していましたから、彼女も共感するところがあったのでしょう。それからです。彼女が自分の店を持ちたいって言い始めたのは」

「お店ですか?」

「ええ。子どもの頃から焼き菓子が好きだったから、誰かを元気にするような焼き菓子が作りたいって言い始めて、焼き菓子の美味《おい》しいケーキ屋に就職したのです。人気店なので仕事はとてもハードなところです。どんなことでも、何かを始めないと自分が駄目になると思ったのでしょう。彼女は生まれ変わったように働き始めて、いつか自分の店を持った時のためにこの前のコーヒーの講座も受けに来ました。私も彼女の夢を応援したいと思っていました。そしてまた、その矢先に……」

僕が灯ちゃんの斜視を、発見してしまったのだ。

「彼女は本当に一生懸命に働いています。落ち込んでいちゃ駄目だ、と自分を奮い立たせて、働いていています。修業のために残業もいとわず勤務して、帰ってきては育児をして、子どもが寝静まってから勉強をして、倒れるように眠ってはまた目覚める。休みの日には、お店を出すための準備で、不動産屋を巡ったり、美味しい焼き菓子を求めて出かけ、また育児をする。はっきり言って無理をし過ぎです。たぶん人生で一番辛い時期でしょう」

彼はアイリッシュコーヒーを飲み干したグラスについにウィスキーだけを入れて、飲み始めた。僕の方にも入れてくれた。僕は口を付けなかった。

「夕美さんを責めないであげてください。彼女は、いま必死に生きようとしているから」

もう一度、グラスに口を付けようとした時、門村さんが「マスター飲み過ぎですよ。まだ営業時間中です」と彼の手を止めた。

三井さんは微笑んでグラスを置いた。

「私も、何か野宮さんの訓練に協力できることがないか考えてみますね」

と門村さんが言った。

「私もあの二人に元気になって欲しいんですよ。完璧《かんぺき》に元気になることはできなくても、ほんの少しとか、ほんの一瞬でも。だからピアノを弾いているんです。二人が元気な顔を見せてくれるのが嬉しいから。野宮さん、私たちも協力しますよ」

「ありがとうございます」

僕は頭を下げた。けれども、実際にどうしたらいいのか、分からなくなっていた。

彼女たちがまた病院に来てくれるかどうかすら分からない。そして、来てくれたとしてもどうしたらいいのか、まったく分からない。

僕が視能訓練士としてできることは何か。

どうしても、次の一手を思いつくことができなかった。僕はグラスに口を付けた。舌を焼くような強いアルコールが、身体の中に溶けていくのが分かった。

まだ、雨は降り続いていた。


手がかりがないまま一週間が過ぎようとしていた。夕美さんからの連絡はない。メガネを作り直してから来て下さいと伝えてあるので、時間がかかるのはやむを得ないことだったけれど、訓練自体を諦めてしまった可能性もあった。

勉強は続けていたが、知識だけではどうにもならないのだと分かっていた。広瀬先輩も北見先生も灯ちゃんのことは口にしなかった。彼女たち以外にも深刻な症状を抱えた患者さんは多く、業務は山積みだった。

それにできることが何なのか、本当に分からなかった。胸のペンライトの出番もないまま時間だけが過ぎていった。それでも仕事をしているとき、ふいに、灯ちゃんのきらきら星が遠くで聞こえたような気がした。彼女が眼科に来たわけではないと分かっていても、気になってしまう。諦めきれない自分がいることも気付いていた。カルテを戻すために、ぼんやりしたまま、受付に立ち寄った時、

「最近、ノミー元気がないね。また一緒に温泉にでも行くか」

と声をかけてくれたのは、ボディビルダーと見まがうような筋肉を搭載した看護師の剛田剣《けん》さんだった。

毎週ジムで体を鍛《きた》えていて、そもそもかなりのマッチョだったのだけれど、年が明けてからはさらに筋肉量が増えた。白衣の上腕二頭筋のあたりがきついと最近こぼし始めた。大胸筋のあたりもヤバそうだなと張り詰めた布を見て思った。業務中、ときどきそのあたりがピクピクと動いている。首周りの筋肉も増えたから、顔立ちも変わって見えた。太い眉毛だけが以前と変わらない。

「剣ちゃん、大きくなったね〜」と、患者さんに声をかけられると、
「最近、中年太りしてしまいまして」と、笑いを誘っていた。そして皆、剛田さんのたくましい上腕二頭筋を遠慮なく触る。

年齢は広瀬先輩と同じくらいだと思う。三十代前半といったところだろうか。何もかもが健康で頑強に見える人だった。病気の影はどこにもない。

「いいえ、温泉は結構です」

「そう言うなよ〜。この前、受付の人と話していたら、また無料の招待券を何枚ももらってね。ノミーが元気なさそうだから一緒に行こうかなって思ってたんだ。ジャージもトレーニングシューズも貸してくれるし、温泉のサウナも最近リニューアルされたんだよ。今日にでも着の身着のまま行けるよ。たまにはどう?」

彼が誘っているのは、温泉付きのトレーニングジムだ。彼と並ぶほど屈強なお年寄りが通いつめる選ばれし者のための施設だった。

「頭が疲れた時は、身体を動かした方がいいと思うけどな。近くしか見てないと、遠いところを見る力が衰えちゃうでしょ」

と、彼は珍しく眼科医療従事者的な発言をした。その通りだ。そして、あまりに近くばかり見過ぎていると、そのうちに遠くも近くも見えなくなってしまうのだ。

「そうですね、たまには、いいかも……」

と言おうとした時、妙に明るい女性の声が、

「あら！　剣ちゃん、お久しぶり～！」

と響いた。すると、僕のことは意識の隅から消えてしまったようで、やってきた年配の女性よりも明るい笑顔で、

「鎌田《かまた》さ～ん！　お久しぶりです。お元気でしたか！」と待合室に響き渡る声を張って挨拶した。あまりの声の大きさに彼女にも「し～！」と注意されていた。また、昔なじみの患者さんなのだろうか。剛田さんは、北見眼科医院で一番打ち解けやすく、患者さんに人気がある。

とくに七十代や八十代の患者さんに大人気で、若いころからの彼を知っているので孫のように見えるらしい。

彼の大きく元気な声が、年配の方に聞き取りやすいというのも理由だと思う。女性は派手な柄物《がらもの》のワンピースを着て、春用のコートを羽織《はお》っていた。小柄だが背筋はしっかりと伸びていて、声も若々しい。五十代後半にも見えるし、六十代にも見える。もしかしたら七十代だろうか。まったく年齢が分からない。

「こんなに大きくなって。余程、仕事頑張ってるのね」と、上腕二頭筋を触られている。眼科の仕事に上腕二頭筋はあまり関係ないが、「そうなんです、頑張ってるんですよ」と力こぶを作って見せていた。

彼と他愛《たわい》ない世間話をしながら、慣れた手つきで問診票を書いていった。事務や受付の仕事をしていたのだろうか、羨《うらや》ましくなるほど手先の操作が速い。問診票のバインダーを、剛田さんに渡すと「じゃあ、またあとでね」と言って、待合室の受付の方に向かおうとした。指先の

惚《ほ》れ惚れとするような動きに見とれていると、彼女は僕に視線を留めて、

「ああ、あなたが新人の視能訓練士さんなのね。なかなかの男前。北見眼科医院の新星ね」

と言われた。僕は驚いた。視能訓練士という言葉を知っていることにも驚いたけれど、僕がそれであることがどうして分かったのだろう。疑問が顔に浮かんでいたのだろう。彼女は悪戯《いたずら》っぽく笑って、胸のペンライトを指差した。

「いい、ペンライトね。ほんと素晴らしい」

と褒めた。どうしてそう思うのか、また疑問が増えた。

彼女の名前は、すぐに呼ばれた。

鎌田光《ひかる》さん、七十四歳。予想よりも年配の方だった。検査室に入ってくると、あたりを見回し目を細めた。視力検査用の椅子をすすめた時、広瀬先輩が彼女をノンコンタクトトノメーターが置いてあるあたりから見つけて、会釈した。彼女はまた笑顔になった。昔馴染《むかしなじみ》の患者さんなのだろう。医療従事者にも、お会いすると嬉しくなるような患者さんはいるものだ。広瀬先輩の屈託のない笑顔を久しぶりに見た気がした。

視力検査を始めると、背筋をピンと伸ばしてはっきりと応《こた》え始めた。こちらに聞こえやすい声と「分かりません」という判断がとても早かった。僕は過去最高の速度で視力検査を終えて、屈折検査も眼圧の検査もすぐに終えた。

先生の方へカルテを回そうとした時、広瀬先輩がやってきてカルテを見ると、

「悪いけど、検影法でもう一回測ってもらえる?」と言った。僕の検査に何か不備があったの

だろうか。検影法という言葉を聞いた時、鎌田さんが少し反応した気がした。何か自分の目に異状があったと思ったのだろう。

「あっ、えっと大丈夫ですよ。もう一つだけ簡単な検査をしますのでこちらにどうぞ」

と、暗室になる部屋に案内した。やはり、目を細めて室内を見回している。椅子に腰を下ろしたのを確認し、照明を消した。すると、また丁寧に周囲を見回し、

「もうここには、室内灯はないのね」

と言った。きっと、完全暗室が不安になったのだろう。僕は、わざとこの部屋は暗くなるように作られていることを説明した。

暗いところでしかできない検査をするけれど、まっすぐあの『ぬいぐるみ』のあたりを見ていてもらえばいいので安心してください、と伝えた。彼女は声を出す代わりに微笑んだ。白い熊《くま》のぬいぐるみが闇にぼんやりと浮かんでいる。

検影法は、僕が最も得意な検査だった、というよりも、これ以外に得意な検査は他になかった。現代ではオートレフラクトメーターという自動で屈折率を検査してくれる機械があるので、ほとんどの視能訓練士は使っていない。暗室に呼んで、手技《しゅぎ》によってレンズを通して、視能訓練士が瞳の光を観察するよりも、患者さんには機械の中の気球の絵を眺めてもらっている方が格段に楽なのだ。

この検査の精度は、視能訓練士の技量に大きく左右される。簡単に言えば、先日灯ちゃんに施したヒルシュベルク法と同じように瞳に光を当てて検査を行う方法だ。

今度はその瞳と光の間に、レンズを置いて、瞳を観測する。レンズは木製の物差しのような板に縦一列に並んでおり、レンズによって度数が異なっている。それぞれのレンズを使った時に、瞳の中の光がどんな動きをするのかを観察するのだ。まるで高速で動く月の満ち欠けを小さな的から観測するような検査方法だ。

瞳を見つめることが好きな僕にはうってつけの技法だった。

技法に習熟する必要はあるが、光に注視してもらう一瞬を見逃しさえしなければ、幼児でも検査ができるし、機械よりも遥かに素早く検査を終えることができる。精度も高い。

僕が唯一、広瀬先輩よりも『できる』検査技法でもあった。

おまけに今回は、新品の機材だ。先日、僕が検影器のライトを点けっぱなしにしたせいで熱があがって、機械を壊してしまったので、先生に新しい検影器を買ってもらったのだ。北見先生に報告すると、「じゃあ、新しいの買おうか」とあっさり言われた。

僕のミスによって機材を壊してしまったのだけれど、新しい検影器を手にできるというのは嬉しかった。今度の検影器のライトはＬＥＤになっていて、以前のものよりもずっと明るい。検影器はＬＥＤライトの付いた棒のある単眼鏡のような形をしている。

スイッチを入れると、彼女は、

「あら、明るいのね〜」とライトよりも明るい声をあげた。僕も驚いた。暗室が、半暗室になるほどの明るさにも思えた。オートレフによって彼女の屈折の値は予測がついていたので、検査は一瞬で終わった。慣れるとこの検査は、瞬《また》く間《ま》に終わる。

「はい、前を見てくださいね。ありがとうございます。終わりです」というような速度だ。先に値を知っていればなおさらだった。両眼とも光は瞳の中で満月になり、中和した。値は何も変化がなかった。検査が終わると、

「とっても早いのね」と褒められた。患者さんにもそんなことが分かるのだろうか。眩しいものを見るように、目を細めていた。実際、ライトが強すぎたのかも知れない。網膜に焼き付いた光の跡を見ているような視線だった。

「ええ、ではこちらに。先生の診察がありますので」

と検査室に案内すると、すぐに呼ばれて先生の診察が始まった。僕も近くに立って別の検査をしていた。彼女を見た先生も笑顔になった。余程、愛されている患者さんなんだなと思った。

「お久しぶりです」という笑顔と言葉から、診察は始まった。鎌田さんは、この空間に馴染《なじ》んでいた。緊張の欠片《かけら》も見えない。どちらかというと、楽しみにしていたというような雰囲気だった。

腰かけて、姿勢を整える間に彼女は、

「検影法をやっていた若い視能訓練士さん、上手いですね」

と言った。僕は驚いて振り向いた。

検影法を知っている？

「ええ。なかなかのものでしょう。いまどき、あんなに使える若い人はいませんよ」

「ほんとに、そうでしょうね。昔、北見先生に検影法を教えていた時なんて、あんな眩しい光……、なんて言いましたっけ？」

「LEDですか」

「そう、それです。年をとってくると横文字は駄目ですね。LEDなんてなくて、豆電球が少し明るくなったような『室内灯』の光の反射で検査したものですけどね。便利がよくなりましたね」

「はは。そうですね、懐かしいです。その節はお世話になりました。いまは機械は便利になりましたけど、あの検査の難しさと有効性は変わっていませんよ。ちょっと彼を呼びましょう。たぶん、気になっていると思うから。なあ、野宮君」

僕は背筋を伸ばして、近づいた。彼女はもう一度にっこりと笑った。

「こちら、十年近く前まで、ここで一緒に働いていた視能訓練士の鎌田さん。我々の大先輩にあたる人だよ。私は学生時代には母校で鎌田さんから検査の技法を習ったんだ。ちょうど、今の野宮君と広瀬さんみたいな関係だね」

僕は二人を比べて眺めた。二人の間にどれくらいの時間が流れたのか推し量ることはできなかった。僕に見えたのは、先生のいつもよりも少し明るい笑顔だけだった。

会釈して挨拶をすると、

「本当にいい視能訓練士さんですね。これからが楽しみですね」

と医療従事者然とした朗《ほが》らかな声で言われた。僕からは、

「ありがとうございます」という言葉しか出てこなかった。そして、頭を上げると、

「そのペンライト」とまた胸を指差された。僕は、ペンライトを取り出して手に載せた。

「子どもの相手もよくするから、着けているのでしょう？」と彼女は訊ねた。

子ども、と言われた瞬間に、僕の頭には灯ちゃんが浮かんだ。きらきら星を歌う声が響き、大きな笑顔が脳裏に浮かんだ。頭の中で花火が炸裂《さくれつ》するような強い衝撃を感じていた。

これだ、そして、ここだ。

「あの……」と、僕は話を切り出した。彼女は、僕の質問を察知して身を乗り出した。

「斜視の訓練についてご存知ですか？」

なるほど、と頷いたのは、隣にいた北見先生だった。すぐに助け舟を出してくれた。

「彼、うちで交代性の斜視の子の訓練を行おうとしているんですよ。ですが、うちは長年検査ばかりやっていたもので、訓練の経験のある人間が誰もいなくなってしまったのです。よろしければ、アドバイスしていただけませんか。鎌田さん、昔、訓練もやっていましたよね」

彼女は何度も頷き、

「ええ、やりましたよ。この病院に来る前の大学病院でも、ここでも少しはやったんじゃないかしら。そうですよね、なかなか分かりづらいと思います。じゃあ、診察が終わった後、話しましょう。ここで喋るとあとがつかえてしまうし、私にはいくらでも時間があるからね」

と嬉しそうに言ってくれた。

「ぜひ、よろしくお願いいたします」

これ以上できないというほどに頭を下げた。顔を上げると、

「白内障の検診に伺ってよかったわ。いまの機械は苦手だけれど、訓練なら少しはお役に立てるかも知れないわね～」

と元気な声で応えてくれた。

望み続けた手掛かりが、やっと舞い降りてきたような気がした。


業務終了後に待ち合わせたのは、北見眼科医院から車で十五分ほどの場所にあるショッパーズモールのフードコートだった。僕はバスで向かった。フードコートにたどり着くと、彼女はドーナツを齧《かじ》っていた。

「お一ついかが？　仕事終わりは甘いもの欲しくなるでしょう」

と言われたので、遠慮なくドーナツを頬張ると、孫を見るような笑顔で、

「いい食べっぷりね」と褒められた。子どもの頃、祖母にそんなふうに褒められたことがあるのを思い出してしまった。視能訓練士としては、実際、そんな関係なのかも知れない。僕らの世代まで、技術を研鑽《けんさん》し、伝えてくれた大先輩だ。視能訓練士になって分かったことは、教科書に載っていることがすべてではない、ということだ。教科書を一言一句漏らさずに頭に叩き込んだとしても、実際の検査のコツや、先輩が教えてくれる小さなアドバイス、観察眼を養わなければ業務を全《まっと》うすることはできない。むしろ、知識はその入り口でしかない。

一番簡単そうに思える『視力検査』でさえ、『まともに』できるようになるまで十年はかかると言われることもある。『まともに』という言葉の意味は、どんな病状の患者さんにもある程度の精度で、という意味だ。

当たり前に見えることが、実は当たり前ではなく、確かな『技師』の世界が広がっている。とても地味だけれど、当たり前を成すために力を尽くし続ける世界だ。

僕に合っているな、とよく思っていた。

僕はいま、その分野の大先輩と一緒にドーナツを頬張っているのだ。ドーナツを食べ終わり、差し出されたウェットティッシュで手を拭《ふ》くと、僕は、

「じゃあ行きましょう」と立ち上がろうとした。すると、

「もう一つ余ってるからいかが？」と、手元に持っていた箱からドーナツを取り出して見せた。

「いや、でも時間は大丈夫ですか？」僕が訊ねると、

「言ったでしょう。私は時間はいくらでもあるの。もう一人来るから、待っててね」

と、ドーナツを僕に持たせた。今度のは生クリームが大量に挟まっているやつだった。

「飲み物がいるでしょう。買ってくるからね」と止める間もなく彼女は立ち上がり、レジで支払いを済ませて二人分のコーヒーを持って来た。僕はお礼を言ってコーヒーを受け取った。温かいコーヒーに口を付け、生クリームの入った砂糖の味しかしないドーナツを頬張ると、さっきよりも気分が落ち着いて、このままずっとここに座っていてもいいような気分になってき

た。仕事が感覚から遠のき、一日が過ぎ去っていくのが分かった。

「どうして訓練をしようと思ったの？　別に訓練しなくてもあなたのお給料は変わらないでしょう。お休みを返上してまでやることなの」と彼女は頬杖《ほおづえ》をついて訊ねた。

僕は、どうしてだろうと考えて、二人の状況や事情を説明した後、

「それが自分の仕事だと思ったからです」と答えた。

「仕事？　仕事は検査をしているでしょう」

「いえ、そうじゃなくて……、なんて言えばいいんだろう。ここで彼女たちを遠い場所に送り出してしまったら駄目だって思ったんです。なんでも一人で抱え込んでしまうのもよくないことは分かっているけれど、できるかも知れないことをやらなかったら、自分が自分じゃなくなってしまうような気がしたんです。それにできるなら、やってみたかった、です」

「やってみたかった？」

「なんて言ったらいいのか、分かりません。訓練がうまくいかなくてこうして、今日だって、お時間を頂いているのですが……」

「それはいいの、私も楽しくてやっていることだから。続けて」

「全然、できないし、やったことないのに、もし北見眼科医院で訓練をすれば、僕たちもあの二人も、二人を囲む人たちも皆が笑顔になれるような気がしたんです。逃げちゃ駄目なものが、やって来たんだって気がしたんです。だから、やってみたいと思いました。僕は視能訓練士だから、彼女の訓練をやってみようと思った、それが理由なんですが。変なこと言ってます

ね」

彼女はまっすぐに僕を見ていた。白内障で少し濁った瞳が、僕を射抜くように見ていた。知性と熱意が、僕を見定めていた。この人も視能訓練士なのだと思った。

「あなたはどうして『視能訓練士』になろうと思ったの？」

その答えはすぐ浮かんだ。何度も同じことを思い、揺るがずに答えてきた。いまもその答えを感じている。

「瞳の中の光を見るのが好きだからです。その輝きを増やしたり、強くしたいって思ってやってきました」

彼女の口角がつり上がり、目は見開かれ、強く輝いた。そして、

「それは、私と同じじゃね」と言った。

「それって」と疑問を口にしようとした時「お待たせしました！」と聞き慣れた声が響いた。視線を上げると、広瀬先輩が傍に立っていた。

「もう一人って、先輩ですか？」

彼女は長い髪を解いて下ろしていた。院内では見ることのない姿だった。

「そうだよ。訓練について教えてもらう機会はなかなかないからね。一緒に習おうと思って」

「そうね。広瀬さんは、こういうのは苦手かも知れないわね～」

鎌田さんは立ち上がり、

「さ、じゃあ行きましょう。ぐずぐずしていたらお店も閉まっちゃうから」

「お店？」

「視能訓練士が揃《そろ》っていく場所なんて、一つしかないでしょ」と先輩は言った。僕には見当もつかなかった。鎌田さんは笑った。

「あなたに足りないものを、見つけに行くのよ」と彼女は笑った。


ショッパーズモールを出て、向かいの通りにそれはあった。店内は明るく、大きな窓があった。入り口には『土浦《つちうら》メガネ』と書いてあった。

「お電話差し上げた鎌田です〜。お久しぶり〜」と揚々と彼女は店内に入っていった。出迎えたのは、背が高く白髪のメガネを掛けた紳士だった。年齢は五十代半ばくらいに見える。接客業をする人らしく、ハキハキとした腰の低い人だった。僕には到底真似《まね》できない。鎌田さんはすぐに椅子をすすめられたが、威勢よく立ったまま話し始めた。

「こちら北見眼科医院で働く視能訓練士さんの二人、広瀬さんと野宮君です」

と紹介すると、「ああ、こちらが！」と、僕らに名刺を差し出した。

僕らのことを知っているのだろうか。不思議そうな顔をしていると、

「訓練を始められたんでしょ？　灯ちゃんがこちらに来たんですよ」

と教えてくれた。それで分かった。この土浦さんが灯ちゃんのメガネのフィッティングを行ったメガネ屋さんなのだ。

「お世話になっております」と僕らは頭を下げた。彼は僕らの仕事の関係者だった。そして灯

ちゃんの訓練の鍵《かぎ》を握る重要人物だ。彼のメガネの設定は僕が見る限り完璧だった。僕は彼に謝った。

「先日は、本当に申《もう》し訳《わけ》ありませんでした。僕が不甲斐《ふがい》ないばかりに、せっかく用意していただいたメガネを破損させてしまうようなことになって……」

事情をすべて理解しているのだろう。ほんの一瞬だけ目を伏せたけれど、目尻を下げて答えた。

「まあ、初めてのメガネでどうしても慣れなかったのでしょう。あの子の辛さは、私たちの知識だけで慮《おもんぱか》ることはできませんよ。自分が見ている世界を全否定されているようなものですからね」

そうかも知れない、と思った。彼女はそう感じるかも知れない。見えるということや、新しい世界があると伝えることはとても難しい。僕らにとっての当たり前が、彼女にとっては異質なことなのだ。

彼女はこの世界が『立体的に見える』ということを知らない。大人だって、その世界を見ずに概念だけで理解するのは難しいだろう。子どもならなおさら、僕らの言っていることは理不尽に感じるのかも知れない。

だからこそ僕らは、彼女に寄り添い近づかなければならなかったのだけれど、僕はそれに失敗した。結果的に、夕美さんの家計にさらに負担を掛けることになってしまった。僕はずっと気になっていたことを訊ねた。

「あのあと、二人はここに来られましたか？　新しいメガネは注文されましたか」

土浦さんは、僕の心配を予測していたのだろう。「もちろん」と頷いてくれた。

「事情もすべて伺っていますよ。夕美さんはとても心配そうでした。でも私は、訓練とはそういうもので一朝一夕ではならないことと、とても難しいことをお話ししました。そして、彼女たちがとても幸運であることもお伝えしましたよ」

「幸運？」

「だってそうでしょ。お休みを返上してまで、彼女たちのために訓練をしたいって言ってくれる視能訓練士さんや病院に出会えるなんて幸運は、まずありえませんよ。だから私も、彼女の新しいメガネは、だいぶん値引きをしました。私だって、ああいう小さい子に明るい未来を見て欲しいからね」

僕は彼の言葉を聞いて「ありがとうございます！」と頭を下げた。それ以外の言葉は、思いつけなかった。鎌田さんが僕の肩を叩いた。

「いい仕事をしようとしている人には、不思議とみんなが協力してくれるもんなんですよ。土浦さんもね、野宮君の熱意に動かされて、応援してくれているんですよ」

僕は二人を見た。人が美しいことを行う時の澄んだ瞳が、そこにあった。

「私もあなたにお会いしたいと思っていたんですよ。これから、訓練を行うなら麻木さん親子は、病院とこの店との往復をすることになりますから」

確かにそうだ。彼女の成長や訓練の進捗《しんちょく》状況に合わせて、メガネのフィッティングを細かく変えなければならない。

「大人のメガネは『便利な道具』だけれど、子どものメガネはれっきとした『医療機器』ですからね。私たちとしては、ほんの少しのズレもなおして最善を尽くしたい。これから四六時中かけているものにもなるし、小さな子どもさんはメガネを乱暴に扱ってしまうことも少なくない。だから、私たちがきちんと連携をとる必要があるなあと思っていたんです。北見先生とはたまにお会いすることがあるけれど、視能訓練士さんとゆっくり話す機会はあまりなかったですから」

「僕らにできることは、何かありますか」

彼は口を結んだあと、できれば、と切り出した。

「できれば、ここに気兼ねなく来られるように眼科でもお話ししていただけませんか？　先ほども申し上げた通り、子どものメガネは細かく調整しないといけません。汚したり、壊したり、ズレてしまったりすることもあります。でも、何も買うものもないのに店に来ること自体を申し訳ないと思って来られないお客様は多いです。それでは、せっかく買っていただいたものも、本来の力を使えないままになり、我々の努力はすべて無駄になります。現状では、気を付けて来て頂くという方法しか私には思いつけませんが、でも、足繁く通ってもらえるよう私も声をかけます。ですから、眼科でも麻木さんにお話ししていただけますか」

話を聞きながら、夕美さんならあり得る話だなと思った。

良識を持った人であればあるほど、調整をしてくれるメガネ屋さんから足が遠のくかも知れない。特に土浦さんのように一生懸命に調整をしてくれる人に申し訳ないと思ってしまうことは、当たり前だろう。

「承知しました。私たちも話をしてみます」

「できれば、私たちだけじゃなくて、麻木さんのご家庭を含めて、しっかりとした関係が欲しいですよね」

僕もそう思っていた。このまま僕らが簡単にすれ違ってしまえる他人のままなら、灯ちゃんの訓練もいつ終わるとも知れないままだ。それでは誰ひとり幸せにはなれない。

「僕も方法を考えてみます。そして、ときどきこちらにお邪魔しようと思います」

「お忙しいでしょうから、連絡がとれるだけでもいいんです。一緒に頑張りましょう。さて、じゃあどちらから？」

と、彼は言った。何を言っているのか分からないという顔で、広瀬先輩と僕は鎌田さんを見た。

「あれ？　話してなかったかしらね～。今日はここにご挨拶にだけ伺ったわけじゃないのよ。二人のメガネを作りに来たの」

「メガネですか？　僕は自慢じゃないけど、目は悪くないんです。裸眼でも１・０はありますよ。必要ないと思いますが」

広瀬先輩もそれに続いた。

「私たち眼科に勤めているけれど、ありがたいことに二人とも目がいいんです。私も最近、論文の書き過ぎで疲れ目だけれど、2・0は出るはずです。だいたいなんでも見えますよ。私たちにメガネは必要ないと思います」

鎌田さんは口元を押さえて笑った。

「いいえ。それは間違いです。いまのあなたたちにこそ、メガネが必要です。あなたたちはやっぱりまだ、見えていない。広瀬さん、私がまだ病院にいるときに言ったことがあるでしょう。相手の立場に立って洞察しなさいって。知識や常識だけでは対応できないことには、想像力が必要なのよ。それも大きな武器の一つなの。さあ、どうしてあなたたちにメガネが必要なのかしら?」

先輩から答えは出てこない。鎌田さんの視線が、こちらに向かってくる。僕は灯ちゃんの様子を思い浮かべた。彼女の言葉や態度が脳裏に鮮やかに蘇った。

「どうしてアカリだけメガネされるの……」僕が呟くと、

「正解」と彼女は言った。

「きっと、あなたたちが訓練するお子さんはそんなふうに考えてる。『どうして私だけがこんな辛い思いをしなければならないの。みんなはやっていないのに』。あなたたちは、メガネをかけろと言うけれど、自分たちはかけていない。どう思う?」

広瀬先輩は驚いていた。

「では、私たちがメガネをかけたら、灯ちゃんは訓練を受けてくれるのですか?」

「受けてくれるかは分からない。でも試してみる価値はある。保証は何もないけれど、次の一手が見当たらないならあらゆることを試さないと……、そうでしょう?」

その通りだと思った。単純な方法だけれど、それで彼女が訓練を受けてくれるのなら、安いものだと思った。

「ぜひ、よろしくお願いします。メガネを作ってください」

と、僕は土浦さんに言った。

「ありがとうございます。後悔させませんよ。意外とこれでうまくいく場合も多いんです。斜視弱視の子の親御さんが、子どもに合わせてメガネをかけただけで子どももメガネをかけるようになったというのもよくある話です。私が視力検査と屈折の検査をしてもいいのですが、ここには視能訓練士の方が三人もいるので、お任せしたいと思います。いかがでしょう」

彼は鎌田さんを見た。彼女は、

「まだ、こちらにスキアスコープあります?」

と訊ねた。スキアスコープとは検影器のことだ。

僕らの検査は、瞬く間に終わった。模範的で正確で、ストレスの少ない検査だった。とりわけ検影法は、僕では到底及ばないスピードだった。子ども相手なら検査だとも悟られないかも知れない。広瀬先輩は、視力が少し落ちていたようだった。視力検査の結果に、肩を落としていた。

「ずっと視力が2・0あるのが自慢だったのに」

と言っていた。とはいえ、裸眼でも日常生活に支障があるレベルではない。彼女はブルーライトカットの近距離を見るためのレンズを選んでいた。

「早めに見つかって良かったわね。あなたも時々、眼科に通いなさいね」

と鎌田さんに言われていた。広瀬先輩は苦笑いをしていた。僕の視力は問題なかった。

すべてが終わり、支払いというときに財布を取り出すと、土浦さんに止められた。

「支払いは、全部、北見眼科医院でいいですかね？」

と、彼は訊ねた。僕は判断できず、自分で払おうとしたが、鎌田さんが止めた。

「大丈夫よ。北見先生には言ってあるから。請求書は北見眼科医院にお願いね」と言った。

「了解です。では、お買い上げありがとうございます。後日、病院にお持ちしますね。これで、訓練うまくいくといいですね」

彼は僕らをお店の外まで送ってくれた。別れ際、僕は、

「あまりお店にとって大きな利益の出る仕事ではないかも知れませんが、どうか灯ちゃんをよろしくお願いいたします」

ともう一度頭を下げると、彼は笑った。

「それはお互い様でしょ。あなたたちだって、斜視の訓練をしたとしても、診療報酬の点数はあまりに少ない。むしろ時間対効果が低すぎて経営を圧迫するはずです。でもね、儲《もう》からないと分かっていても、プロとして誰かがやらないといけないことはあるんです。仕事ってそういうものだと思うんですよ」

鎌田さんが、僕の肩を叩いた。北見先生が触れた時と同じように、力強かった。

「あなたも、北見先生も、立派な決断をしたと思いますよ。どんな場所でも、自分たちでできるところまで、頑張るんだというのが大事なことなのよ」

それから彼女は広瀬先輩の方に向き直った。

「広瀬さんも、彼が訓練に力を奪われる分、大変になると思うけど頑張ってね。まっすぐだけが正解じゃないの。訓練には近道もコツもなくて、小さな努力の積み重ねしかない。でもだからこそ、皆の力が要るのよ。そして……」

「そして?」と、広瀬先輩が渋い顔で訊き返した。

「私の白内障手術の術前検査もよろしくね」

僕は微笑んで「任せてください」と答えた。

彼女は最後に、僕らの笑いを誘って別れ、去りながらも何度も手を振ってくれた。

メガネは一週間ほどで届いた。大急ぎで仕上げたのだと、病院に持ってきてくれた土浦さんが言われた。そのときに、灯ちゃんのメガネもでき上がっているからと教えてくれた。

僕らは、たった一つの報《しら》せを待っていた。

彼女たちからの一報が、僕が望むすべてだった。

電話を受け取ったのは、雨の日だった。受付には誰もいなくて、偶然一番近くにいた僕が電話を取った。「あの……」と声がした瞬間に相手が分かっていた。

「訓練でお世話になっている麻木ですけれど」と名乗った時、僕はガッツポーズしていた。待合室にいる患者さんから変な目で見られていた。そして、予約の日時を確認し伝えて、灯ちゃんの様子を訊いた。

「なるべく、メガネをかけさせようとしていますが、すぐに外してしまいます。ですが、連れていきます。よろしくお願いします」

と言われた。僕は努《つと》めて明るい声で答えた。

「ええ、こちらこそよろしくお願いします。一緒に頑張りましょう」

気の利いた言葉は何一つ思い浮かばなかった。もともとそんなことが言えるタイプじゃない。でも、嘘は吐かない。

答えはないまま、受話器は置かれて日付を記したメモだけが残された。僕は腕まくりをしてまた仕事を始めた。白衣の袖がきつく締まり、こぶしを握り締めた。


また、走って彼女はやってきた。メガネはかけていない。後ろから夕美さんもやってきた。僕を見て、眉をひそめて頭を下げたのは彼女がメガネをかけていないからだろう。僕はわざと大きな笑顔を作って、彼女の目線に合わせるようにしゃがみ込んだ。

「こんにちは。今日も走って来たの?」

「うん!」と身体を揺らして答える。額に汗がにじんでいる。

「でもね、こけちゃった」と両手を開いて見せてくれた。手首と掌の間に、絆創膏《ばんそうこう》が貼られていた。前かがみに手を付いたのだろう。

「いつも、転んじゃうの？」

「アカリは『おっちょこちょい』で『ぶきっちょ』だからね」彼女にしては低い声だった。

「僕もよくそう言われるよ」

彼女は眼を見開いた。

「そんな大人の人なんているの？　それって大きくなったら、治るんじゃないの」

「治る人もいれば、治らない人もいる。僕は治らなかった。僕もできれば治したいよ。でも無理だった。だから僕にできることを、一生懸命にやってる。でも、灯ちゃんは治るかも知れない。治したい？」

「できればね……、治したい」

「治してどうするの？」

深いため息が聞こえた。僕らよりも重い呼気だった。

「同じ『おっちょこちょい』の『ぶきっちょ』なら分かるでしょ。このままでいいなんて、絶対思えない。アカリだってママを困らせたくないんだよ。このままじゃママは一生、絆創膏の箱を持ち歩かないといけないよ」

「分かるよ」と僕は言った。本当に彼女の気持ちが分かった。

子どもの頃、不器用でできない奴だと言われ続けていたから、そう言われないで過ごせることを想像して暮らしていた。両親の困った顔が、僕の幼《おさな》いころの一番の記憶だった。妹にも友達にもよく笑われていた。

視能訓練士になると言った時も、就職活動に失敗し続けていた時も、同じ顔をされた。治せるなら、治したかったことだ。医学的な説明や、訓練をする意義について彼女に教えることもできた。大人に話すのなら効果的だろう。だが僕は言葉ではなくて、想いを選んだ。

「じゃあ、一緒に頑張ろう！」

胸ポケットに差していたメガネをかけて見せると、「おお」と彼女が声を上げた。子どもにしか発することのできない高く柔らかい音だった。

彼女は僕の前から走り去った。駄目だったかと思い、俯いた時もう一度、声が聞こえた。

「ママ、私もメガネ出して！」

慌てた様子で、夕美さんはハンドバッグの中のメガネケースを取り出した。灯ちゃんは大急ぎでメガネをかけた。真っ赤なフレームのメガネだった。そして、僕に近づくと、

「これで治る？」と訊いた。僕は、

「そうだね。これをかけたまま、『ぶきっちょ』を治す訓練をしよう。僕も一緒に頑張るよ」

と言った。彼女は、じっとこちらを見ていた。そして、

「野宮さんも、治るといいね」

と言った。なぜだかその言葉がこれまで人生で聞いた中で、一番優しいものに思えた。

「ありがとう。僕もぶきっちょだけど、頑張るよ」と言って、検査室に向かおうとしたとき、何かに引っ張られた。彼女が僕の白衣の袖を持っていた。そして、ニコッと笑い、手を差し出した。夕美さんを振り返ると、頷いている。

僕は彼女の手を取り、このまま検査室への扉を開けた。

僕らは検査室の奥の『訓練室』に向かった。たった一つの机と、二つのパイプ椅子が置いてあるだけの物置のような小さな空間で、僕らは自分たちの運命と向き合おうとしていた。

彼女が席に着いたタイミングで、机の端《はし》に置いてあったラジカセのスイッチを入れた。

そこから流れ始めたピアノの音を聴いた時、彼女はあのときと同じように身体を揺らし始めた。曲は大好きな『きらきら星』だった。先生の許可は取っていた。恐る恐る音楽を流していいか訊ねた時も、

「訓練に必要ならいいんじゃない。なんでも試してみなきゃ」

と驚きもせずに言った。真面目な顔をしていた。

「で、何を流すの？」

「ブルーバードの門村さんが、灯ちゃんの大好きな曲を録音してくれたみたいなんです。カセットテープに」

「はは。今時カセットテープね。アナログだね」

「どうやら、ブルーバードにあった録音機材がそれだけだったらしくて。でもカセットデッキなんてここには……」

「あるよ」と、即座に先生は答えた。

それは本当にあった。訓練室として使っていた部屋の戸棚の上の段ボールに押し込まれていた。大量のカセットテープもあった。

「うちも古い病院だからね。探せばいろんなものが出てくる。野宮君、なんでも思いついたものをやってみたらいいよ。彼女がやってくれるまで、すべての可能性を試してみよう。訓練は、視能訓練士さんの領域だ。君の考えを尊重するよ」

その結果、彼女は検査室の隅っこで、門村さんの音楽に耳を傾けている。身体の揺れが激しくなり、楽しそうに目を閉じていた。彼女は、この演奏が誰のものか分かっているのだろうか。どちらにせよ、いまを逃す手はない。

「さあ、灯ちゃん。良かったら、この『塗り絵』一緒にやってみない?」

と、僕は訓練用に作られた細かい点を塗りつぶすお魚の塗り絵を差し出した。彼女は足をぶらぶらさせながら、口をとがらせて塗り絵を見ていた。断られるかと思ったが、

「いいよ」と彼女は言った。「私にも塗り絵ちょうだい」と手を差し出した。僕は赤い色鉛筆と一緒に紙を破り取って手渡した。そして机の上に載せると、動きが止まった。彼女は僕も塗り絵を始めるのを待っていた。僕もほとんど同じタイプの塗り絵を破り、青い鉛筆を持った。

すると、彼女はわき目もふらずに、小さな点を一生懸命に塗り始めた。眉間に皺が寄り、頭痛に耐えているのが分かった。僕は心の中で「頑張れ」と励まし続けていた。

彼女が行っているのは、ただの『塗り絵』ではない。

矯正用のメガネをかけて、不得意なものを与えられて、理由も分からずにそれに集中させられている、かなりの負荷が掛かる行為だ。たとえば、誰でも『より目』をしたまま、針の穴に糸を通し続けろ、と言われて、それを執拗《しつよう》に強制されたら嫌な気持ちがするはずだ。感覚的に

は、それよりもさらに苦しいことを彼女に課していた。

生まれてから一度もやったことのない目の使い方で細かい作業を何度も続けて、と僕らは強制している。

吐《は》き気《け》と酔いが一緒に訪れるような頭痛と疲労に、彼女は耐えているはずだった。彼女は常に世界を片目ずつで確認しながら生きてきた。両眼を使った二つの像を頭の中で重ねる能力が未発達だ。二つの目で世界を同時に見て、像を重ねる『融像力』を手に入れなければ、世界の距離を捉える『立体視』を獲得できない。立体視を獲得しなければ、すべてが一枚の紙に描かれたのっぺらな印象のまま世界を捉え続けてしまうのだ。立体視とは、二つの目が同時に物を見て、一つに融像して、はじめて生まれる感覚だ。

当然だけれど、遠くにあるものと近くにあるものの距離を認識することは、意味がある。それは、未来を予測することに繋がる。自分が時間と空間のどの位置にいるのかを認識する能力だからだ。人はその力によって、自分の行動を決めることができるのだ。

信号のない横断歩道で向こうから走ってくる車の位置が分からなければ、いつ渡っていいかも分からないはずだ。人は世界を見ることによって、未来を知ることができる。

視機能が未来予測のための器官である理由はまさにここにある。

僕らは字義通り彼女の『未来』のために、訓練を決断した。

その『立体視』を鍛えるには、北見先生が言っていた通り、視機能が発達する五歳までに訓練を行うのが理想とされている。僕らが焦りを感じ、広瀬先輩が大学病院に回すべきだと言ったのはそのためでもある。

四歳二ヵ月の彼女にとって、残された時間はあまりに短い。理論的には八歳まで訓練は可能だと本には書かれているが、訓練の効果が最も顕著に表れるのは、視機能が急速に発達する三歳と四歳の二年間だけなので、僕らにも彼女たちにも迷っている時間はない。五歳以降の訓練で効果が表れてくる場合もないとは言えないけれど、実際には『希望を持って続けている』という感覚に近くなっていく、と鎌田さんに教えてもらった。

それでも三歳や四歳の子どもに、自分にとって気持ちが悪く、不得意なことを無理やりやらせるのは、とても難しい。そもそも大人にさえ理屈で説明するのが難しいことを小さな子どもが理解するのは、さらに難しいことで、そのためこの領域では専門職である『視能訓練士』が必要になってくる。

だが、現実には訓練を行っている視能訓練士は驚くほど少ない。訓練に関する情報も、多くはない。経験を共有されることもあまりない。灯ちゃんのような子どもたちが治療の機会を失い、視機能を回復させられないまま大人になってしまうケースは少なくはないはずだ。

僕はそれが嫌だった。

嫌だと言っても、僕一人でどうにかなるわけでもない。どうしたって、多くの人が彼女のために何かを差し出さなければ、この一瞬の『塗り絵』の機会は与えられない。北見先生がいつもよりも多く手術をし、僕と広瀬先輩が休日出勤をして、鎌田さんが時間を作り知識を差し出し、夕美さんが無理やりに仕事を休み、疲れた身体を引きずって来て、門村さんが彼女のために音楽を録音して、なおかつ、灯ちゃんが訓練を受け入れてはじめて、たった二十分の『塗り絵』の時間が生まれる。

それが未来に続くのだと信じながら、彼女のための小さな光を探している。

彼女の瞬きが多くなった。肩が緊張しているのが分かる。

僕の脳裏に、先輩が言った訓練のイメージが浮かんできた。暗い谷間で両脇に手すりも柵もない揺れる橋を渡っているイメージだった。僕らは谷の反対側にいて、彼女が渡り切ってくれることを祈るしかない。風が吹いて足元は揺らされている。振り落とされないように、踏ん張っているけれど前に進んではない。瞬きは多くなった。

「ほら、あともう少しだよ」

と声をかけると、塗り絵を見つめたまま「分かってる」と言った。

そして一歩一歩、足元を確かめながら進むように、小さな点は塗りつぶされていく。枠をはみ出しているけれど、彼女は諦めていない。

ようやくあと一歩……、彼女の大きなため息のあと、塗り絵が終わった。僕は思いきり拍手をして「やったね！」と声をかけた。彼女は得意げに顔を上げて、こちらを見た。そして、「あれ?」と言った。不思議そうにこちらを見ている。彼女の瞳が微かに輝いた。

「ねえ、もしかして、メガネをかけた方が、アカリは見えやすい?」

「そうだよ。灯ちゃんにぴったりになるように作ってるから『見えやすい』はずだよ」

と、僕は声を上げた。自分でも思ってもみないほど大きな声だった。

「なんだかいつもと違うから、変な気分がして見えないような感じがしてたけど、違うみたい。なんだか前より見やすいかも。塗り絵だってこんなに上手にできたし」

と、紙を持ち上げた。完璧に綺麗に塗れているわけじゃなかったけれど、かつての彼女では考えられなかったことなのだろう。僕は「本当にそうだよ」と相槌を打った。

彼女の言う通り、実際には見やすいはずだった。その感覚を、彼女がどう捉えるか、僕らがそれをどう導くか、が大切なことなのだ。

「これから訓練を続けていけば、もっともっと見えるようになっていくよ。急に見えるようになるわけじゃないけど、少しずつね。そして気付くと、世界が最初とは全く違う感じで見えるようになるんだ。これからも、メガネをかけて僕と一緒に訓練してくれるかな」

彼女は恥ずかしそうに笑った。見えるようになる、と言われたことが嬉しかったのかも知れない。僕も希望を話すことができたことが嬉しかった。

「もちろん、いいよ。これは魔法のメガネだね」

「そうだね。遠い未来とこの世界を見る魔法のメガネだよ。いつか今よりずっと見えるようになるから」

二十分は終わった。これが限界だろう。僕が「今日は終わり」と合図すると、塗り絵を持ったまま訓練室を出て、検査室から飛び出した。

後を追うと、検査室の引き戸を開けた音で、座っていた夕美さんが身体を起こしたのが分かった。ソファで座ったまま眠っていたのだろう。彼女は先週よりも痩《や》せて見えた。

「ママ見て！　私も塗り絵ができたよ」

　一瞬だけ、彼女と目が合った。僕は頷いた。

「すごいね〜。こんなのもできるようになったのね。楽しかった？」

「楽しかったよ！　門村のおじちゃんのきらきら星も聴けたよ。ピアノ！　星が見えるくらい綺麗だった」

　灯ちゃんは気付いていたのだ。勤務が終わったら、報告に行かなければいけない。彼の喜ぶ顔が浮かんだ。

「それは良かったね。灯が見えるようになってママも嬉しいよ。野宮さんには迷惑かけなかった？」と夕美さんが訊ねると、

「うん！」と力強く頷いた。僕は笑ってしまった。

「野宮さんと一緒に、『ぶきっちょ』を治す約束をしたんだよ。だから頑張ったの。そしたら少し治ったよ。ママも助かるでしょ」

「そうね、ありがとう」

　夕美さんは、彼女の頭を撫《な》でてから立ち上がった。見るからにフラフラの様子だ。一歩、歩き出すと躓《つまず》きそうになった。

「大丈夫ですか」と声をかけると、

「疲れ目かも、ですね。あんまり眠れなかったから。子どもは早く起きるので」

　そういうこともあるのかも知れない。

「ここにいる間は、ゆっくり休んでください。訓練がうまくいけば、もう少し休憩して頂く時間が増えるかも知れません」

「ありがとうございます。ほんと、何もしない時間って久しぶりでしたから、眠ってしまって。私も門村さんのピアノ聴こえましたよ。娘のために用意して下さったんですか」

ええまあ、と曖昧に答えた後、門村さんや三井さんの顔が浮かんだ。それから、なぜだか、この一瞬のために協力してくれたすべての人の顔が浮かんだ。

僕は言葉を探していた。彼女は待っていた。気の利いた言葉を簡単には思いつけない。だから、思いついたことを飾らずに伝えることにした。とんでもなくクサい台詞《せりふ》で、幼稚な言葉だと思ったけれど、それ以外に何も浮かばなかった。

「みんな、夕美さんと灯ちゃんの味方です。一人じゃないんです。まだ、何も壊れてないです。僕らはこれからです」

しばらく、呆然《ぼうぜん》と彼女は佇《たたず》んでいた。それから、目に涙を浮かべた。それでももう涙は零《こぼ》れなかった。真っ暗な雨の日の瞳に、わずかに光が射すように、瞳は頼りなく輝いていた。

彼女は「ありがとうございます。これからよろしくお願いします」とかすれた声で言った。

本当に何もかもこれから、だ。

訓練が、やっと始まった。

第2話

礁《しょう》湖《こ》を泳ぐ

「一年前に逆戻りだよ」

と、広瀬先輩に叱られて、弁解の言葉さえ思いつかなかった。

ついに今日はGPことゴールドマン視野計の横に取り付けられていた輝度計を壊してしまった。機材の側面に付けられた箱型の突起物だ。GPが終わって、遠くで呼ばれたときに素早く動いたら、当たってしまった。

北見眼科医院に就職した時から、いつかはやってしまいそうだなと思っていたことをついに不注意でやってしまった。先生に報告すると、

「次からは気を付けてね、検査器具は安くないからね」

と穏やかに注意された。哀しそうな声だった。怒られなかった分、謝るしかなかった。

これで最大級の失敗をやってしまったので、次はないだろうと思っていた矢先、僕はハンフリーのモードの設定を間違えて検査して、あてにならない数字を出した。先輩に指摘されるまで気付かず、検査をやり直ししてしまった。患者さんも先輩もおかんむりだった。

もうこれで終わりだ、たくさんだ、と思っていると、次にはカルテの書き間違いをやった。

右目の検査結果と左目を入れ替えてしまった。

とどめは、患者さんの名前を呼び間違えて、検査結果を別の人のカルテに書いていた。耳が悪いご年配の方であったことと、二人の患者さんの名前が似ていたことからミスが起きてしまった。矢村《やむら》さんと、真村《まむら》さん。混《こ》み合《あ》ってざわついた待合室で、偶然、元気のない僕が患者さんを呼んで来たときに起こってしまった。

さすがに、これは北見先生にも叱られた。

「あのね。いつも言っているけれど、患者さんの名前はフルネームで呼んでね。うちみたいな年配の方の多いとこだとなおさらだよ。混み合ってくると、勘違いして別の人が来ちゃうことがあるからね。これだけは徹底して」

声はさっきよりも真剣で哀しそうだった。僕はまた謝り続けた。

休憩時間になって、気分を変えるために屋上に出た。民家には散り際の八重桜が目につく。今年は桜をゆっくりと見る時間もなかった。雨が多い春だったせいもある。

柵に手を掛けて街を見下ろしていた。と言っても、北見眼科医院はそんなに大きな建物ではないので、すぐ近くまでしか見えない。広瀬先輩の声がまた蘇ってきた。

「最近どうしたの？　慣れてきた頃が一番危ないんだよ。どんな人でもできると思った時に、とりかえしのつかないことをやってしまうことがある。私たちの仕事は、訓練だけじゃない。検査もちゃんとした野宮君の仕事だよ。難しいと思った時はゆっくりでもいい。でも間違えないで。いい加減にはしないで」

そして、疲れ果てたようにため息を吐いた後、踵《きびす》を返していってしまった。

本当に一年前に逆戻りしたような気分だった。

先輩は最近、機材の使い方など仕事での注意が以前よりも細かくなっていて、その矢先のことでもあった。去年、桜を見た時もこんな気持ちだったなと公園の方角を眺めている時に思った。

検査に集中できないことには、理由があった。理由は当然、灯ちゃんの訓練だった。

あれから、もう一度、訓練を行ったけれど今度はまったく興味を示さなくなってしまった。

さすがにメガネを壊したり、泣き叫ぶことはなくなったけれど、

「今日はいいや。もう疲れた」とか「なんとなく、やりたくない」といった理由で集中力が途切れてしまう。大人とは違うので強制して集中してもらう訳にもいかない。

たった二十分の集中力を生み出す方法が、僕には分からなかった。

当然、そんな方法は教科書には載っていない。仕方がないので、方法を自分なりに考えるしかなく、結果たどり着いたのはアニメを見ることだった。

僕が知る限り、彼女が興味を示したのは門村さんの音楽とキラニャンだけだった。門村さんのような演奏は僕にはできないし、カセットテープはすでに引き続き制作してもらっているので、共通の話題を増やすために勉強するしかない。

仕事が終わり家に帰ると、パソコンを開いてキラニャンのアニメを見ながら、斜視の訓練や訓練用の機材の使い方について独習する日々が続いていた。気付くと夜中になり、パソコンの

前にうつ伏して眠っている日も多くなった。そんな日々を繰り返していれば、食事も睡眠も不足して、ただでさえ散漫な集中力はさらにまとまりをなくしていく。現場でのミスにも繋がる。理屈は分かっているのだけれど、どうしても勉強もアニメもやめられなかった。胸のペンライトを外すこともなかった。

「こんなことに何の意味があるのだろう」

と自分に問い直すことは、もう止めた。意味があるかどうかは、結果が示してくれる。彼女とのたった一度の会話、小さな興味の入り口、方向を指し示すことが訓練のポイントになることだけは分かっていた。鎌田さんにも、

「次の一手が見当たらないなら、あらゆることを試さないと」

と言われていた。次に訓練できなければ、三週連続で訓練ができなかったことになる。彼女は四歳四ヵ月を過ぎた。メガネをかけ続けるモチベーションも落ちていくだろう。時間は限られている。

何よりも、訓練がうまくいかなかったことを、夕美さんに報告するのが辛かった。

待合室の椅子で眠っている彼女を起こして「すみません」と話し始めるのは、叱られるよりも遥かに堪える。彼女は報告を聞いた後も、

「そうですか」とだけ答えて、黙り込むことが多かった。

家での様子を訊ねると、メガネを毛嫌いしてはいないけれど、気分にムラがあるらしくかける日とかけない日があり、後者の方が多いようだ。以前、訓練がうまくいった日の後は、しば

らくかけていたようなので、意欲と気分をうまく繋げて結果を出さなければ先はないような気がした。

　僕の気持ちだけでは、前に進めない。

　こうした現実に向き合う度に、広瀬先輩の言った通り大学病院に任せた方がよかったのかも知れないとも思った。ノウハウの蓄積された場所で優秀な視能訓練士に訓練してもらうことも悪くない選択の一つだったのかも知れない。

　そんなことを思いながら、眠りにつくと夢の中にキラニャンが現《あら》われて、

「野宮、困ってるね」

　と、ぶっきらぼうな男の子の声で言われた。まだ、目は光っていない。彼は普段は幸福な家庭で飼われているただの白猫なのだ。

「困ってるよ。灯ちゃんの訓練がうまくいかなくてね。君の助けが必要かも知れない」

　とため息まじりに呟くと、彼は俯いた。近づいて、

「どうしたの？」

　と肩を揺すると、顔を上げた。そこには灯ちゃんの顔があり、両眼が白くなってしまっていた。僕は「こっちを向いて、前を向いて」と彼女に語り掛ける。いつの間にか、キラニャンは灯ちゃんにすり替わり、

「いや！　訓練なんて、もう嫌！」

　という甲高い声と同時に目が覚めた。

気付くとアラームが鳴っていた。気分はまだ、夢の中に半分ほど引きずられていた。

「訓練なんて、もう嫌」と、自分で呟いてから起き上がった。

朝食もとらないまま、家を飛び出し歩いて病院へ向かった。晴れた春の日だった。朝もやが立ち込め、光が湿り気の中で乱れている。

空気はまだ澄んでいて、呼吸も楽だった。仕事が順調で気分が良ければ、この朝の光によく似た幸運を感じられたかも知れない。けれども、今日も相変わらずの睡眠不足でぼんやりとしていた。

いつもの横断歩道に差し掛かり、車が通り過ぎるのを待った。大きな道路を渡る信号の待ち時間は長い。車は、まばらだ。この道路を越えた先の高台に北見眼科医院はある。

この横断歩道を渡り公園を過ぎて病院に着くまでの上り坂で気分を切り替えて歩いていかなければならない。

「さあ、今日も一日が始まるぞ」

と両手で顔を叩くと、大きな音が住宅街に響いた。一緒に待っていた小柄なランドセルを背負った小学生の男の子がこちらを振り向いた。だが、どこから音が鳴ったのかは分からなかったみたいだ。僕を見てはいない。手にはサッカーボールくらいの大きさのボールを持っている。年は灯ちゃんよりも少し上くらいだろうか。立ち姿はしっかりとしている。

彼の隣には、スマホを触って信号を待っているスーツ姿の中年の男性がいて、僕にも小学生にも気付いていない。小学生はじれったそうに足踏みをしている。走り出したい気持ちが伝わってきた。僕にもあんな頃があっただろうか、と思い出を探るように眺めているうちに、信号は青に変わった。

さあ、走り出すぞ、と思っていたのに、止まっている。男の子の様子は先ほどと同じだった。僕は肩透かしをくらったような気持ちで彼を見ていた。

しばらくすると、スマホから顔を上げた男性が足を一歩進めた。それを見た男の子が、元気のいい大きな声で、

「すみません！　いま信号、青ですか」と訊ねた。

朝に響く、気持ちのいい声だった。僕は目を見開いた。

この子、視覚障碍《しょうがい》者だ。

手助けしようと思った時には、彼は行動していた。

中年男性は驚き、「ああ、青だよ」とまごつきながら、答える。男性には事情が分かっていない。すると男の子は、「ありがとうございました！」と答えて、足早に過ぎ去ろうとする男性の少し後をついていくように横断歩道を渡った。手を引こうと思って近づこうとしたけれど、とても速い。横断歩道を渡り切るまで彼らに近づくことができなかった。

男の子は渡り終えると、突然飛ぶように駆け出した。走り始めた瞬間に、ボールから鈴の音が一瞬だけ聞こえた。

男の子の姿はもう遠くなっている。小学校に向かうのだろう。

一手遅かった。

そんな気持ちが残ったけれど、彼の元気の良い声だけが耳元に残っていた。

気分は、朝と同じように澄んでいる。


「今日は調子がいいね」

と、北見先生に言われて、同じことを看護師の丘本さんにも言われた。

「野宮さん、今日はばっちりじゃないですか」

明るい声が響いていた。僕が落ち込んでいたので気を遣ってくれているのだろうか。だが、失敗したり、何かを壊すのが当たり前になっているのは医療従事者としてはまずいはずだ。慰められても、褒められても、素直に喜ぶこともできない。

けれども、午前中はミスは一つもなかった。午後の診療もあと少しで終わるが、目立った失敗は一つもない。久しぶりに平穏な日だった。

「よし！　今日はもうこの調子で」

と思い、今日の予約の残りを確認するために受付に戻った時、電話が鳴った。いちばん近くにいたので受話器を耳にあてた。

「あの、すみません。そちら北見眼科医院でしょうか」若い女性の声だ。

「ええ。北見眼科医院です」返答が終わらぬうちに、

「あの、その、すみません。子どもが目を打ってしまったようで、転んだのですが……」

完全に狼狽《うろた》えている。

「少し落ち着いて、ゆっくりと」

と、いつも自分が言われているような言葉をかけた。けれども、彼女は落ち着かない。

「すみません。いまから病院に連れていきます。まだ診療時間大丈夫でしょうか」

「何時ごろお越しになりますか？」

「すぐに行きます。十分くらいかも」

時計を確認すると受付は終わり、閉まる三十分程前だったけれど、事情を説明すれば北見先生は問題ないと言ってくれるだろう。

「大丈夫です。お待ちしております。それで、どんな症状ですか？」

と訊ねた時には電話は切れていた。余程、焦っていたのだろう。

子どもが、と言っていたが、母親だろうか。何かとんでもないことが起こっているのかも知れない。先生に事情を説明すると、

「じゃあ、野宮君が残って」

と言われた。視能訓練士は僕一人で対応することが決まった。帰り際、広瀬先輩が、

「今日はいい調子だから、頑張って」

と言ってくれた。僕がガッツポーズを作ると、先輩も同じポーズをして別れた。

やっと、先輩の表情を見ることができた。目の下の隈が先月よりも濃くなっている。そのと

きになってやっと、先輩も僕と同じなのだと分かった。

僕が斜視の訓練や勉強でへとへとになっているように、先輩も家に帰れば論文を書き続けながら勤務しているのだ。

先輩の背中に、僕はもう一度、ガッツポーズした。

「残業、頑張るぞ」と呟いた。


やって来たのは、声の通りの若い女性だった。スポーツウェアを着ていて、やや背が高く、僕と同年代だ。社会人の顔立ちというよりも、大学生の雰囲気に近いものを感じる。

母親ではない、と感じたのは、若すぎたからだろうか。

待合室には額に氷嚢《ひょうのう》を当てた小柄な少年が一緒にやってきた。母と子にしては年齢が合わない。僕は少年の服装に見覚えがあった。彼は、

「大丈夫だよ、先生。こんなのいつものことだから、大したことないよ。病院なんて来なくて良かったんだよ~。だいたい元気がなかったのはお腹空いてるからだし」

と冗談めかした不平を言っている。明るい元気な声だった。

その様子を見ていると、彼が先生を宥《なだ》めているのだと分かった。氷嚢を外すと、朝の少年の顔が出てきた。彼は笑っていた。笑顔が張り付いているみたいに、大きな目を輝かせてヘラヘラしている。とても怪我《けが》しているように見えないが、近づいて確認すると、左側のおでこに大

きなたんこぶがあった。かなりひどい。笑ってられるような大きさではないと思うが、狼狽えているのは先生だけだ。

「これは痛かったね～。よく頑張ったね」と声をかけると、

「お兄ちゃん、ありがとう。慣れてるからね」

と顔を横に背けながら言った。僕は少し頭をずらした。すると僕が右斜め上に配置されるようにまた顔を動かした。

なるほど、と思った。

周辺視野だけが残存していて、それが事故につながり、先生が慌てて病院に連絡したという流れだと思われた。ということは彼は……、と視先を移した時、若い先生が、

「あの、私は轟《とどろき》清水《しみず》小学校の教員の椎葉朋実《しいばともみ》と言います。彼は、春海渉《はるみわたる》君です。放課後になって、下校途中に学校の近くで遊んでいたらしいのですが、どうやら電信柱にぶつかったみたいで、その近くでうずくまっているところを、通りがかりの人に運ばれてきたんです。血を流したまま小学校に入ってきて。それで、保健室に連れて行ったんですが、保健の先生が早退してしまっていて、校医であるこちらの北見先生のところにお電話差し上げた次第です」

と早口で話し始めた。椎葉先生は泣きそうな目でこちらを見ていた。

彼に声をかけて、氷嚢を手で押さえていた部分を再度確認してみた。見事なたんこぶだった。たんこぶの周辺を確認するとおでこにカットバンが貼られていた。どうなっているかは分からないけれど血は止まっているのだろう。それほどひどい怪我には思えない。たんこぶは大

きいけれど、よくある怪我だ。僕は、素朴な疑問を口にした。

「あの……、頭から血が大きく流れていたら、救急車とかは呼ばれなかったのですか」

彼女は「はっ」と口元を押さえた。それが何を意味しているのか僕にはすぐに分かった。たぶん、この人も僕と同じようにやってしまったのだ。

「すみません。思い至りませんでした。彼の目のことがあるから、早く眼科に連れていかないとと思って。私、彼のクラスの副担任なのですが、タイミングが悪いことに担任の先生も今日は放課後には別の用事で外に出てしまっていて……」

つまり、彼女は僕と同じように新人でおっちょこちょいということなのだろう。妙な親近感が持てるのはそのせいかも知れない。そして、春海渉君は彼女が心配するほどの障害を目に持っているということだ。

今朝の横断歩道と、先ほどの様子から分かるのは、中心視野がほぼ機能していないということだ。電信柱にぶつかったという話からも、日常生活に支障をきたしているのが分かる。

校医と言っていたので、もしかしたら先生は知っているかも知れない。

「少々お待ちください」と、彼女に告げて検査室に戻って先生に事情を告げると、先生も待合室に出てきた。すると、

「おお、渉君じゃないか」

と、彼に聞こえるように少し大きめに声をかけた。彼は、それよりもさらに大きな声で、

「こんにちは！　椎葉先生が慌てちゃって病院にやってきました！」

と明るく言った。僕は大丈夫だ、と言いたかったのだろう。先生は彼に近づいて、たんこぶのあたりを確認した。そして「ただのたんこぶだね」と言って笑った。先生は彼女の様子を見て、事情を悟ったのか、

「保護者に連絡はされましたか?」

と訊ねた。椎葉先生は頷いた。母親の郁美《いくみ》さんがもうすぐこちらにやってくるようだ。

先生が登場して、椎葉先生も少し落ち着いたようで、

「ちょっと、学校に連絡してきます」と席を外した。彼女の姿が見えなくなると、

「椎葉先生、とってもいいんだけど、慌てん坊なんだよな。先生が迷惑かけちゃったみたいでごめんなさい」と謝られた。大人のような気づかいと所作だった。僕は驚いて、

「君は幾つ?」と訊ねると、

「六歳だよ。小学一年生。この前、入学したばかりで、椎葉先生も同じだって言っていた」

と、また大きな笑顔で答えてくれた。その声や言葉は、子どものままだった。口調や気遣《きづか》いはご両親の真似をしているのかも知れない。僕は無意識に灯ちゃんと比べてしまった。あの灯ちゃんも、二、三年後にはこんなふうに変わっていくのだろうか。

僕がじっと彼を見ていると、北見先生が教えてくれた。

「この子はうちの患者さんで、検診もうちでやっているからカルテがあるはずだよ。半年に一回は来てもらっているけれど、野宮君に当たってもらったことはないかも知れない。いつも広瀬さんに担当してもらっていたから」

ということは、それなりに難しい検査なのかも知れない。難病なのだろう。僕はカルテを探しに言った。名前を検索するとすぐに見つかった。

名前は春海渉、この春から轟清水小学校に通っている。病名は『確定していない』が、黄斑《おうはん》部に病変があり周辺視野が部分的に残っている状態だ。難病のうちの何かだとは分かっているけれど決め手に欠けている。先天性の眼疾患で、今より幼い頃から少しずつ視野が欠損している。治療法は、ない。

つまり、失明までゆっくりと進んでいる……、ということがカルテから分かった。

気付くと僕は彼を凝視していた。そのことに渉君は気付かなかった。彼の明るく、優しい言葉や、朗らかな声を思うと、目の前が暗くなっていく気がした。僕の表情に気付いた北見先生は、小さく頷き、「そういうこと……」と小声で言った。

椎葉先生が、なぜこれほど慌てて、救急車でも小児科でもなく、ここに駆け込んだのかが分かった。

彼の最後の光を守ろうとしたのだ。

母親の郁美さんは、すぐにやってきた。大柄《おおがら》で豪快な女性で、渉君と同じように明るい声で話していた。椎葉先生が謝るように彼の症状を伝えた時も、

「先生、ただの『たんこぶ』でしょう？　そんなに慌てなくてもよかったんですよ。大丈夫。いつものことですから。でも、ありがとうね」

と彼女を労わっていた。その後、

「先生、僕、大丈夫だよ。ちょっと失敗しちゃった！」

と、渉君は彼女の足を叩いて笑った。大きな笑顔を見て、椎葉先生も目頭を熱くしていた。僕もいつも同じように夕美さんに頭を下げているので、椎葉先生が他人のような気がしなかった。郁美さんは、

「じゃあ、せっかく椎葉先生に眼科に連れて来てもらったから、とりあえず診てもらおうか」

と彼女は言った。北見先生は、

「ええ、そうしましょう。そろそろ定期検診の時期でしたし、いいと思います。ではこちらに。野宮君、ＧＰまでお願い」

ということで、僕は彼の検査を行うことになった。

渉君は、視野が欠損していく病気を抱えているので、当然、視野検査まで行うことになる。視能訓練士の腕の見せ所だ。僕に彼の視野が正確に測れるか不安はあったけれど、やるしかない。僕は暗い気持ちを押し殺して、

「了解しました」

と伝えた。僕の声に反応した渉君は、お母さんよりも先に、「よろしくお願いします」と頭を下げた。僕は彼の手を取って、検査室に案内した。

視力、屈折、眼圧は前回とほぼ変わらなかった。想定内といったところだ。問題は、視野の

検査だ。検診のメインもこの検査になる。

　渉君の病変は黄斑部にあり、これはカメラで言うとフィルムや、センサーに当たる部分になる。光を感受し反応する箇所で、この場所に光が届くことで電気信号に変換されて脳によってイメージが作られる。彼の場合は、このフィルム部分に相当する箇所が何らかの変化を起こしており、光を感受する機能が落ちたり、失われたりしている。網膜色素変性症などがこれに似た症状だけれど、彼の場合はまだはっきりとしていない。だが、難病であることは、ほぼ間違いない。

　そして、彼の視野を計測するための方法が、数ある視能訓練士の検査の中でもとりわけ高い習熟度を要するゴールドマン視野計による視野検査だ。

　難易度の高い検査なので、一年目の僕には彼の視野を正確に計測するのは難しいと判断されて、これまで広瀬先輩が行っていたのだろう。実際、僕の最も苦手とする検査の一つだった。初年度の僕が検査すると、たぶん先輩の三倍の時間が掛かっただろう。

　検査の方法は、暗室の中で円形のスクリーンに四方八方から飛んでくる光を確認してもらい、光が見えた瞬間にボタンを押してもらう。光の強さや、確認できる角度を教えてもらう検査なので自覚検査のうちに入るのだけれど、検査を受ける側は信じられないくらい眠くなる。暗い室内でぼんやりとした光を何度も見てボタンを押すだけの単調さや退屈さに耐えられず、不平を聞くことも珍しくない。正直、検査をする側も眠くなるのだから、子どもが耐えるのはなかなか難しい。かなりの手際の良さが必要になる。

また光を飛ばす時の方向や強さ、速さなども、こちらが手動で行う。一瞬一瞬、視野をあらかじめ予測しながら光を飛ばさなければならない。

光を飛ばした後にできる視野の形は、しばしば島に例えられる。僕は盲目の海に浮かぶ視野の島を探すために夜間飛行を行うプロペラ機のイメージを、この検査に抱いていた。飛ぶときにはプロペラの下部に付けられたライト一つで島を探して、島の形を決定しなければならない。

視野の計測は、機械的に自動で行うハンフリー視野計を使った検査も行われるが、機械には誤差もあり、百パーセントの信頼はおけない。人の手と機械との両方を使うことによって精度を確保している。

僕は腕まくりをした。それでもこの検査こそが、僕たち視能訓練士の腕の見せ所だ。

前回のチャートで渉君の視野の島を確認すると、島の輪郭《りんかく》はほぼ無くなっていて、水没してしまっている。半年前の視野なので、参考にはなるだろう。

これまでで、最も複雑な島嶼《とうしょ》の探索となりそうだ。

僕は光のプロペラ機を用意して、離陸を始めた。渉君は検査そのものに慣れており、指示を理解しているように見えた。集中してくれているのが、姿勢からも分かる。

今のうちに素早く終わらせてしまうことも考えたが、その前のめりの姿勢が、今はミスを生むのだろう。僕は自分自身の自然なリズムを壊すために深呼吸した。

不思議なものだ。

仕事でミスをして叱られた後ならため息なのに、始める前に行う一息は仕事の精度を上げるための所作だ。小さな手順が大切なのかも知れない、と思った。マニュアルにも載らないし、一般化されることもないごく小さな注意点が『人』の領域だ。その『人』の領域の中に、僕らが存在する理由がある。

僕は心持ちゆっくりと光を飛ばすことにした。

渉君の方には円盤型の白いドームが目の前にあり、その反対側に僕がいる。僕は裏側からドームに光を当てるアームを操作して、光を見つけたらボタンを押してもらう。

光は視野の島を探し始めた。

チャート通りに飛ばしていけば、それほど大きな問題はなかった。飛行は順調だけれど、それだけに結果は暗い。半年前よりも、島の面積は小さくなっている箇所がある。こちらの計測の間違いか、誤差ではないかと思い、何度か測り直しても、右斜め上に残存していた島が水没を始めていた。

執拗に何度も同じ場所だけを検査するのもよくない。ただでさえ眠くなってしまう検査がさらに眠気を誘ってしまう。

僕は諦めて別の島を探した。けれども、そこではボタンは鳴らなかった。固視灯を覗き渉君の様子を確認してもサボっている様子はない。

チャートの結果を書き込むために握っていた鉛筆が汗ばんでいくのが分かった。

嵐《あらし》ではなく、凪《な》いだ海に島が見つからない。

暗い空と海との区別がつかないような不安感だ。自分がどこを飛んでいるのかが分からなくなる。

彼も同じように、真っ暗な海を見ているのだろうか、と視野を記載しながら思った。

視野検査は思ったよりも早く進んだ。僕の視野検査は、うまくいった。ため息を吐くことはできなかった。ただその結果の厳しさに息を飲んだ。

笑顔を作る力を振り絞って、検査終了を伝えた。

「ありがとう、お兄ちゃん」

と、僕よりも大きな声で彼は言った。

検査結果を先生に渡すと、すぐに診察は始まった。

厳しい顔一つ見せず、先生は学校での様子を訊ねた。僕は傍に立っていた。診察室には、渉君とお母さんである郁美さんと、椎葉先生までいた。郁美さんの希望で彼女にも診察室に入ってもらったのだ。

訊ねられた郁美さんは、

「家では元気いっぱいで、いつも通りです。この通り怪我は尽きませんが、この年頃だし仕方ないかなと思います。このくらいのときは、たんこぶ作ってなんぼです。ははは」

と豪快に笑った。郁美さんが笑うと、渉君もまた笑った。先生はそれに応えるように目を細めて、視線を椎葉先生に向けた。彼女は、

「お友達との関係などは、まったく問題ないと思います。外でもよく遊んでいます。ただ、字の書き取りや、枠内に字を書くなどは難しいです。その他は、書見台や単眼鏡を使って授業も普通に進めることができます。私は副担任なので、よく付きっきりで横で見ています。が、私では力及ばず、もう少し上手に教えられればと思うこともあります」

と、自信なさそうに答えた。僕は渉君のチャートを思い浮かべていた。これくらい視野に障害を持っていれば盲学校に行くことが当たり前のようにも思えるけれど、カルテには普通の小学校に入ることを希望していると書いてあった。

疑問に思っていると、郁美さんが、

「先生方にはたくさんご迷惑をおかけしていると思います。でも、どうしても小学校の間は地元のお友達と楽しい思い出をいっぱい作って、いろんなものを見て貰いたいんです。それがきっと一生の財産になると思いますから。見えなくなった時も、その記憶を大切にしてくれると思うから」

と、椎葉先生に頭を下げていた。生徒の母親から低頭されて彼女は恐縮していた。

彼の日常生活を考えると、余計に暗澹《あんたん》とした気持ちになってきた。僕なら渉君と同じ生活ができるだろうか。

先生はしばらく考えた後「そうですか」とあっさりと返事をして、僕が提出した視野検査の結果をもう一度覗いた。彼女たちの背後に立っていた僕と一度だけ視線が合い、またカルテを見た。

医学的に僕らにできることは何もない。視野検査を行い結果を伝えるだけだ。彼の難病は現在、治療の方法はない。

先生も言葉を選んでいるのだろうか。だが、さっきから緊張した雰囲気はない。気持ちが読めないまま、僕らの間に沈黙が流れた。そしてついに、とがらせた口から「う～ん、どうしようかな」と状況の深刻さに似合わない軽い声が聞こえてきた。

渉君が「先生どうしたの？」と訊ねた。先生はカルテを机に置いて「じゃあ……」と椎葉先生を見ると、

「私とそこの視能訓練士の野宮の二人で、渉君の学校での様子を見に行ってもいいですか」

と訊ねた。椎葉先生は言葉の意味を即座に理解して、

「ぜひ！」と先生の方へ身を乗り出した。

「まあ、私も渉君の様子が気になっていたし、心配ではあります。時間はあまりとれませんが、見学をご許可いただければ助かります。たぶん、うちの視能訓練士の野宮も行きたがっていると思いますので」

と話をふられた。僕は突然のことにどう返事をしていいのか分からなかったが、笑顔で頷いて見せた。彼を心配しているのは事実だった。

郁美さんは立ち上がり、

「先生、どうか、よろしくお願いします」

と頭を下げた。その後なぜだか渉君も立ち上がり、明るい声で、

「よろしくお願いします！　みんな、ありがとうございます」

と伝えた。僕は彼に視線を向けて、彼の瞳を見つめていた。ここにいる誰よりもその瞳は輝いて見えた。光を失いつつある瞳がどうしてこんなにも輝いて見えるのか、僕には分からなかった。暗礁に浮かぶ月の光を見たような気がした。

ゴールドマン視野計では、彼の瞳の輝きは見えなかった。


椎葉先生が通う轟清水小学校は北見眼科医院から車で十分のところにある田舎《いなか》の小学校だった。三人が来院した翌日には、校長の矢ケ瀬《やがせ》さんという人から電話がかかって来たらしく、いつでも来てほしいということだった。スケジュールを確認し、翌週の病院が昼休みの間に小学校にお邪魔することになった。患者さんも少なくよい具合にお昼休みが取れそうだった。午後の診察が始まるまで三時間はある。それまでに行って帰ってこようという計画だ。

更衣室で着替えた後、

「じゃあ、野宮君行こうか」

と案内されたのは、病院の駐車場だった。

そこには北見先生の愛車が置いてあった。とんでもなく小さく、信じられないくらい古いのが僕にも分かった。水色と青の中間の色合いで、三角窓がついている。思わず、

「これはなんという車ですか」

と訊いてしまった。すると、先生は嬉しそうに、

「これね、僕が学生時代最初に買った車で、スバル360って言うんだよ。なんだか手放せないまま、今日まで乗り続けちゃってね」

と嬉しそうに言った。僕が人生で見た中で一番小さな車かも知れない。軽自動車よりもさらに一回り小さく、外観は丸っこい。大きな目玉のようなライトがついている。「テントウムシっていうあだ名があるんだよ」と教えてくれた。二人で乗り込むとお互いの肩が当たった。思わず、

「狭いですね」と言ってしまうと、先生は声を弾ませて、

「そうなんだよ。馬力もないし、狭いし、三速しかないし、エアコンもないし、エンジンをかけるのも一手間いるし、家族にも友人にもまだ乗るのって言われるよ。でも可愛くてね」

と惚気《のろけ》始めた。喋りながら、見たこともないような手順でエンジンをかけた。サイドブレーキでもないウィンカーでもないレバーがハンドルの横についていた。チョークというらしい。しばらく沈黙の時間が流れた。エンジンが温まってくるのを待っていると言っていた。それほど寒い季節でもないけれど、この車には必要なのだろう。

出発しようとしていたので、反射的にシートベルトをしようと左肩のあたりを探すと見当たらない。周りを見回すと先生と向き合ってしまい、肩を寄せ合ったまま見つめ合ってしまった。先生は、

「ないよ。ないんだ。製造当時にシートベルトがなかったから、この車にはシートベルトないんだよ。だからこのまま行くよ」

とエンジン音を響かせた。後ろから聞こえ、車全体が揺れている。車内に何かが燃えるような独特の匂いがし始めた。車は歩くように進み出し、まさしく巨大なテントウムシの中に入って歩き出すとこんな感じかも知れないと思った。走り出してから、ブレーキはちゃんと利くのだろうかと心配になってきた。

病院の前の下り坂を降りると、春の風が頬を撫でていく。地面が近くよく揺れる車だが、歩いている時のように街の景色がよく目に入る。この頼りなさが、可愛いと言えば可愛い。車内は古いが美しく、よく磨かれていた。

先生の肩がひっきりなしにぶつかっていた。思いもしなかった異質な状況に黙り込んでいると、

「訓練のことは、そんなに気にしなくていいよ」と言われた。

先日の土曜日のことだ。

その日も灯ちゃんはやる気が出なくて、ついに訓練用の塗り絵やおもちゃを出しただけで、そっぽを向かれてしまった。メガネのフィッティングも合っていなくて、きちんとかけるように注意するのだけれど、何の効果もなかった。門村さんの音楽を十五分だけカセットテープで聴いて帰っていった。

考えうる限り最悪の状況で、夕美さんも疲れ果てていた。メガネのフィッティングのズレがあってメガネ屋さんに行くようにお願いしたのだけれど、彼女は生返事だった。

僕は夕美さんに説明しながら、誰かに助けてほしい、と切実に思うようになっていた。

僕が必死に頭を下げることや、熱意を持って取り組むだけでは変わらない。何かが決定的に間違っているような気がするけれど、その何かも分からない。先生は、

「眼科に来るだけでマイナスではないんだよ。来てこの場所に慣れることも、訓練に繋がる。近道ってのは、まっすぐには見えないものだよ」

と話してくれたけど、どうしてもそうは思えなかった。

涉君の視野の島のことも頭のどこかに引っかかったまま訓練と検査をこなしたので、先週はハードな一週間だった。

そのことを考えているのだと思われたのだが、いま考えていたのは、この車で本当に小学校までたどり着けるのだろうか、ということだった。車で十分のところにあるのだけれど、大きな山を一つ越えなければならない。成人男性二人を乗せて、この軽自動車は長い坂を上れるのだろうか。車体はまた、路面の凹凸《おうとつ》に沿って左右に揺れた。

僕は先生に答えるために、信号停車でエンジン音が落ち着いたタイミングで、

「ありがとうございます。大丈夫です。いまは、ほら、轟峠《とどろきとうげ》の長い坂をこれで上れるのかなあと思っちゃって」

と言うと彼は笑い出した。

「そこは、ほら、応援しよう。頑張れってね」

と言った。車に駄目だしされるとなぜだか嬉しそうだった。これが愛車を手放さない理由なのだなと分かった。

「私はね、そういうのが好きなんだよ。何か駄目でもね、それでもいいんだ。駄目って悪いことばっかりじゃないよ。ゆっくりでも、頑張ってまっすぐに進んでいるようなものがいいと思うんだよ。急がなくてもいいと思ってね。皆が急ぐから私はゆっくり行こうと思って。だから車も速くないのが好きなんだ」

「確かに、これは遅いですね」

後続の大型バイクが接近してきたので、先生は車を路肩に停めて道を譲った。前を走り去る時、片手で「ありがとう」と挨拶をしてくれた。そして、ゆっくりと車は走り出した。

「ね？　でも走ってる。上手くいかない道のりってのは、ごめんなさいも増えるけれど、ありがとうも増えるからね。なんでも自分一人でできるようなものだと、周りとの関わりも希薄になっちゃうからね」

僕は、ふいに渉君の笑顔を思い出した。彼を思い出す時、彼の視野の島の印象と笑顔は結びつかなかった。眩しい瞳だけをいつも思えた。

「渉君、あの子、とっても素敵でしょ？　お母さんも」

と、僕の考えを読むように先生は言った。

「ええ。難病を抱えている子とは思えないほど……」

「そうなんだよ。あの子たちと会うと私はいつだって楽しいよ。いろんな困難があるのにニコニコしているから楽しいことのように思えてしまう。自分にできることはないかと考え始めて、もう少し頑張ろうとも思える。ロービジョンの人達への理解がまだまだ一般には進んでいないから、彼らは理解されにくい。でも全力で元気に進んでいる」

ロービジョンとは、その名の通り低い視力の人たちのことを指す。

全盲ではないけれど、何らかの理由で視力や視野に障害を持っている人達だ。一般的に視覚障碍者というと、全盲の人を思い浮かべやすいが、渉君のように部分的に『見えている』人たちの方が圧倒的に多い。

そのため障害を持っていても健常者と何も変わらない生活をしているように見える人もいる。人によって障害の在り方やそれに伴う『見え方』が千差万別だからだ。

僕が初めて横断歩道で渉君を見かけた時のように、彼が障害を持っているとは分からないことも多々ある。

彼らは、健常者からは誤解されやすい存在だ。当たり前のようにできることがたくさんある一方で、できないこともたくさんある。

たとえば、視野が狭いという視覚障害を持った成人男性がまっすぐに道を歩いていて、向こうから小さな子どもを連れているお母さんと出会ったとする。男性が子どもに気付かずに、蹴《け》とばしてしまう。男性の視野の外側に子どもがいたのだ。すると、当然お母さんは激高し彼を激しく責める。

彼は謝り、自分が視覚障碍者であることを説明するけれど、一見してそうは見えないものだから、ただの言い訳のように思われてしまう。都合の悪いことに白杖《はくじょう》も手にしていない。無理解と誤解が、問題をさらに厄介なものにしてしまう。そのときに、自分が見えていないことを男性が説明しても、この『見えない』というものは自覚的なものだから、他者には伝わりづらい。彼らはまた暗く沈んでいく。先日、三井さんが僕を喫茶店のイベントでお手伝いとして雇ったのも、そんな『もしも』のときのためだった。

涉君はそんな世界の中に生きている。

僕らには、容易に彼らの世界は、見えない。

けれども彼は、彼の暗闇を感じさせないほどに明るい。

彼の器質的な闇は、心には及んでいないように感じる。今日の日差しのように、まっすぐで温かく微かな香りと陽気な気分を与えてくれる。僕がいま彼に会いたいと思っていることも、彼の視野の島を思う暗い気持ちばかりでないことも感じていた。純粋に彼の生活を見てみたいと思っている自分がいた。

「僕も彼らのことを、ほとんど知らなかったんだな、と思いました。視能訓練士なのに」

と呟くと、

「そうなんだよね。私もそうだよ。眼科医として彼らを診察することはあっても、彼らの人生にしっかりと関わることは少ない。まだまだ勉強中だ。だからいつも涉君に会うと教えてもらうんだよ」

「教えてもらう?」

「そう。どんなふうに生きているのかをね」先生は楽しそうにハンドルを握っていた。

「さあ、いよいよだぞ」と言うと、車は轟峠に差し掛かった。ここから数キロは上りのはずだ。途中で何度も大きな車が後ろに近づいてきたけれど、先生はその度に路肩に停めて道を譲った。追い抜かれる度に、前の車はハザードを一度だけ点灯していった。

「みんな、頑張れって言ってくれているね」

と先生は言った。テントウムシはゆっくりと坂を上っていく。

春の森の木漏れ日の中を、小さな車は風と共に進んだ。鼻先の短い車だからなのか、カーブの多い道を走っていると何もかもが近く見える。小さく狭い車に乗っているはずなのに、気分は大きくなっていった。

「これ面白いですね」と伝えると、

「そうだろう。野宮君も分かって来たね。良い車なんだよ」とまた愛車を自慢した。

弾《はじ》け飛びそうなエンジン音と風の音だけが響いていた。それは音楽ではないけれど、いい音だなと思った。


轟清水小学校は峠の先にある自然ゆたかな田園地帯に在る学校だった。周囲には民家しかなく、平地にポツンと小学校が建っていた。峠を越えて農道への入り口が並ぶ一車線の道に滑り込んでいくと、空気の香りが変わった。雲間から光芒が平地に乱れて差し込み、水を張ったばかりの田んぼを空と同じ色で輝かせた。

白と青だ。もうすぐこの田んぼも緑色になるのだろう。

スバル３６０の狭い車内から見る景色のせいで視界が広がって見えるのだろうか。

徒歩よりもずっと低い視線に景色が存在していて、空が高い。小学校に近づく道の脇に小川があり、水の音が聞こえた。流れ去っていく看板の一つに『鮎《あゆ》の釣り堀、すぐそこ』などと書いてあったりする。

「山を一つ越えるだけで別世界ですね」

と呟いた。先生は何も答えずに嬉しそうに頷いた。運転を楽しんでいるようだった。つかの間の休憩時間を笑顔で迎えていた。ゆっくりと曇り空は流れ去り、光芒は広がり、穴をあけられた雲は青空に溶けていった。晴れになった。鉛色だった水田は、空の鏡になった。

春の田園がこんなにも美しいなんて知らなかった。

民家が増えてきた頃、小学校に着くと、ドライブが名残惜《お》しいと感じていた。

耳元からエンジンの音が消える。

学校の玄関に着くと椎葉先生が待っていた。

校内からは食欲を刺激する香りが漂っている。先生は今日はブラウスにパンツルックだった。やはり活動的な印象だけれど、あまり余裕はなさそうだ。働き始めた頃というのは誰しもこんなものなのかも知れないと思えたのは、僕も同じ時期を過ごしているからだろうか。

「今日はお世話になります」と僕らはお互いに挨拶した。時間は限られているので、すぐに一年生の教室に案内された。職員室とは別の棟にある一階の教室で、給食の香りは強くなった。

渉君の教室は一年二組で、教室内では給食当番の子どもたちがエプロンをつけてお皿に給食を順番に盛っていた。ままごとではない実際の食事の風景だ。

僕らは廊下の窓からその様子を見ていた。

あんなに小さな子どもたちが列になって、きちんと配膳《はいぜん》ができるというのは、考えてみるとすごいことのように思えた。彼らにも大人と同じ力があるということだ。列を乱している子どもはいなかった。むしろ大人の方がやってしまいそうな割り込みや、待ち時間のイライラやクレームなどが見当たらず、ただただ給食を楽しそうに待っていた。

渉君は列の後ろの方だが女の子に囲まれて、配膳を手伝ってもらっていた。どんなふうに世話を焼かれているのか分からないけれど、細々と手が入り同じことを何度も伝えられているようだ。その度に彼はいつもの輝くばかりの笑顔でお礼を言っていた。手伝っている女の子も生き生きとしている。彼の世話ができるのが楽しいのだろうか。

彼のお皿だけが他の子どものお皿とは違い真っ黒だ。

「あのお皿は？」

と質問すると、北見先生も興味を持っていたようで視線が椎葉先生に集まった。

「あれは彼専用の給食のお皿です。コントラストがはっきりしているものを使っています」

「コントラストですか？」

「ええ。給食を載せているお盆とお皿と食べ物との区別がはっきりしやすいものの方がいいということで、特別に持って来てもらいました。これを持ち込むだけでも、ひと悶着《もんちゃく》ありました」

「というと？」と北見先生が訊いた。

「三月に春海君のお母さんの郁美さんから提案があった時、前の校長先生は彼の食器を持ってくることは許可するけれど、なぜだか毎日持ち帰るようにって言ったんです。でも私と担任の青山《あおやま》先生が反対していたんです」

僕は状況がうまく飲み込めず、疑問を口にした。

「なぜ反対されたんですか？」

「校長先生は管理の問題と衛生面の問題があるということでした。でもそれを春海君に押し付けちゃうと、すごく大変になっちゃうんですよ」

椎葉先生は思い出しながら、少し怒っているようだった。

「彼は小学校で生活するためにいろんな道具を持ち込むことになります。点字の教科書を使う時もあって、あれってすごく分厚くて重いんです。道具は他にもいろいろあって、学校に置くことができずに毎日全部の物を持ち帰っていたら、とても小学一年生では運ぶことのできない量や重さになります」

それは確かに大変だ。近年、小学生の教科が増えてただでさえランドセルが増量傾向にあると聞いたことがある。渉君の体格を考えると現実的ではないのかも知れない。

「ルールは分かるけれど、ほんの少し融通をきかせてもいいじゃないかって話になったんです。それでも、うまく意見が通らなかったんですが、四月になって矢ケ瀬先生が新しい校長先生になった途端、お皿は置いていい、春海君の道具も必要と認められれば学校に保管するのを担任の責任で許可、という形になりました。私と担任の青山先生は嬉しくて……。それで彼はいま、あのコントラストの強いお皿で食事をすることができるようになりました」

「なるほど」と彼女の話を聞きながら、渉君を囲む社会のことが分かったような気がした。彼が使うお皿一つとっても、それをどう扱うか皆で決めることになるのだ。彼を囲むすべての人が何が最善かを考えるようになる。僕は彼らにコントラストが強い食器が必要だなんて考えたことがなかった。

僕は渉君に視線を向けた。食事を受け取り席に着いて『いただきます』を待っていた。彼の周りの小学生は相変わらず彼に目を向けながら甲斐甲斐《かいがい》しく世話を焼いているようだ。

彼らは全員、ロービジョンが何か知っている。少なくとも視能訓練士である僕よりも視覚に障害を持つ人たちと触れ合い彼らを知っている。

僕は渉君に初めて会った時のことを思い出していた。横断歩道で中年の男性に信号の色を訊いた時だ。

あの時も彼は物おじせず、見ず知らずの人に声をかけ、知りたい情報を教えてもらっていた。誰にでもできることではないはずだ。だが、勇気を出して信号の色を訊ねて『ありがとう』を言った。その声の朗らかさは、見ず知らずの僕にも届いていた。彼の傍にいるたくさんの人たちが彼を守って力を与えているような気がした。暗澹とした視野の島は、あの日の彼とは結びつかないような気がした。

僕らは案内されて、教室の後ろから入室した。

入っていた時、正面には四十代中ごろと思える女性の先生が立っていた。あれが青山先生なのだろう。長い髪を後ろにまとめて真っ白いシャツを着ている。鼻筋の通った理知的な雰囲気の人だった。

僕らが入って来たことに何人かは気付いていたけれど、青山先生が『いただきます』と声をかけたので一斉に食事が始まり、僕らに注目する子どもはいなくなった。春海君はまだ僕らに気付いていないようだ。

食事が始まり、静かになると青山先生がこちらにやってきた。

椎葉先生よりもやや背が低く小柄な女性だけれど存在感のある人だった。近づいて来て挨拶をしながらじっとこちらを見ていた。瞳はここにいる誰よりも澄んでいて、静かだった。微笑んでいるけれど、何を思っているのかは分からない。これまで会ったどんな人よりも静かな雰囲気だ。

「あの、どうかしましたか?」

と訊ねると、とりなすように微笑んで、

「いえ、私にも高校生の息子がいるものですから、いつかこんなふうに大きくなるのかなと思いまして……。あなたと少し雰囲気が似ている気がしたので」

と言った。息子さんが僕のように不器用でなければいいけれど、と思ってしまった。

「はじめまして、このクラスの担任の青山敬子《けいこ》です。今日はわざわざこちらにお越しいただきありがとうございます。まさか北見先生と視能訓練士さんまで来てくださるとは思いませんでした」

北見先生は面識があるようで、簡単な挨拶をした。僕も自己紹介を始めた。

「申し遅れました。視能訓練士の野宮恭一です。春海渉君の検査を担当させていただきました。何かお力になれることもあるかも知れないと思い、差し出がましいようですがお邪魔させていただきました」

頭を下げると、

「とんでもないです。実際にここに来て下さった眼科の先生は初めてです」

とお礼を言われた。青山先生は話し始めると、とても親しみやすい人なのだと分かった。

「その後、彼の様子はどうですか」と北見先生は訊ねた。

「ええ、ただの打撲だったようで、お騒がせしました。私が付いていれば良かったのですが、申し訳ありません。学校の様子ということでしたら、この通りです。世話焼きのお姉さんのお友達がいつも彼を手伝ってくれます。最初は大変でしたが、皆でうまく彼をサポートする方法が分かると、当たり前のことのようになりましたよ。彼らの方が、私よりも渉君の様子に詳しいです」

話し込んでいるうちに食べ終わった子も出てきて、話し声が溢れてきた。みんなとても元気そうだ。渉君もニコニコと男の子たちと話をしているが、周りにいる女の子との会話も弾んでいる。僕の小さなころはあんなコミュニケーション能力はなかった。口下手で女の子とも話せなかったから、少し彼が羨ましくなった。

彼は辺りを見回して、こちらに気付いたようだ。僕らを指差し、

「眼科の先生たちだ。こんにちは」と言った。僕が、「こんにちは」と彼に聞こえるように言うと、「こんにち、は！」と全員が返してくれた。大きな声は教室を震わせた。元気の良い挨拶はこの地域の子どもたちの特徴なのだろうか。渉君が特別なのではなく、全員が特別なのかも知れない。

青山先生は嬉しそうに目を細めて僕らを紹介した。一瞬、瞳が海のように深くなった。

「今日は目のお医者さんと検査や訓練をしてくれる先生が、皆さんの様子を見に来てくれました。皆さんも仲良くしてくださいね」

と言うと、なぜだか拍手が起こった。北見先生も嬉しそうだった。小さな手から生み出される細かな拍手を聞いていると、僕も微笑みを隠せなくなった。なんだか、僕らが眼科に勤めているだけで褒められているような気がした。

どうやら全員が食事が終わった頃合いらしく、青山先生は『ごちそうさまでした』の号令をかけた。すぐに片付けが始まり、渉君もトレーを運んでいた。

そこでは、彼を誰も手伝わなかった。

恐ろしいほどあっさりしている。しばらく見ていると、彼にも片付けはできるからだと気付いた。みんなただ外に飛び出していきたいだけだ。教室が空っぽになるまで、それほど時間はかからなかった。僕らは彼らの行動の速さに驚愕《きょうがく》していた。渉君も障害があるとは思えないほど動きが速い。僕が不思議そうに眺めていると、椎葉先生が説明してくれた。

「慣れた場所ならあんなふうに動けるみたいです。私も最初見た時は、驚きました。みんなにぶつからないように声掛けしようと思ったのですが、それもあまり必要ないみたいでした。ああしていても、実はみんな彼を見ていてぶつかることはないみたいです」

「それはなぜですか？」

椎葉先生が笑った。

「たぶん、彼が『仲間』だからだと思います」

「それはどういう意味なのですか」

「ご覧になると分かりますよ」と彼女は僕らを校庭に連れ出した。

校庭には子どもたちの声が溢れていた。もう空は青い。子どもたちの声の向こう側に小川のせせらぎが聞こえた。澄んだ空気が柔らかい風と一緒に運ばれてくる。わずかに甘い春の香りがする。

子どもたちはドッジボールをしていた。大声で声をかけあって、本気で遊んでいる。中には肩の強い男の子もいて、ボールにはかなりの速度がついていた。

渉君は内野側にいて、スピンのかかったボールがすぐ傍を通っている。また頭をぶつけるのではないかと思い、身を乗り出したけれど、先生たちは静観している。青山先生は、

「あの子たち、手加減はないですよね。でも、大丈夫。彼を見ていてください。意外と当たらないんですよ」

と言っているうちに、外野の子どもが渉君を狙《ねら》った。

明らかに当たる角度でボールは飛んできたが、渉君はボールの方向を見て綺麗に避けた。動きは素早く、重心の移動も見事だった。傍目には運動神経の良い子が、綺麗にボールを避けたようにしか見えない。外野に飛んだボールがまた戻ってきて、もう一度、彼を狙ったけれど、二度目も避けた。偶然ではないようだった。

「どうして、当たらないんでしょう」と訊ねると、

「私にも分かりません。皆にも訊いてみましたが、渉君は他の子よりも当たらないそうです」

と椎葉先生が言った。北見先生を見ても肩をすくめていた。すると、青山先生が、

「たぶん、皆が声掛けをしてどこにボールがあるのか分かるようにゲームをしているのだと思います。ほら」

と言って指を差した。よく見ると、子どもたちはボールが回った子どもの名前を呼んで、騒いでいた。僕らには分からなかったけれど、実はゲームの中でごく自然に渉君が遊びやすいような工夫が行われていたのだろうか。だが、彼らが生真面目《きまじめ》にそんなことを行うとは思えない。みんな目の前の遊びに一生懸命だ。

僕も覚えがあるけれど、子どもは仲の良い友達の名前をよく叫ぶ。それが自然にゲームの中に組み込まれたということだろうか。だとしたら、渉君は毎回変わる外野と内野の友達の名前を瞬時に覚えていることになる。そんなことができるのだろうかと考え、青山先生に視線を向けると、僕の疑問に気付いたように説明してくれた。

「記憶力のいい子なのでたぶん誰がどこにいるのか覚えているのだと思いますよ。外野をやり

たい子どもと内野をやりたい子どもは偏りがあるので、それを覚えているというのもあると思います。それともう一つは、彼は他の子よりも飛び抜けて運動ができる子のようにも思えます。身体は小さいですが、足のばねや身体の軽さ、速さは本当にすごいです。鬼ごっこをしても追いつけないですよ」

「鬼ごっこをしたことがあるのですか？」

「ありますよ。体育の時間にグラウンドで、突然子どもにタッチされて鬼になりました。そして、渉君を追いかけたけれど、あまりにも速くて追いつけませんでした。子どもたちに訊いても『渉が簡単につかまるわけないじゃん』と言われました。彼らにしてみると当然らしいです。渉君はクラスの中では、運動ができて人当たりのいい、ちょっとしたヒーローのような感じですね」

彼女は誇らしげに説明してくれた。

「私はあの子の宝物は、あの身体能力と笑顔だと思います。それにちょっとやそっとじゃへこたれない心」

僕は渉君が椎葉先生に向けて言った言葉を思い出して呟いた。

「ちょっと失敗しちゃった……」

彼女はこちらを向いて自分のことのように嬉しそうに笑った。

「そうです。それ。私もときどき彼の表情とあの言葉を、彼がいない時にも思い出しますよ。『ちょっと失敗しちゃった』って。『ちょっと失敗しただけだから、僕は大丈夫だ』って聞こえるんです。そして、また全力で目についたものに向かっていく。その姿が子どもたち皆に見えているんだと思います。あの子たち皆いい子でしょう?」

「ええ。なんていうか、イメージしていたよりもずっといい子たちでした」

彼女は、纏《まと》っていた静けさを崩して嬉しそうに、頷いた。

「そうでしょう。私も何年も教師をしていますが、一年生のクラスでこんなに優しくて楽しいクラスはなかったです。渉君がクラスの中心にいてくれることで、私も助かっています。彼がいてくれるから、他の子たちも得難い経験ができます」

「得難い経験?」

「未知のものに出会い、自分たちで工夫すること。手を差し伸べ、感謝されて、同じように自分たちも助けられること。かけがえのない仲間との時間……、挙げていくときりがないほどです。彼らは渉君にとって何が一番良いのかを考えて行動しているようにも思えます。あんなふうに容赦なくドッジボールをして、ときどき渉君にボールをぶつけたりもしますが、彼のためのルール作りもしています。絶対に爪《つま》はじきにしたり見捨てたりはしません。彼ら全員にもそれぞれ意見はあって、やりたいこともあるのですが、それを一つにまとめて、渉君のために行動することもできるということです。それも心からそうしたいと思って行動するのです。大人でもなかなか難しいことのように思えます」

隣で聞いていた北見先生も唸っていた。彼女が言ったことは、いま目の前で実証されていた。相変わらず、渉君は楽しそうに高速のボールを避けているし、子どもたちも楽しそうだ。

彼女は眩しそうに彼らのドッジボールの姿を見ていた。瞳の中に、陰《かげ》りも心配も何もなかった。当たり前の日常を、幸せそうに眺めているように思えた。彼女の横顔を見ていると、僕はこんなふうに灯ちゃんを見つめることができるのだろうか、と考えてしまった。

この人なら、灯ちゃんの訓練もうまくできそうな気がした。先ほどの説明といい、椎葉先生には気付けないポイントに幾つも気付いている。類《たぐい》まれな観察眼を持っている人にも思えた。僕はどうしても、青山先生に訊いてみたくなった。へどもどしながら、質問の切り口を探していると「どうしました？」と彼女の方が気付いてくれた。

疑問を口にしようとしたところで、僕の足元にボールが飛んできた。転がってきたボールから鈴の音がした。彼が横断歩道で持っていたボールだった。

鈴の音が止まらないうちに、僕の元に駆け寄って来たのは渉君だった。ボールを投げ返すと、綺麗にキャッチした。

じっと彼を見ていると、目が合った。少し斜めに身体を傾けて僕を見て、それからもう一度、僕の顔に向けてボールを軽く投げた。僕が驚いてキャッチし、ボールを顔から外すと、大きな笑顔があった。

「先生も一緒にやろう！」と僕を誘っている。

周りを見回すと、先生たちは「ぜひ」と言ってくれたので、腕まくりをして子どもたちに加わった。僕は渉君の手を取って陣地に向かった。

十年以上ドッジボールなんてやっていないけれど、子どもたちの方へ歩きながら、わくわくしている自分に気付いた。

柔らかな凪と一緒に、渉君が僕の足に力いっぱいぶつかってきた。

彼の重さが波のように、僕に伝わってきた。


お昼休みが終わるとすぐに授業が始まった。

国語の時間だった。渉君の席は、黒板に向かって左側の一番前の席だ。彼の視野に適した位置に机はあった。彼専用の棚も机の横に配置されている。道具は見るからに多いようだった。

青山先生が授業を行い、椎葉先生と一緒に僕らは少し離れて見学していた。

渉君は単眼鏡を使いながら黒板を見ていた。紙焼けした再生紙のプリントが配られ書き取りが始まると、椎葉先生は彼の後ろに回った。僕らも手招きされたので、彼女と同じ場所に立った。青山先生の説明の声だけが響いていた。渉君も皆と同じように書き取りを始めたけれど、自分の名前を枠の中に綺麗に書くことはできない。聞かされていた通りだった。手先が上手く使えずはみ出す、という程度ではなく、明らかに線を無視して字の大きさを揃えている。見えていない。それは明らかだ。相変わらず彼の表情は真剣だった。名前を書き終わり、彼がこちらを振り向いた。

「僕できてる?」と椎葉先生に訊ねた。先生は、もう一度枠を説明し、一緒に名前の書き取りを始めた。

「また、失敗しちゃった」と小声で彼は言った。「大丈夫だよ。もう一回」となだめてはいるけれど、名前どころか他の平仮名も同じように枠から飛び出ている。

簡単な漢字や平仮名を覚えさせてほしいというのは、渉君の母親の郁美さんの要望でもあった。物の形を例える時によく使われるからだ。そして、自分の名前を書くことも日常生活でどうしても必要になる。そうした希望に応えるために椎葉先生や青山先生も手を尽くしてきたのだが、まだ打開策が見当たらないとのことだった。

平仮名の書き取りはどんどん進んでいくけれど、渉君はまだまだ苦戦しているようだ。

僕は彼の視野の島を思い浮かべた。

水没してしまった島々の輪郭と、彼が反応できる輝度を考えていた。暗い海に浮かぶ島嶼に風が吹いていた。島の輪郭は盲目の海に揺られて刻一刻と形を変えていく。

僕は検査室で彼の視野の形を見て、暗い思いを浮かべていた。そこから得られるデータは、どうしたって楽観視できるようなものではなかった。今もそう思っている。けれども、だからといって、彼が不幸だという訳ではないのではないか、と思った。少なくとも、それを当事者ではない僕らが決めつけるのは間違っているような気がした。

僕は大切なものを見落としているのではないかと、ここに来てようやく思えた。

渉君はあ行の書き取りが終わり、こちらを見た。今度は僕と目が合った。すると、あの清らかな笑顔を僕に向けた。

その瞬間、視野の島の暗澹とした空が晴れた。今日の天気のようだった。それは彼と初めて会った時から、感じていたことだった。沈みかけた島は光を浴びて、緑や青に複雑に輝いている。凪いだ海を心地よくくすぶる揺らめきは彼の笑顔のようだった。島嶼の内側にはゆたかな礁湖さえ広がっていた。僕は暗い海ばかり見ようとしていた。検査室の中で作られた光で彼を観測していた。あの光では見えないものがあったのだ。だがいま、検査室の外にいる。ここには彼の世界の光があった。

島は見たこともない潤《うるお》いと情景を映し出していた。

たぶん、これが答えなのだ。

僕は彼を見ていなかったのだ。

彼という人がそこにいて、彼の人生が視覚だけに捉《とら》われない輝いたものであることを見落としていた。今日、渉君は輝いていた。

僕はずっと、思い込みだけで彼に暗い顔を向けていたのではないだろうか。

僕は彼に微笑み返した。すると、彼はもっと大きく笑った。

答えは、そのときやってきた。

「あの、サインペンありますか？　マジックでもいいんですが」

と、椎葉先生に訊ねた。彼女はすぐに用意してくれた。

僕は黒のサインペンを受け取り、彼が書き取りを行っているプリントの枠を濃く太くなぞった。五マス分書いて、名前の枠も引いたところで、

「これなら見えるよ！　これが枠だったんだね」

と彼は声をあげた。教室中に響く弾む声だった。見えないものが見えたのだ。プリントには

白と黒のコントラストがはっきりとでき上がっていた。再度書き取りを始めた渉君は、今度は何なく枠内に字を収めていく。椎葉先生は嬉しそうに手を叩いていた。

「僕、できたよ！　ね！」と報告されると、目頭を熱くして彼の頭を撫でていた。青山先生も、こちらにやってきた。

彼は自分の名前を、平仮名で枠の中に書き始めていた。青山先生が驚いた後に、

「どうして、枠を濃くすれば大丈夫だと気づかれたのですか？」と訊ねた。

「給食のお皿です」と言うと彼女は首をかしげた。僕は説明を続けた。

「お皿は食事をするために強いコントラストを作るように配色されていました。けれども、プリントはくすんだ色でインクの色と紙の色とのコントラストがあまりないような気がしたんです。それと、彼の視野と反応してくれる光の強さのことを思い浮かべました。強い光なら見えるけれど、反応しない輝度もあるのです」

青山先生は、何度も相槌を打った。それから最後に、

「さすが、プロの方ですね」

と言った。僕は恐縮して顔を上げられなくなってしまった。すると、話を聞いていた渉君が僕の足をパンパンと叩いた。良かったな、と顔が言っている。ふいに、肩を叩かれた。

「うちの優秀な視能訓練士ですから」と、北見先生が言った。

また、眩しそうに青山先生が、僕を見ていた。

「本当に素敵なお仕事ですね。先生のおっしゃる通り、優秀な視能訓練士さんなのですね」

「いえ、いつも不器用でいろんな人に迷惑をかけっぱなしなんです。今日は偶然、気付けただけです」

「でも、私たちは何度彼を見ていても気付けなかった。あなたはたった一度見ただけ、です」

「的外れなものばかり見ている癖があるからでしょうか。いつもはすごく不器用だから」

と言うと、彼女は笑った。

「やっぱり、うちの息子みたいだなと思いました。いいえ、野宮さんにしか見えないものを見ているのだと思います」と言われた。

そんなことを考えたことなどなかった。

僕は青山先生の瞳を見た。彼女もまた、彼女にしか見えないものを見ているような気がした。そのときになって、どうして彼女の瞳がこんなにも透き通って見えるのかに気付いた。

彼女は『いま』を見ていなかった。

向かい合う人たちの未来を、その瞳で探していたのだ。

この人に出会えた子どもたちは幸せだなと思った。この人の瞳も、僕らとは違う形で未来を作っていくのだと思えた。


授業が終わり、僕らも学校を後にする時間になった。

僕は思い切って、青山先生に訊ねてみた。彼女なら答えを知っているような気がしたのだ。

別れ際の教室前の廊下でのことだった。

「いま僕は四歳の女の子の斜視の訓練を行っているのですが、どうしても、彼女のやる気を引き出すことができないんです。どうすれば訓練に目を向けてもらえるでしょうか」

僕は斜視の訓練の方法や難しさを簡単に伝えた。

「そうですね。人にもよりますがそういうときは、『大好き』を用意するのがいいですよ」

僕は門村さんのカセットテープを思い出し、それを用意していることを伝えた。

するとと彼女は、

「そういうのもいいんですけど、『大好き』なものはそれだけじゃなくて、大好きなことも含まれると思います。誰だって大好きなものや、ことに触れているのが好きなんです。当たり前のことですが、やりたいことがあるのに、それをさせてもらえないというのは辛いことです。だから、『大好きなこと』を用意するといいと思います。たとえば『これをしたら、あとでこれをしてもいいよ』と言う風に伝えると、その時間だけは頑張ってくれることも多いです。その子が本当に興味を持っていることを見極めることから、関係が始まっていくのだと思いますよ。何に興味を持って、その子がどんな人間なのか見てください。野宮さんなら、大丈夫ですよ」

と、言った。彼女の話を聞きながら、言葉が身体に沁《し》み込《こ》んでくるのが分かった。彼女の言葉の響きを感じていた。それは灯ちゃんと触れ合うイメージに変わった。

僕は彼女との時間を、無意識に強く振り返っていた。

僕は灯ちゃんに、ただ『頑張って』としか声掛けをしてこなかった。『訓練に耐えないとうまくいかない』と思うのは、灯ちゃんからすれば僕らの都合だ。もしかすると、それをただ押し付けているだけだったのかも知れない。

彼女にとって、思いのまま遊ぶことも彼女の大切なことなのだ。そして、絶対に必要なことなのだと、目の前の子どもたちを見て気付いた。僕はそれを奪っていたのだろうか。

「ありがとうございます。なんだか、分かった気がします。考えてもみませんでした」

と伝えると、

「大人では思いもよらないような小さなことが、子どもには大事なんですよ。でもあなたなら大丈夫」

と、もう一度褒められた。小学校の先生に褒められると、自分が子どもに戻ってしまったような気持ちになる。言葉がとても分かりやすく、声が明瞭《めいりょう》だからだろうか。

「あと、もう一点、保護者の方とのコミュニケーションや連絡のことで悩んでいるのですが」と事情を説明すると、今度は椎葉先生が「ああ、それなら……」と教室からノートを持ってきて見せてくれた。なんだか見覚えのあるノートだった。こんなものが昔、小学校でもあった気がする。

「これ、連絡ノートです。私たちはこういう物を使って保護者の方と子どもの様子を共有しています。書き綴《つづ》るのが少し手間ですが、一冊にすることで経過を残せるので、記録としても便利です。それにメールを送るよりも、気持ちが伝わるような気がします。春海君のお母さんとのやり取りでも、とっても役に立っているのですよ」
と教えてくれた。僕は先生と目を合わせた。これは良いアイデアかも知れない。灯ちゃんの様子やデータなどは口頭では説明しきれないものがある。夕美さんのように疲れ果てているお母さんに訓練の結果を伝える時、医療用語で話し続け、根気強く耳を傾けてもらうことも申し訳ないような気がしていた。それに僕もそれほど説明が上手いわけではない。

僕らの間にメール以外の情報を交換できるツールは必要なものだったのだ。

「ありがとうございます」と素直にお礼を言ったところで、

「野宮君、そろそろ時間だよ。診察始まっちゃうよ」と、北見先生に急《せ》かされた。

僕らは慌ててその場を辞し、車に乗り込んだ。エンジンが温まるまで狭い車内で待っている間、北見先生は上機嫌だった。渉君が元気に過ごしていたことが余程嬉しかったらしい。

どうしてそんなに喜んでいるのか、と訊ねると、

「ほら、私たちは、本当に小さなころから何年も診て来ているからね。だから、どんな風に成長しているのか、普段の様子はどうなのかとか気になるんだよ。それに、あの郁美さんが、一生懸命に彼を支えて生きているのが分かるから。あのへこたれなさは、お母さんから受け継いだものだよ。私たちも見習わないと。それにね、野宮君にも、郁美さんや渉君の姿を見て欲しかったんだよ」

と言って、車を発進させた。

「ありがとうございます」とお礼を言ったけれど、声はエンジン音で掻《か》き消《け》された。先生は、

「お昼ご飯は、時間がないからどっかで買って食べよう」と言った。

「そうですね。山道を越えたら、店を探しましょう」

「あっ、キッチンカーが、あそこにいるよ！　ホットドッグだって」と先生は路肩に車を停めた。車は何台もあり、人が並んでいる。

「二人分、買ってきます」

と僕は昼食を目指して駆け出した。春の風が心地よかった。


次の訓練の日も、空は晴れていた。今日も、先生は手術に入り、丘本さんと広瀬先輩は午前中出勤している。僕は少し早く出てきて、訓練する部屋を片付けた。訓練用の道具が目に入らないようにして、メガネをかけ彼女を迎え入れた。

病院に入ってくるまで、灯ちゃんはメガネをかけていなかったようで入り口で慌てて装用する姿が目に入った。僕は笑顔で、夕美さんと灯ちゃんを迎えた。

夕美さんには夕美さんの人生と考え方があるのだ、と思った。

いつものように検査室に招き入れると、とりあえず音楽をかけた。灯ちゃんは黙ったまま、パイプ椅子に座っていた。唇を尖《とが》らせて、足をぶらぶらさせながら、次の言葉を待っている。たぶん「いや」と言う準備をしているのだろう。

僕が声をかけずにいると退屈そうにしていたので、

「今週のキラニャンは見た？」と僕が見ていたアニメの話を振ってみた。彼女は、

「まあね」と言った。その後、

「見てない人なんているの？」と訊ねられた。なんだか気のないデートのような会話だなと思って笑ってしまった。彼女のためにアニメを見ているのに。僕はアニメについて思ったことや、感じたことを話すのをやめて、彼女と同じようにパイプ椅子に座った。

訓練の無理《む》強《り》い《じ》はよくない。そうすれば、今日もこの時間は終わってしまう。時間はあと十八分くらいはあるだろうか。予定していた時間はそのくらいだ。僕が何も言い出さないことを不審に思ったのか、彼女は僕をじっと見ていた。

「どうしたの？」と訊ねると、

「今日は何もしないの？」と訊き返された。僕はこの問いを待っていた。微笑んで、

「何がしたいの？」

と訊ねてみた。初めて彼女に訊いてみたことだった。彼女は目を見開いた。レンズによって大きくなった瞳がさらに大きく見える。そのときになってやっと、彼女の瞳の輝きを真正面から見ることができた気がした。僕の目を、どちらかの目がまっすぐに捉えている。それが右なのか、左なのかは分からない。ただ分かることは、僕を注視しているということだけだ。彼女は、

「今日は怒ってない？」と、僕に訊ねた。

ため息が、こぼれた。彼女には、僕がそう映っていたのだ。

彼女にとって、僕はいつも怒っていて無理難題を押しつけてくる眼科の怖い先生だったのだろう。

「怒っていないよ。怒っていたことは、一度もない」と、大人に話す時のように真摯《しんし》に声に出した。「僕が思っているのは、君を助けたいということだけだ」と言いたかったけど、それは伝わらないような気がした。

言葉の代わりに、僕は笑顔を作った。

彼女もやっと笑ってくれた。

これだけで、今日の仕事は大成功かも知れない。もう少し会話を続けようかと思っていると、灯ちゃんは自分の気持ちを話してくれた。

「外に出たい。外を少しだけ歩きたい」

そういえば、今日も晴れて心地の良い朝だった。桜は散ってしまったけれど、新緑の葉が美しかった。

そうだよな、と思った。こんな天気のいい日にどうして部屋の中にいるのだろう。

僕は「分かった」と頷いて、立ち上がった。灯ちゃんは不思議そうに、僕を見ていた。

「さあ、外に出よう」と僕は言った。彼女はすぐに立ち上がった。

北見先生と夕美さんに許可をもらって、僕らは病院の前の坂を下りたところにある公園にやってきた。桜の大きな木が一本あり、去年はとても綺麗だったけれど今年は遠目で見るだけだった。彼女はゆっくりと僕の後をついてくる。

最近歩くのがとても遅い、と夕美さんから伝えられていた。メガネをかけていることで何か異状が出ているのではないかと言っていた。

だが、何かが見えていないからゆっくり歩いている、とは思えなかった。彼女の足取りは以前よりもしっかりしている。

僕は公園の傍の花壇に向かった。レンガの内側に大量に植えられたパンジーの外側に雑草が茂っており、そこに目当てのものがあった。去年、ここに来た時みつけていたのだ。

彼女が僕の傍にやってくると、

「ほら、あの青い花は、分かる？」

と指差した。何を言っているのか分からない、というように一度、僕を見た。

「青い小さな花を探してみて」

と、もう一度伝えると目を凝らして雑草の中を探していた。これもたぶん訓練になるはずだ。しばらくして、彼女は小さな青い花を見つけた。

「つゆ草だよ」

と、僕が言うと、感嘆の声をあげた。

「こんなの、見たことない」

と、彼女は言った。日差しが彼女の顔にかかり、右目が少しだけ外側を向いた。僕は気にせず話し続けた。

「まだまだ、たくさんあるよ。探せるかな」

僕らは一緒になってつゆ草を草むらの中から探していた。まだ時期が早く数は少ないが幾つかは見つけられそうだ。

ふいに、彼女は話し始めた。

「最近ね、見たことのないものが、よく見えるの。メガネをかけ始めてから」

僕は彼女の話をさえぎらないように相槌を打つ。

「前よりずっと見えて、いろんなものが楽しい。でもずっとかけていると頭が痛くなる気がするし、前と違うから変だなって思って外したりもするんだよ。これって変？」

「いいや。変じゃないよ。でも、ずっとかけていたら、いつか頭も痛くなくなるし、これまで見えなかったもっといいものが見えてくるよ」

「どうして？」

「それはね、前にも言ったかも知れないけれど、僕たちゃ、メガネ屋さんや、灯ちゃんのお母さんが心を込めて作った魔法のメガネだからだよ」

「そうだった！　だからよく見えたんだね」

「そうだよ。灯ちゃんの目を治してくれる魔法のメガネだよ。これをつけて、なるべく細かい作業をすることが目を治して、見たことのないものを見ることに繋がるんだ」

「見たことのないものってなに？」

僕は『立体視』について説明したくなった。それは視能訓練士の性《さが》なのかも知れない。けれども、いま必要なのはそんな言葉ではない。

「それを見るために、一緒に訓練してみない？」

僕は彼女に問いかけた。願いのようにも聞こえる言葉だった。

彼女はつゆ草を持ったまま、しばらく考えていた。そして、

「いいよ」

とだけ言って、立ち上がった。彼女は手を差し出している。僕は小さな手を握り、彼女の歩みに合わせて歩き出した。坂道に差し掛かった時、

「でも、訓練が終わったら、またここに来て一緒にお花を探してくれる？」

と訊いた。僕も「いいよ」と答えた。それから、

「いつか、お花をたくさん探せるようにもっと訓練を頑張ろう。世界は思った以上に、綺麗だよ」と彼女に言った。

答えは返って来なかった。

僕らは坂をゆっくりと上り始めた。


その後の訓練は上手くいった。

病院に帰った時も、夕美さんは眠っていて、訓練が終わった後も目覚めてはいなかった。

「ママ！」という灯ちゃんの呼び声で目を覚ました。一瞬、自分がどこで眠っていたのか、分

からなかったようだった。前よりも細くなって見える。

目覚めた彼女がしっかりと居ずまいをただしたのを見計らって、僕は用意してきたノートを手渡した。受け取ろうとした時に、立《た》ち眩《くら》みがしたのか、ノートが手をすり抜けた。

「大丈夫ですか？」と訊ねると、

「大丈夫ですよ。寝不足なんです。これは？」と彼女が訊ねた。今日はほとんど化粧をしていない。訓練に間に合うように慌てて出てきたのかも知れない。

「これは『みるみるノート』です。小学校で使う連絡ノートみたいなものです」

僕は中身を開いて見せた。彼女は少し身構えた。また視機能に関わる専門用語を羅列されると思ったのだろう。

ここ数日、広瀬先輩と北見先生と三人でこのノートについて話し合いをしていたのだ。

「これは僕ら眼科のスタッフで作りました。僕らが説明したことが一度では分かりづらいかなと思ったので、訓練について理解していただくためにも書きました」

彼女はノートに視線を落とした。

最初の方のページは目の基本的な構造や、斜視の訓練の概要、意義についてできるだけ分かりやすく説明している。それからページが進むとメガネのフィッティングや、扱い方について詳細に書かれている。ここまででも、僕のここ数ヵ月の勉強が役に立った。

そして、このノートの真価はここからだ。

このノートには、メガネの専門店でも記録してもらうことができる。土浦さんからの要望であるお店にフィッティングに来てもらうための仕組みを組み込んだ。

スタンプラリーのようにメガネを調整したらシールがもらえるようにマス目を作ったのだ。このシールと記録をつけるために、夕美さんはお店に通うことができるはずだ。メガネのページには、最初のページとも重複するがフィッティングの重要性が強調されている。また僕らも、これを持って行ってもらうことによって、どの程度メガネが調整されているのかを知ることができる。

その次の項目は、灯ちゃんの成長と訓練の記録だ。検査日や訓練の内容、連絡事項などを記して夕美さんと情報を共有する記入欄もある。これで、訓練が『見える』形になる。

小さな一歩、たった一回の訓練が無意味ではなく、積み重ねられていることを知ることができる。彼女はノートを手に取り、目を丸くして隅から隅まで眺めていた。

「これを野宮さんが作ったのですか?」

「ええ。書いたのは僕ですが、北見先生にもメガネ屋さんの土浦さんにも、その他たくさんの人に協力してもらいました」

「どうして、こんなに灯のためにしてくださるのですか?」

僕には答えられなかった。彼女の目に涙が浮かんでいたからだ。僕はメガネを外した。

「前にも言ったかも知れないけれど、皆で頑張っていきましょう。積み重ねていくと、きっと見えると思うから。麻木さんの努力がきっと無駄じゃなかったって思えるように、僕たちも頑張ります」と、答えた。

「ありがとうございます」と、震える声が聞こえた。

曇り空を見ているように、彼女は目を細めていた。


翌週の日曜日、ブルーバードに昼食を食べに行こうと病院の方へ向かっていると、横断歩道を渡ろうとしている小柄な影を見つけた。

遠目からでも分かる。渉君だった。

背中にボールを入れた袋を背負っていた。身体を動かすと鈴の音が鳴っていた。彼は辺りを見渡し、横断歩道を一緒に渡ってくれる誰かを探している。

「お～い、渉君」と声をかけると、

「あっ、眼科のお兄ちゃん！」といつものように、僕よりも大きな声で答えた。

「ちょうどよかった。信号を教えてくれる誰かを探してたんだよ」

「そっか。僕もこっちだから一緒に行こう」

彼は嬉しそうに身体を揺らした。信号は青になり、僕らは寄り添って横断歩道を歩いた。

「今日はどこに行くの？」

「今から、そこの公園でサッカーするんだよ。友達の家が近くなんだ」

「いいね。今日も天気がいいからね」

僕らは公園にたどり着いた。彼のエスコートもここで終わりかと思っていると、

「お兄ちゃんも一緒にやる？」

と訊ねられて、笑ってしまった。

「いいよ」と言おうとした時、またボールをぶつけられそうになって、手を顔の前に持って行くと、彼の手の中でボールは止まっていた。

「今日は、大丈夫みたい」と彼は言った。

「どういうこと？」と訊ねると、

「いつも暗い顔してるからさ」と彼は言った。

「そっか、それで……」と話すとボールを投げられた。笑顔でボールを返すと「何か落ちたよ」と彼が言った。僕には聞こえなかった。

「このあたりだよ」と指差すので視線を向けると、キラニャンのペンライトが落ちていた。その隣には、群れを外れたつゆ草が雑草と一緒に咲いていた。

僕はつゆ草を摘まみ上げて、

「これかな」と言って彼に見せた。彼は声を上げて、僕からつゆ草を受け取った。

顔の前のつゆ草を動かしている。見やすい位置を探しているのだろうか。ゆっくりと持ち上げられていく花とともに、目が動いた。彼の瞳が次第に輝いていく。花が瞳の中に吸い込まれていくようだった。僕も彼の瞳に吸い込まれていた。

こんなに美しい瞳は見たことがなかった。

生きている。世界の全部を見ているような瞳だった。そして、

「綺麗だなあ！」と公園を飛び出すほどの声が響いた。
彼の瞳につゆ草の青が映っていた。それは、僕が彼の瞳に見た青い海と同じだった。
空を映す大きな色だった。

第3話

向日葵《ひまわり》の糖度

また北見先生が遅刻してやってきた。

理由を訊いてみると、病院の花壇の向日葵《ひまわり》が綺麗だったから、だそうだ。始業時間ギリギリに駆け込んできたので、僕らはヒヤヒヤしていた。

「あの向日葵ってさ。剛田君みたいだよね」

と遅刻から話題を逸らすように、先生は言ったので、

「そんなに大きな向日葵があったんですか」

と思わず訊き返してしまった。当の本人は検査室から出て待合室で、お待たせしている患者さんとお喋りに興じている。この病院で患者さんとの距離が一番近いのは間違いなく彼だろう。

「あれはさすがに私にも、誰にも真似できない。こんな緊急事態では助かるよね」

と広瀬先輩に言わしめるほど、患者さんと仲良くなってしまうのが彼だった。

この病院の中では、たしかに向日葵のように目立っている。

身長は百八十センチくらい、年齢は三十歳前後だけれど、実年齢よりも遥かに若々しく見え

る。見た目は去年よりも増量されて筋肉質な体型から、やや丸味を帯びるほどに分厚く鍛え上げられていた。じっと眺めていると、時々、大胸筋とか僧帽筋とかが白衣の上からでも動いているのが分かる。最近は首元まで服がきつくて苦しそうだ。古代ギリシャ時代の裸身の塑像か、ハリウッドのアクションスターを思い浮かべてしまうほど引き締まっている。

街中《まちなか》で彼を見て看護師だと思う人は、まずいないだろう。

北見眼科医院に勤務し始めて、一番最初に仲良くなったのが彼なのだが、はじめて彼を見た時、どうしてこんなマッチョな人が眼科にいるのだろうと思わずにはいられなかった。救急隊員や消防士や警察官の方が似つかわしく思える。

あまりにも見事に鍛え上げられているので、最近は男女問わず年配の患者さんから上腕を触られている。そして、みんな声をあげる。

「あんた、すごい鍛え方してるね～！　健康の鑑みたいだね！　私もあやかりたいよ」

そう言われる度に、嬉しそうに検査室に揚々と患者さんを案内してくる。

まさに北見眼科医院の向日葵のようだった。そして、彼だけがいつも夏だ。

そんなことを思っていると、北見先生は準備ができたようで、

「患者さんに入ってもらって」とこちらに合図した。剛田さんはいない。僕が代わりに患者さんを呼びに行くと、彼は女性と話していた。

剛田さんと話しながら甘いスポーツ飲料をがぶ飲みしている。

「すごい飲みっぷりですね。喉《のど》が渇くのですか」と彼は訊ねた。

色の白い痩《や》せた女性だ。地味な服装をしているが人目を引く女性だ。なぜなのかと思い、気付くと見惚《みと》れてしまうようなミステリアスな雰囲気がある。

年齢は二十代前半というところだろうか。大きな丸い縁なしのメガネをかけている。度数は、それほどでもないようだ。隣に剛田さんが立っているせいか、とても小さく見える。

だが、それだけが理由ではない。彼女は痩せ過ぎている。健康、だとは思えない。女性がスポーツドリンクを豪快に飲み干している姿を見て、剛田さんの目が厳しくなった。彼女は、

「最近、やけに喉が渇きます。何か関係あるんですか？」

と言った。特徴的な高い声だった。彼は素早く彼女から受け取った問診票に書き込む。たぶん、僕でもそうしただろう。

「どうでしょう。でも体調が悪いのなら教えて下さいね。他には何か変化はありますか？」

彼の声は明るいけれど、演技であるのはすぐに分かった。

「そうですね。すごくだるいことがあります。目とは関係ないかも知れないけれど、手足もむくみやすいかな」

「なるほど、なるほど」彼は笑顔を絶やさない。

「でも、そんなことより、目の方が大事です。左目が、私、たぶん利き目だと思うんですけど、赤いカーテンが掛かったみたいで、まるで見えないんです」

遠くで聞き耳を立てながらも、頭の後ろを殴られたような衝撃を感じる言葉だった。僕は思わず彼女を凝視した。二十代前半にしか見えない綺麗な女性だ。もっと年齢を上に見積もって

も二十代後半というところだろう。

僕が危うさを感じた瞬間に、彼も同じことを思ったのか、目に力がこもっていた。

「ちょっとスポーツドリンクはやめておきましょう。必要なら水をお持ちしますので……」

と彼が言った時、僕も彼女を呼ぶために近づいた。僕と剛田さんの考えが一致しているのなら、スポーツドリンクは禁忌だ。

近づいた僕を彼女が見た。すると数秒間不思議な顔で、顔と胸のあたりを交互に見た。胸に差していたキラニャンが気になったのだろう。患者さんにときどきこんな表情をされることがある。そして、

「ファン？　オタク？」と不思議な問いを発した。僕は、

「あっ、これですか？　キラニャンって言ってアニメのキャラクターなんですよ」

彼女は少しだけ冷めた目をして、

「知ってる。アニメじゃなくて、漫画のキャラクターです」と、少し尖った声で訂正した。

そういえば、『キラニャン』は漫画が原作だった。この人は、キラニャンにこだわりのある漫画オタクなのだろうか。

よく見ると彼女の瞳もキラニャンと同じように大きくて、釣り上がり尖っている。キラニャンが人間になったらこんな顔立ちだろう。

少し刺々しい印象があり、知性と厳しさをうかがわせる。人を寄せ付けない雰囲気がある瞳だけれど、話す時の声の高さとは不釣り合いだ。

「そうでした」と彼女を刺激しないように相槌を打ち、

「僕はキラニャンのファンですよ。子どもたちにも人気があるし、とっても良いペンライトなので着けています。冗談みたいだけれど視能訓練士には実用性では最高の逸品《いっぴん》なのです」

と説明した。それを聞くと、彼女の目の角が取れた。

「視能訓練士？　あなたは看護師ではないのですか？」

「看護師は、こっちの彼です。僕は検査を担当します」

と、剛田さんを指した。そのことにも彼女は驚いて、

「眼科の看護師さんって、こんなにたくましいのですね」

と言った。いや、たくましいのは彼だけだ。日本中、探しても彼のような看護師はいないだろう。そもそも彼ほど鍛えている人がどれほどいるだろう。

僕は剛田さんからファイルを受け取って、検査室に進んだ。案内は彼がやってくれた。強張《こわば》った面持ちで、雲母《きらら》さんと呼ばれた女性はついてくる。

視力検査の椅子に案内して、カルテに目を通した。

名前は雲母瞭《りょう》、年齢は三十歳。ずいぶん若く見える。日焼けの跡が全くなく白過ぎるせいかも知れない。デスクワークの人だろうか。髪は最近見た人の中では一番長い。なんとなく猫っぽい雰囲気の人だなと思った。問診の内容は、さっき聞いた通りだが、問診票にはより詳しく書いてある。

今朝、起きると突然左目に赤いカーテンが掛かったようになり、目がほぼ見えない。痛みな

どはない。喉が渇く、身体がむくむ。だるい……。ここまで読んで、唾を飲み込んだ。

「どうして……」と思わずにいられなくなった。

気持ちを切り替えるために、保険証の欄を見た。職業を知るためだ。

覗いてみると『全日本漫画組合』と書かれている。「漫画？」と思い彼女を見たけれど、訊ねなかった。表情が険《けわ》しい。とても、質問ができる様子ではなかった。

それも当然かも知れない。彼女は、僕らの推測が正しければ、いままさに失明の危機に瀕《ひん》しているのだ。

視力、屈折、眼圧と計ったが予測通り、屈折検査はできなかった。

彼女の目の中にある赤いカーテンのせいだ。

そのカーテンが、何によって生まれて、いまどうなっているのかが、診察の前に分かってしまっていた。視力も、左目はほとんど出ない。彼女を見ながら笑顔を作ることが難しく、明るい声ではなく、落ち着いた雰囲気を演じて検査をした。彼女は喉が渇いているようで、けだるそうだ。落ち着かない様子であたりを見回していたので、

「眼科には来られたことないですか？」と訊ねてみた。

実際、メガネをかけていても眼科に来たことがない人はいる。年をとって白内障手術をする頃になって、初めて眼科に来たという人も珍しくはない。彼女は、

「私、基本的に健康だから病院に来たことないんです。仕事もすごく忙しかったから。今日も、目でなければ来なかったかも。商売道具だから、どうしても来なきゃって思って」

と言った。声音から、彼女が揺るぎなく自分は健康だと信じていることが分かった。たぶん、若いので健康診断も受けていなかったのだろう。

もう少し状況を訊いてみても良かったけれど、それは先生にも訊ねられるだろう。そして、訊ねるまでもなく、僕は彼女の病名を確信していた。

診察室に通し、検査結果を見た北見先生が彼女を診た後、厳しい顔をして言った。

「糖尿病網膜症ですね」

雲母さんは「は?」と、問いただすようにこぼした。その後、

「でも私三十歳になったばかりですよ。糖尿病って中高年のオジサンが美味しいものを食べ過ぎて肥満になってからなるものじゃないんですか」

「糖尿病の原因はさまざまです。不適切な食生活や運動不足によって引き起こされることもあります。あなたのように痩せ型の女性でも糖尿病にかかることはあります。糖尿病網膜症を発症していますので、ずいぶん長い間、2型糖尿病を患っておられたことが推測されます。内科は受診されていますか?」

何を言われているか分からない、という様子だった。

そうなるだろうということを、先生は察していたようだ。

ここからが仕事の山場だぞ、と表情が語っていた。半暗室で顔に暗い影が差していた。僕と剛田さんは二人で、その様子を見ていた。

「いいえ。まったく。だって病院に行ったことがないくらい健康なんです。仕事が辛いときは

多いけど、風邪を引くことだってないし。健康そのものでしたよ。そもそも風邪を引く暇もなかったけど」

先生はさっきよりも優しい目をして話を聞いていた。

「ご職業は文筆業ですか」と訊ねると、彼女はさっきと同じようにきっぱりとした声で、「漫画家です」と答えた。先生は目を丸くして、カルテを見直した。

「ご家族や、ご主人が漫画家とかではなくて？」

僕もそれは考えたけれど、彼女は首を振った。

「私が漫画家です。自称ではなくて雑誌で連載を持っていて、いつも家で仕事しています。結婚はしていないし、家族と同居もしていません」

今度は先生がじっと彼女の顔を見て、

「どんなものを描かれているのですか？」と訊ねた。

これは興味からの質問だろう。もしくは、生活スタイルについて確認しているのだろうか。

「子ども向けの漫画を描いています。動物を模《も》したキャラクターが悪者と闘って子どもを守り、悪者とも子どもとも仲良くなっていくような平和な話です。ほら、さっきの看護師？違う、あの検査してくれた方……」

「視能訓練士の彼ですか？」

「そうです。あの方が胸に差していたキャラクター、『キラニャン』って言うんですが、あれを作ったのは私です」

僕も驚いて彼女を凝視してしまった。こちらの視線に気づいたのか、彼女は微笑んだ。僕が余程、間の抜けた顔をしていたのだろう。口元が「わお」と動いて、もう一度笑った。

彼女は超人気漫画家なのだ。そしてたぶん、灯ちゃんのような小さな子どもたちにとっては創造の神そのものだ。僕も彼女が創《つく》った時間や物語の中で生活していたのか。毎晩、寝不足になるまで。僕は近づいて話を聞いてみたい衝動をグッとこらえて、その場にとどまった。

それで、と彼女は話し始めた。

「私は、いつ治るんですか？　目が不自由だと原稿が描きづらいので、なるべく早く治療していただきたいのです」

と言った。僕らは言葉を失った。

それから、これほど若く才能に満ちた人が、その成功の対価を、仕事以外にも強《し》いられていることが苦しくなった。わずかな沈黙が、急速に冷え切っていくのが分かった。

「雲母さん、現代の医学で、進行してしまった糖尿病を完璧に治すことはできません。ですから、治るかと訊かれると、答えは『治りません』ということになってしまいます」

「治らないって……。だって薬とかあるんでしょう？」

「もちろんあります。ですが、それは治すというよりも『付き合っていく』ためのものです」

先生は声を絞り出すように、ゆっくりと話した。

「付き合うって、どれくらいですか？」

「一生です。いいですか？　あなたの糖尿病はすでに重い状態です。今日、糖尿病が判明したからといって軽い症状ではないです。糖尿病にはいくつかの段階があり、その初期では自覚症状がないことがほとんどです。そして、その糖尿病を放置して長い時間が経過した後、糖尿病網膜症を発症します。ですから、今あなたは重篤な状態なのです。一刻も早い内科の受診をおすすめします」

説明を聞いた後、彼女は大きな目を見開いたまま、涙を浮かべた。

「じゃあ、私の目は見えないままなのですか？　私は目が命なんです」

先生は、その瞳をまっすぐに見た。彼女の病《やまい》を見ているのか、彼女自身を見ているのかは分からなかった。僕らが医療従事者として先生に及ばないと思うのは、こんな瞬間だった。

「いま目に赤いカーテンが掛かっている状態ということでしたね？」

「ええ。左目だけが赤くなっていて、見えにくいです……、というか見えません」

「その状態は、硝子体出血《しょうしたいしゅっけつ》といいます。眼球の中には、硝子体というゼリー状の器官があります。その部分に血液が混入して赤いカーテンを生み出しています。なぜそうなるかというと、糖尿病は全身にわたる血液の病気です。血液が悪くなると様々な理由から目に栄養を十分に行き渡らせることができにくくなります。そのため、網膜という硝子体を覆う場所に身体は新しい血管を作るのですが、これは本来あった血管ではないので、細かく脆《もろ》い血管なのです。その部分が何らかの理由で破れて出血を起こし、硝子体に血が混ざり込み、目が見えにくくなっています。メカニズムはそういうことなのですが、平たく言ってしまえば、糖尿病によって作られた小さな血管が破れて、目が見えにくくなってしまうのが糖尿病網膜症という病気です」

　僕は先生の話を聞きながら、透明なゼリーに針が差し込まれて、赤い血が濁りながら広がっていく様子を想像していた。その血を通して、水中から海面を見るように光を見た時、何もかもが赤く濁って見えた。

　彼女の目は、その状態なのだ。ゼリー状の液体の中を揺れる血液が、視界を覆っている。新生血管が作られるほどの糖尿病の状態は、先生の言う通り楽観視できるものではない。僕は彼女が強烈な甘みのあるスポーツドリンクをがぶ飲みしている姿を思い出していた。きっと仕事中もああして過剰に糖質をとって、作品に向かい合っていたのだろう。

　まさに命を削る所業だったはずだ。

「では、私はずっとこの赤いカーテンを見たままになるのですか？」

　先生は首を振った。

「いいえ。この出血の状態は、おそらく一時的なものだと思います。一週間もすれば引いてくると思います」

「よかった。じゃあ、このままいつも通りにして待っていれば、仕事はできますね」

「いいえ。いつも通りの生活を行い、この状態を続けていれば、いずれ間違いなく失明します。それどころか死が待っています」

「死ぬって、そんな大げさな……」

「いいえ。糖尿病は失明に直結し、死に繋がる病気です。あなたはもうすでに、その扉を開けて、ずいぶん深く入り込んでしまっています。一刻も早い治療が必要です」

「失明、死って……。これから片目を失うということですか？」

「いいえ。片目だけではありません。今日は左目が偶然、出血しただけです。現状では両眼とも危機にさらされています。とりあえず、その出血が引いたらレーザーでの手術を行います。網膜の血管の脆い部分をレーザーによって焼く手術です」

「でも、赤いカーテンはそのうち治まるんですよね？」

先生はため息をこらえて首を振った。

「治まるかも知れませんし、別の症状を引き起こすかも知れません。それほど、楽観視はできない状態なのです」

彼女は、唾を飲み込んで貧乏ゆすりをしていた。

「レーザー治療、網膜光凝固療法……、これは目を治療するというよりは、どちらかといえば、これ以上目が悪くならないようにし、失明という最悪の状況を食い止めるための治療です。それくらいあなたの目は危機的な状況ということです。一番大切なのは、内科を受診して、主治医の話を聞いて、すぐにでも血糖値のコントロールを始めることです」

「手術に、何かリスクはあるんですか？」

彼女の声は掠れていた。貧乏ゆすりは激しくなり、膝の上に置かれた手も揺れている。

「焼いた部分がチカチカしたりします。網膜はカメラのフィルムに相当する箇所ですから焼いた部分が見えにくくなることもあります」

すると鋭い声が響いた。

「それは、駄目です」

彼女ははっきりと言った。検査室にまで響き渡る声に、僕と剛田さんは顔を見合わせた。彼女も辛そうな顔をしていた。

「手術はできません。目を焼いて見えにくくなるなんて考えられません。少しでも見えにくくなってしまったら、絵のクオリティが下がってしまう」

「ですが、このままでは失明してしまいます。いいですか？　一週間後に出血が収まって見えてくるようになるだろうというのは、あくまで『見立て』です。視力低下も起こっているし、以前のように見えるようになるという意味ではないのです。いまあなたは仕事と命を天秤《てんびん》にかけようとしています。それは間違っています。糖尿病は放置すれば失明や死に繋がりますが、治療に専念し上手に付き合っていけば、希望を持つことができる病気です。いまあなたがすべきことは、新しい人生や生活を始めることです。失明を選ぶことではありません」

「でも、私には仕事が……」

先生は首を振った。そして、彼女も黙り込んだ。


その後、何度か説得を試みたけれど、似たような押し問答があり、それ以上は何も話が進まなかった。意志が強い人だというのは、話しぶりや態度から分かっていたが、それ以上に彼女の仕事が病気の理解を妨げていた。

このままでは目の前にいる女性が最悪の状況を迎えてしまうと分かっていても、彼女を説得するための言葉を結局、探せなかった。僕も何一つ思い浮かばない。

彼女が何を理解して、どう行動するのか分からないけれど、時間だけは流れ、診察は終わった。とりあえず、レーザー手術の予約日を決めて「すぐにでも治療が必要な状態です」と最後の最後まで念を押して先生は言った。

けれども、彼女は、頷くこともなく席を立った。待合室には、人が溢れている。

バッグを抱えて検査室の扉から出ようとしたとき、我慢ができなくなった彼女はスポーツドリンクを取り出した。僕の心臓が大きな音を立てたのが分かった。いまの彼女には毒物以外の何物でもない。

止めようとしたが、間に合わない。声をあげようと息を吸い込んだ時に、別の声が検査室から響いていた。

「雲母さん。駄目です。駄目ですよ」

と、口を付けようとしていたペットボトルを剛田さんが摑んでいた。

「放してください」

「駄目です。お願いします。止《や》めてください。喉が渇くのも分かります。でも、これは駄目です。いまお水を持ってきますから」

と言って、彼女の動きを止めて、検査室の奥から封の切られていないミネラルウォーターを持って来て彼女に手渡した。来客用のものだった。彼女はそれを受け取ったけれど、しばらく眺めた後、突き返そうとした。

「ほっといてください。私が何をしようと勝手です」

と冷たい声が響いた。彼はその声を聞いた後、太い眉毛を下げて、これまでに見たこともないほど、目を細めた。瞳は覗けないほど目が小さくなったけれど、潤んでいるのが分かった。それからペットボトルを押し返すと、その場で、

「どうか、絶対に内科に行ってください」

と大きな声で頭を下げ始めた。

何をしているのか、僕には分からなかった。なぜ彼が頭を下げなければならないのだろう。理由はどこにも見出せず、突拍子もない行為だけがあった。

彼はゆっくりと顔を上げた。百二十キロのバーベルを上げる時のように、真剣な表情だった。目は充血し、瞳は潤んでいた。瞳孔は開き、唇は結ばれ、腹を切る前の武士のように真剣だった。彼女は彼の真剣な視線に驚いていた。

この人は何をしているのだろう?

誰もがそう思った。

そしてもう一度、その巨大な体軀を折り曲げて、頼み始めた。

「この通りです。内科に行って治療してください。大事なことなんです。身体を大事にしてください」

彼女は戸惑っていた。そこにいる誰も彼の行動を止めなかった。彼女は上ずった声で、

「目だけ治ればいいんです。他のことは、これまでもなんとかやってきたんだから……」

と言った。彼とは視線を合わせることはできない。彼は雲母さんの言葉を遮《さえぎ》り、もう一度頭を下げた。

「命を捨てないで。自分を大事にしてください。それが人生で一番大事な仕事です」

と言った。彼女はようやく剛田さんをまっすぐに見た。言葉を失っていた。僕らも同じだった。冗談でやっているようには見えなかった。

結婚の誓いのように真剣に、剛田さんは彼女の治療を願っていた。


数日の間、彼の姿が目に浮かんできたけれど、そのうちに灯ちゃんの訓練の日が近づいてきた。

訓練の前日の夜にキラニャンのアニメを見ていて、雲母さんのことを思い出した。雲母が苗字《みょうじ》だから、キラニャンなのかと、オープニングテーマが流れて来たときに気が付いた。キラニャンはその夜も大きな瞳から発する光で、子どもたちを救っていた。

眠気が襲ってくる頃になると、彼女は自分自身を救えるだろうか、と考えていた。彼女のことを思い出すと、剛田さんの真剣な表情が蘇ってきた。

眠りから目覚めた後には、土曜日の訓練が始まった。

いつものように灯ちゃんが走って病院に入ってきて、夕美さんに「みるみるノート」をもらった。彼女がメガネ屋さんに行ったことや、転ぶ回数が減ったことなどが丁寧で綺麗な字で記されていた。ほんの数行の言葉だが、夕美さんの人生が書き込まれているような気がしたのは、ノートを渡した後に、また椅子で眠ってしまったからだ。

「お疲れ様です」

と、声をかけてから僕らは検査室に入っていった。返事はなかった。

「今日は、新しい道具を使ってみようと思うけど、いいかな？」

灯ちゃんに問いかけると、機嫌がいいのか、手をぶらぶらとさせながら、

「いいよ」と明るく答えてくれた。僕は、

「お絵描きは好き？」と答えを予測しながら訊ね、「好き」と返って来たタイミングで、

「じゃあ、今日は新しい道具を使ってお絵描きをしよう」

と話した。彼女は、

「賛成！」と万歳《ばんざい》した。

僕は今日のために秘密兵器を準備していた。彼女を訓練室まで案内して、青い大きな箱を見せると、また予測済みの質問が飛んできた。

「これは何？」

「これは、カイロスコープと言って、両眼でものを見ることを練習する道具だよ」

「道具じゃなくて、ただの木の箱じゃないの？」

と彼女は首をかしげた。まあ、実際にはその通りだなと思ったけれど、

「道具だよ」とやんわりと訂正した。

カイロスコープは、両眼視機能を訓練させるための器具だ。

横板のない四角い木の箱が青いペンキで塗られている。箱の天井にはレンズをつけた覗き穴がついていて、レンズを覗きながら箱の中で絵を描いてもらう道具だ。

何の変哲もない箱のようだが、仕掛けは中身にある。

レンズの向こう側は、実は左右で区切られている。斜めに設置された支えの板で区切られて、その板には斜めに鏡が設置されている。その鏡が光を反射する側面の板の場所に絵を設置する。すると、片方の目からはその絵が見えるという仕組みになる。一方、反対のレンズは箱の底板を見ることができるように作られており、底板にはお絵描きをするための紙を留めるクリップがついている。

つまり、片方の目は鏡に映った像を見て、片方は紙を見ることになる。

すると、何が起こるのか。

片方の目で見た像を、脳内でもう片方の目で結ぶという現象が起こる。底板に置かれた真っ白な紙に、側面の板に置いてあるはずの絵が浮かぶのだ。

その浮かんでいる絵をなぞるのが、このカイロスコープの使い方だ。

僕も実際に、自分で実験してみた。側面に、ウサギの絵を置いて、底板に真っ白な紙を置いた。そして、お絵描きをしてみた。

側面に映った絵を、赤鉛筆で真っ白な紙に写していく。実際にはそこにないはずの絵が、脳内で結ばれて、脳の中に浮かんでいるイメージを描いていくと、両眼視というのが脳の機能によって生み出されていることがよく分かる。

赤鉛筆で絵をなぞっているはずなのに、突然、先が消えたり、絵が見えなくなったりする。どこを描いているのか分からなくなったりもする。

何がどうなってそんな現象が起きるのかは分からないが、脳が一瞬休んでいたり、映像を作り忘れたりしているのだろうか。

常に両眼を開けているはずなのに、その機能が分断されると、思った以上に『見えない』のだ。

カイロスコープを使うと、視覚という現象が、脳が作り上げた情報を知覚する現象なのだということが実感として分かる。僕らは確かに目で見たものを、脳で統合して視覚を作り上げていて、それも絶対の映像ではなくて、自分たちにとって都合のいいように合成されて生み出された幻影だ。単純に考えても、右目で見た映像と左目で見た映像は明らかに角度の違う別のものだ。その映像を、交互に補完しながら世界を『見て』いることがよく分かる。

実際の世界そのものではないかも知れないけれど、人間の身体や行動にとって都合のいい世界を脳によって生み出している。

カイロスコープは両眼を別々の部屋に置いて、同じ対象を見るための装置と言ってもいいかも知れない。

実はこのカイロスコープは広瀬先輩と丘本さんの発案で作った。

「訓練を本気でやるつもりなら、カイロスコープは絶対にあった方がいいよ」

「カイロスコープですか？　それはここにあるんですか」

と北見先生に話を振ると「ないね」と言われた。売っているところを調べてもらったけれど、簡単には見つからない。スタッフ全員で考え、手をこまねいている時、

「ないなら、作ればいいんじゃないんですか？」と発案したのは看護師の丘本さんだった。訓練の器具を作るという発想はなかった。

「話を聞いていると、作ることそのものもそんなに難しいものじゃないと思うんです。私の甥《おい》っ子の知育玩具《がんぐ》も父が手作りしていますよ。買ってきたものより、その子に合ったものが作れる時もあります」

「でもカイロスコープは知育玩具ではないよ。丘本ちゃん。強度とか、機能もしっかりしていないと……」

と広瀬先輩は心配そうに言った。だが、そんな心配など思いつきもしないのが彼女の性格だ。小柄な体躯で先輩の言葉を豪快に笑い飛ばした。

「大丈夫ですよ。皆で知恵を絞れば、カイロスコープの一つや二つ作れます。私、こう見えて器用なんですよ。それに……」

「それに？」と言う先輩の声に答えながら、彼女は僕の方を向いた。

「野宮さん、最近、訓練頑張ってるじゃないですか。灯ちゃんもすごくいい子だし。何かして

あげたいって思うんですよ。私も詳しいことは分からないけれど、あの子には時間がないんでしょ？」

まっすぐにこちらを見ている彼女の瞳は笑ってはいなかった。夜空を見上げている時と同じきらめきがあった。

「ありがとうございます。やってみましょう。僕も手伝います」と言うと、全員に止められた。僕が工作に向いていないことは、しっかりと認識されていたようだ。「私も手伝うよ」と北見先生も言った。

「こう見えて、趣味で模型作りをやったり、旧車をいじったりすることもあるからね。手先も器用だし工具も持っているよ。休日手当はつかないけれど、休みの日に皆で作ろうか」

と嬉しそうに提案した。眼科の手術ができるくらいに器用なのは分かっていたけれど、模型作りや愛車スバル３６０の手入れまでしていたのは意外だった。先生のいつも楽しそうな雰囲気は充実した趣味の世界によって作り上げられているのだろうか。

その提案を受けて、結局、スタッフのほぼ全員で終業後にホームセンターに行き材料を買ってきて、休みの日に病院の空き部屋で作った。

木材の加工などは先生がやってくれた。レンズや鏡の設置、塗装は丘本さんだ。広瀬先輩と僕と剛田さんは見ていることしかできなかった。カイロスコープは予備を合わせて二台できた。上から覗いて寄りかかるものなので、木材も太めの物を使い、釘《くぎ》もしっかりと打っている。強度は大丈夫だろう。丘本さんの言った通り、単純な構造なので工作は簡単なようだった。やり始めることが一番難しいことだったのかも知れない。

その日のうちにカイロスコープは完成し、実験をしてみると、様々なことが分かった。それは立体視が完成した僕らがやっても、訓練をするのはそれなりに疲れるということだ。

「これ、そんなに何回もできないですね。吐き気と眩暈《めまい》がします」と丘本さんは正直な感想を言った。広瀬先輩も難しい顔をしている。僕もやってみたけれど、三回以上はできなかった。

剛田さんは一回で、もういいと言ってしまった。

「どうしてこんなに疲れるんだろう」

と呟きながら、先輩を見ると、

「私にも分からない。でも、物を見るだけでも脳がかなりの負荷を感じているのが分かるよね。脳もふと休んだり、どこかと機能を切り替えているのかも知れない。何が起きているのか分からないけれど、私たちでさえこれだけ大変なんだから、訓練を小さな子にやってもらうのは、もっと大変かもね」と言われた。

だが、僕はそう思わなかった。大変だけれど、諦めなければ何とかなるかも知れないと思えた。この器具を作っている時、僕はほとんど何もできなかったけれど楽しかった。鮮やかな青いフレームに支えられた木箱は、白と灰色ばかりの眼科の器具の中でもひときわ楽しげだ。玩具が持つ蠱惑《こわく》的な雰囲気を醸《かも》し出《だ》していた。

「頑張ってみます」

と答えて、みんなにお礼を言った。

そしていまは灯ちゃんの前に、それがある。

「じゃあちょっとやってみよう。この箱を見ながらお絵描きするだけだよ」

と伝えると「分かった」と思いのほか簡単に了承してくれた。彼女は四歳だが、お絵描きは決して苦手ではない。鉛筆を上手に使うことはできるし、箸《はし》も器用に使えるらしい。ただ疲れやすいので長時間細かい作業をすることができないだけだ。

なるべく彼女が好みそうで、単純な絵柄からスタートしてみた。とはいっても、絵柄のサンプルは、まだ多くない。急場しのぎに丘本さんと広瀬先輩が描いてくれたものだけだ。広瀬先輩は丸とか四角や三角が組み合わされた幾何学的な絵を描き、丘本さんに止められていた。

「広瀬さん、それはちょっとおでんみたいじゃないですか?」

僕が言えなかった本音を彼女は当たり前のように口にできることが羨ましくも思えた。広瀬先輩は、とにかく図形的な絵を描こうとしていた。

一方で丘本さんは複雑な線描の難しい絵を描き始めていて、素人目にも子どもでは模写《もしゃ》できそうなものに思えなかった。ましてや、両眼視機能が損なわれていて細かな作業が苦手な四歳児には無理だろう。

「丘本ちゃん、それは灯ちゃんには難しくないかな」と窘《たしな》められた。

結局完成したのは、コップとコアラの簡単な図柄《ずがら》だった。単純すぎて、やや魅力に欠けるきらいはあるのだけれど、僕らではこれ以上は当然描けない。

整理された線で、筆数を少なく、シンプルに描くというのは、素人には難しい作業なのだということが分かった。

一見、簡単そうに見えることが、とても難しい。こういうことは、どんな分野にも起こるのだろうか。僕は二人の試行錯誤の末、やっと描きあげられた二枚の絵を見ながら、視力検査を思っていた。誰にでもできそうだけれど、実は、誰にでもどんな状態の人にでもできるようになるまでには、地道な訓練が必要だ。

大学で四年間勉強した後、臨床研修にも行って、さんざん視力検査の経験を積んでも、実際に北見眼科医院で勤め始めると、基礎中の基礎と思われる視力検査すらまともにできなかった。終業後に独りで練習していたのが昨日のことのようだ。

シンプルは侮れない、ということが、仕事を始めてから常に感じ続けて来たことでもあった。

眼科医療の極端な繊細さが、そう感じさせるのかも知れない。

灯ちゃんはお絵描きを始めると、絵柄に違和感を感じたようだけれど、すぐに集中してくれた。手は動き続けている。十分もたたないうちに、描き終わってしまった。赤鉛筆で描いてもらった紙を裏返して、お手本を紙の下に敷き、お手本と絵を重ねて大まかに青鉛筆でお手本の方をなぞってもらった。

お手本とは似ても似つかない絵が描き込まれていることに気付き、彼女も驚いていた。

「アカリ、下手だね」と落ち込みそうになったけれど、

「僕よりずっと上手だよ」と話すと、

「そうかも知れない」と言われた。こんな小さな子どもにも不器用と思われているのだろうか。

「灯ちゃんはもしかしたら、絵が上手なんじゃないの?」と褒めながら訊いてみた。

「そうかも知れない。上手かも」と言いながら、自分の描いた絵を見ている。

実際にカイロスコープを使わなければ上手に描けそうな気はしていた。訓練ではどうしても塗り絵が主になってしまうのだけれど、彼女は意図的にはみ出して塗ったり、端っこに別の物を描こうとしたりするのだ。そのときには、塗り絵よりも集中していて声をかけても反応しないこともあった。

「訓練を続けたら、もっと絵が上手になるかもよ」

と言ってみた。もし、訓練が成功すれば、今よりも長い時間、細かい作業をすることが楽になり、学習や細かい作業もストレスなくできるだろう。

「じゃあ、もうちょっとやりたい」

と言われたとき、僕は自分でも思いもしなかったような弾んだ声で、

「やろう!」

と答えた。だが手持ちの絵柄は尽きていた。こんなにも、やる気を出してくれるとは思わなかったので、二枚描いてもらっただけだった。どうしたものかと思いながら、さっきと同じ絵

柄を渡すと、

「これは、もうやったでしょ」

と怒られた。とはいえ他には何もない。迷っていると、

「この絵はもう飽きた。訓練、終わりなら外に行きたい。頭痛くなってきた」

と言われた。ずいぶん暑くなってきたけれど、今日は天気が良い。訓練は予想以上に頑張ってくれていたので、機嫌を損ねる前に外に出るのも悪くないと思えた。何よりカイロスコープに苦手意識を持つ前に、出ていくのは良いことかも知れない。

「じゃあ外に出よう」

と片づけを始めると、彼女も手伝ってくれた。鉛筆や細かい道具を素早く集めて片づけている。以前よりも少しだけ動きが速くなったように思えるのは気のせいだろうか。

メガネに慣れてきたのかも知れない。僕は「みるみるノート」に今日の様子を書き込んだ。ページをめくるとそこには夕美さんの文字があった。そして最初の言葉が壮麗な絵画のように僕の目に飛び込んできた。

『いつも灯のために、ありがとうございます』

その行だけを何度も読んで、目を離すことができなくなった。息が止まっていた。

灯ちゃんが僕を呼ぶ声がして、

「ちょっとだけ待っててね。灯ちゃんのお母さんに僕はお手紙書かないといけないから」

と言うと、不思議と、「それなら仕方ないね」と言ってあっさり引き下がり、もう一度、椅

子に座り直した。手元にあった視標用のぬいぐるみで遊んでいる。僕は急いでノートの続きを見た。

『おかげさまで少しずつ、良くなっているような気もしてきました。機嫌が良い日が増えてきました。眉間に皺を寄せて不機嫌にしていることが多かったのですが、いまは動き続けています。散歩でも、これはなに？　と訊く回数が増えました。ずっと灯が暴《あば》れたり動き回ったりしないのは、主人が亡くなったせいだと思っていたのですが、目のことがあって動き回れなかったのかも知れないと思いました。これからもよろしくお願いします。灯は家でも、野宮さんのことを話しています』

短い文章だが、疲れた中で一生懸命に書いてくれたことが分かった。言葉は取り留めもなく並べられていたけれどどれも事実なのだろう。本当のことの方が、上手く言えないものだ。

土浦さんのお店にメガネのフィッティングを調整しに行ったことも記されていた。「みるみるノート」は着実に成果をあげているようだ。

僕は今日の様子を手短に書き、彼女を連れて待合室に行った。夕美さんは、今日も椅子で眠っていた。

「お疲れ様です」と小声で声をかけて、病院を出て外に向かった。事前に許可はとっていた。これでたぶん、今日の夕方は夕美さんは灯ちゃんを連れて散歩に出なくても済むだろう。僕は彼女と思いきり遊ぼうと腕を回した。

「さあ、公園に行こう」

「行こう！」と彼女も腕を回した。


そして一週間後、雲母さんの手術の日がやってきた。その日の夕方の最後の時間だった。待合室にいる時の彼女は落ち着いて見えた。だが、そのすぐ後で、

「やっぱり駄目です……」

と沈んだ声で、雲母さんは言った。僕が視力検査をしている時のことだった。視力は下がっているが、出血は引いて前よりも見えているらしい。少なくとも、本人にはそう思えているようだった。彼女の顔色は前回よりも悪い。

僕と剛田さんは席を立とうとする雲母さんを慌てて引き止めて、診察室に呼び込んだ。先生も思わず立ち上がった。

そしてもう一度、前回と同じ説明をして、いまの状態がいかに危険かを話したけれど、彼女は首を振るばかりだった。

「手術はすぐに終わります。盲点が生まれるかも知れませんが、それですべてが見えなくなるわけではありません。強烈な痛みがずっと続くわけでもないのです。失明する前に、手術を受けてもらえませんか」

と、再度先生が説得したけれど、無理だった。彼女は席を立って、

「ありがとうございました」

と一礼して出ていってしまった。立ち上がった瞬間、

「もう、どうでもいい」

と、小さな声が聞こえたような気がした。無機質な声だった。僕らは呆然と彼女の様子を見ていた。たった数歩なのに、彼女まであまりに遠く思えた。

検査室のスライド式の扉が閉じる音がして足音が遠ざかっていく。最初に動いた影は、僕らよりもずっと大きかった。もう一度、扉は開き、扉が閉まる前に彼の声が聞こえた。

「待ってください。雲母さん、ちょっと待って！」

と彼女を追ったのは剛田さんだった。僕も後を追った。扉は閉まる前だった。待合室には誰もいなかった。彼は、雲母さんに追いついていた。

追いついたけれど、見つめ合ったままだ。帰ろうとする相手を引き止めることは、僕らにはできない。ただ声をかけるだけだ。彼女の意志がこの場所ではすべてだからだ。彼は、

「内科には行きましたか」

と訊ねた。行っていないことは、訊ねる前から分かっていた。彼女は治療に意欲的ではなかった。雲母さんは首を振った。またバッグからスポーツドリンクを取り出して飲んだ。

彼は一瞬手を出したけれど、すぐに腕を下げた。

「あなたを止めることは、俺にはできません。あなたが、治療を拒否するのなら俺たちは何もできないです。でも、少しだけ俺の話を聞いてくれませんか」

「もう、何も聞くことはありません。帰って原稿を描いて仕事を……」

と言いながら、彼女は背中を向けた。

「俺も糖尿病なんです」

と剛田さんは言った。彼女の動きが止まった。僕も目を見開いて彼を見た。受付にいた丘本さんもそうだった。

「健康そのものに見える剛田さんが糖尿病？　何を言っているんだ」

と頭の中で声がした。

「あなたとは違いますが、俺は小さな頃からの糖尿病。1型の糖尿病です。物心ついた頃からずっとお腹や指先に針を刺して、血糖値を気にしながら生きてきました」

彼は手と、見事に割れた腹筋の横腹にある針の痕《あと》を見せた。健康的な浅黒い肌なので目を凝らさなければ傷の位置は分からない。彼女は微動だにせず、彼を見ている。目を背けず、彼の傷を眺めていた。

「俺はどうして自分だけが、いつも痛い思いをして注射を打って、食事を調整して、他の子と違う生き方をしなければならないのか分かりませんでした。みんな健康なのに、自分だけが違うと思うと辛かったです。今でも飴玉《あめだま》を見るとあのときの気持ちを思い出します。抜け出せない病気です。何一つ悪いことをしていないのに、と思ったこともありました」

雲母さんは剛田さんから目を逸らさない。キラニャンよりも鋭く大きな瞳が、彼を見据えていた。

「でもね、違うんです。俺も辛かったけど、本当に辛かったのは、俺の母親や父親でした。両親は、自分たちを責めていました。俺には辛い顔一つ見せなかったけど、心配と不安と責任の中で苦しみながら俺を育てていました。俺はね、そのときに分かったんです。病気は俺だけのものじゃなかったって。苦しいのは俺だけじゃないって。そして、俺の病気が俺だけのものじゃないなら、俺が、誰かが、生きていることも一人だけのものじゃないんじゃないかって思ったんです」

彼女は答えない。だが、彼女の瞳から鋭さが消えていた。彼女はこれまで見えなかったものを、初めて見た時のように、目に力を込めて彼を見つめていた。

「雲母さん。投げ捨てていいほど、命は軽くないんです」

彼は針の場所を押さえながら言った。大きく息を吸い込んだ後、

「だから生きてください。生きることをやめないでください。諦めないで……」

と言って、また頭を下げた。最後の声は掠れていた。

僕らは声をかけることができなかった。僕らの言葉で、彼のすべての行為がかき消されてしまうような気がした。

僕らが見守る中、雲母さんはゆっくりと彼に近づいた。彼は頭を上げた。すると、彼女は剛田さんの手を取り、指を眺め、針が刺された痕を見つめた。

そして、

「あなたのこと、取材させてください」

と言った。何を言われたのか、剛田さんを含め、僕らも分からなかった。

「取材させてください。漫画の参考になります。男性の看護師さんの話、聞きたかったんです。取材させてくれたら、レーザー手術と内科に行くこと考えます」

と、彼女は続けた。冗談を言っている風ではなかった。

どうするのだろうと思って眺めていると、彼が弱り果てて視線を泳がせ始めた。

何かを探しているようだ。ふいに丘本さんとも目が合って、軽く指を差された。

やばい、と思った時には遅かった。

「じゃあ、あそこにいるノミーも一緒なら」

と彼は言った。雲母さんの目が一瞬だけ僕を捉えて、興味なさそうに確認すると、頷いた。

「いいですよ。じゃあ近くで食事をしましょう。このあと大丈夫ですか？」

と彼女に訊ねられて、剛田さんの視線がもう一度、飛んできた。

はっきり言って大丈夫じゃないが、彼の瞳がもうすでに懇願《こんがん》していた。

「ノミー頼むよ、ここは助けてくれよ〜」と、声がなくても聞こえる。

「嫌ですよ。一人で行ってください」と目で答えるけれど、彼は僕の合図を無視した。

「大丈夫みたいです。じゃあうちの野宮も一緒に」

と彼は愛想笑いをした。

ため息を吐いたのは、僕だった。

近くで食事をするとなると、店は一軒しか思い浮かばなかった。

ブルーバードだ。僕は昼に来ることが多いけれど、剛田さんは晩御飯で来ることが多いそうだ。特製の晩御飯が食べられるという。少しだけ足取りが軽くなった。

剛田さんのおすすめなので、プロテインドリンクとか脂肪分を徹底的に抜いた鳥のステーキなんかが出てくるのではないかと訝《いぶか》しんでいた。

店に入ると、門村さんが「いらっしゃい。珍しい。今日は三人なのですね」と声をかけてくれた。そのすぐ後で、

「野宮さんだ！」

と聞き慣れた声が聞こえた。灯ちゃんがカウンターの端っこの席からやってきた。だが、夕美さんの姿はない。

「今日は、夕美さんがどうしても出ていかなければならない用事があって、その上、彼女のお母さんも体調を悪くして家で寝込んでしまっているらしいんですよ。ご近所さんだし、困っているならうちで預かりましょうか、という話になりまして」

と門村さんは嬉しそうに言った。マスターの三井さんも嬉しそうに頷いているから、たぶん二人が彼女に勧めたのだろう。訓練室ではなくここなら、彼女を宥めるのも難しくない。僕よりも門村さんに懐いているのは明白だし、ここにはピアノもある。

灯ちゃんはゆっくりと近づいてきて挨拶してくれた。ごく自然に、彼女の頭に手が伸びて撫でた。彼女も嬉しそうだった。

「一緒に座ってもいい？」

と訊かれたので、雲母さんに目線を送ると、

「私はかまいませんよ。子どもが嫌いとかないですよ。当然」

と言ってくれた。彼女が座ると、灯ちゃんはその横に座った。雲母さんは灯ちゃんに微笑みかけた。「メガネが一緒だね」と灯ちゃんは言った。「ほんとだね」と彼女も灯ちゃんを真似してメガネを触った。

僕が灯ちゃんの左隣に座り、雲母さんの右隣には剛田さんが座った。

「いつもの定食を俺と彼女二人分、お願いします」と言うと、門村さんが一瞬だけ雲母さんを見て、

「苦手な食べ物などありますか」と訊ねた。すると、

「苦手なものはないですが、和食が好きです」と答えた。

「了解です」と彼は微笑んだ。僕も注文を訊かれたので、同じものを、と言っておいた。

厨房に門村さんが消えた後、

「何を頼んだのですか?」と剛田さんに訊ねると、

「糖尿病患者用の晩御飯だよ」と教えてくれた。そんな注文にまでこのお店は対応してくれるのかと驚いたけれど、年配のお客さんの多いブルーバードならではの工夫なのかも知れない。すぐに良い匂いが漂ってきた。

会話が途切れたタイミングで、雲母さんが、

「いつもキラニャンのペンライトつけているんですね?」

と訊いてきた。作者である彼女に訊ねられると、なんだか照れくさかった。

「ええ、まあ」と大した受け答えもできずに返答すると、灯ちゃんが、

「野宮さんのキラニャンライトはね、すごいペンライトなんだよ」

「すごいペンライト?」と雲母さん。彼女の顔を覗き込む雲母さんの表情が優しくなった。剛田さんもそれを見ていた。

「野宮さんはね、このペンライトでアカリの目を、ここで検査したんだよ!」

「検査? これはおもちゃのペンライトじゃないの?」

彼女は、雲母さんの質問には答えず、

「このペンライトがなかったらアカリは訓練できなかったんだよ」と嬉しそうに続けた。

「訓練?」と、さらにもう一度訊ねた時に、視線が僕に飛んできた。大きな瞳がこちらを見ていた。本当にキラニャンとよく似た形の瞳だった。違う。キラニャンが彼女の瞳に似ているのだ。ということは、これが本物のキラニャンの瞳なのか? と、妙なことを考え始めると言葉が出て来なくなった。まごついていると、

「お待たせしました!」とお盆が運ばれてきた。会話はそこで食事のことに移った。

「今日は焼き魚定食です」と門村さんが言ったからだ。彼女の目が、さっきとは別の光を帯びた。僕はキラニャンも小魚が好きだったなあと思い出していた。

目の前に置かれると、深みのある出汁《だし》の良い香りが強くなった。疲れた時に欲しくなるのは、こういう香りだ。お味噌汁《みそしる》を強烈に美味しいと感じた一瞬の記憶と繋がっていく。

また彼女の瞳が大きく見開かれて、声もなく「わお」と言った。

どう見たって美味しそうな世界が目の前にある。

お盆の中を確認すると、ご飯にお味噌汁、焼き魚にサラダ、ごく普通の献立《こんだて》だった。

シンプルだけれど、すべてが揃っている。

「これ何か、普通の定食と違うんですか」

と門村さんに訊ねると、

「ご飯は麦ご飯になっています。お米は近くの農家さんから直接仕入れているので、普通の麦ご飯よりも柔らかくて美味しいですよ。マスターの人脈のお陰です。それとカロリーと塩分が控《ひか》えめになるように工夫してあります。あとお醤油《しょうゆ》差しがスプレー式になっていたりします。サラダとか野菜も多いです。実際に食べてみるとそんなにもの足りない感じはしないと思うのですが」

と教えてくれた。マスターである三井さんがその後を続けた。

「私、一人でやっていたらできなかったのですが、門村君は意外とこういうのが上手でね。料理も美味《うま》いし、器用なところがあります」

と言った。その言葉が羨ましくもあった。

「学生時代、定食屋でずっとバイトしていましたから、その頃に覚えたんですよ。社会人になって料理なんてほとんどしなかったですけど、人生で何が役に立つか分かりませんね」

「すごいなあ、門村さん、なんでもできちゃいますね。俺も自炊しているから参考になりま

す」と剛田さんが言うと、

「自炊しているんですか？　独り暮らし？」と雲母さんが訊ねた。すると、

「ええ。独り身で適当なものばかり食べているから味気なくて、よくここを利用するんです。糖尿病用のご飯は頼む時もあれば、頼まない時もあったり」と笑顔で答えた。門村さんは、

「サラリーマンだった時には、何の役にも立たないことだったんですが。ここに勤め始めて生き方を変えてからは、なんでもやってみようと思って。マスターに自由にさせてもらっているので、挑戦しています。今は毎日、仕事に来るのが楽しみです」

「お仕事を替わられたんですか？」と雲母さんが質問した。

「ええ。去年のことです。車に乗って営業をして走って回る仕事をしていましたが、目が悪くなって同じようには続けられなくなりました。治療もあまりしなかったから、すぐに悪くなりました。そのときのことは後悔しています」

彼の言葉を聞いて、彼女の瞳がまた沈んだ。

「そうですか」と言った声が聞き取れないほど小さくなり、彼は「でも」と明るい声を響かせた。彼の弾くピアノの音色のように響く声だった。

「私は見えない部分がたくさんあるのですが、見えなくなって、その代わりに見えなかったものが見えるようになったんですよ」と言った。声の調子は明るい。

「見えなかったもの？」と彼女は訊ねた。彼は、

「見えていると思っていたものも、見ていなかったんですよ。それだけです。さあ冷めないうちにどうぞ」と言った。

彼に促されて僕らは手を合わせた。彼女は少しだけ、遅れて手を合わせて静かに「いただきます」と言った。優しい眼差《まなざ》しでご飯を見ていた。

箸を手に取ると、みんな、味噌汁から手をつけていた。

「ここは予約していたら一週間、日替わりで糖尿病用の食事を作ってくれるみたいだから、必要なときは電話を入れてくるといいですよ。電話してなくても、作ってくれる時もあります。テイクアウトもできます。ここに来れば、食事はなんとかしてくれます」

と剛田さんが雲母さんに言った。ゆっくりと丁寧に話していた。声の調子に気付いたのか、

「なんとかします。まかせてください」と門村さんは言って、胸を叩いた。

「ありがとうございます。美味しいです」と彼女は言って、箸を口元に運んだ。それから「ちょくちょく来てしまうかも……」と彼女は視線を上げずに言ってから、ご飯をじっと見つめていた。

「こんなにちゃんとしたご飯、数年ぶりに食べました」と呟いた。お世辞か、冗談だと思い僕らが微笑んでいると、彼女の表情からそのどちらでもないことが伝わってきた。

「私は若いころに家を飛び出してから、実家にはずっと帰っていないから、こういうご飯、何年も食べていなくて……」

「何年も？」と剛田さんは訊いた。

「ええ。兄弟が本当に多くて、家も狭くて。それが嫌で飛び出しちゃったんです。両親にはよく帰って来いって言われるんだけど、仕事が毎週あるから帰れなくて、そのまま何年も。だから……」

それから小さく息を吸い込んで、

「ほっとします」と言った。お味噌汁を飲み干したとき、当たり前の食事さえできなかった彼女の生活に思いを馳《は》せた。

アニメのキラニャンの中では、食事のシーンはいつも楽しそうに温かく描かれていた。たくさんのキャラクターが一緒に食事をするシーンもある。僕らはいまその裏側を見ていた。

誰もが憧《あこが》れる夢を叶えた人が目の前にいるはずなのに、羨望《せんぼう》は感じなかった。

ただ夢は命よりも重いものだろうか、という疑問が浮かんで、答えを探さないように打ち消した。彼女はその疑問に答えを見定めることができるのだろうか、ということだけが気になった。

僕らが食事をしている間、灯ちゃんはスケッチブックにお絵描きをしていた。

沈黙の向こう側で、ペンを走らせる音が聞こえる。雲母さんも視線を向けていた。

メガネをかけたまま、細かい作業をしているので、ガッツポーズしたくなってしまった。じっと見ていると、キラニャンを描こうとしていた。そのことに気付いて、雲母さんを見ると彼女と目が合った。彼女はまた「わお」と口を開いた。どうやら彼女の癖のようだ。

食事が終わり、お盆を下げてもらっても、まだ彼女は絵を描き続けていた。一心不乱に描いている。

「それは、なあに?」と、悪戯っぽく雲母さんが訊いた。

「見て分からない?」と灯ちゃんが訊ね返す。そして、

「キラニャンだよ!」と嬉しそうに、スケッチブックを突き出した。突き出された雲母さんの方が嬉しそうだ。

「本当だね! 子猫のときのキラニャンかな?」

「そうだよ。アカリは子猫の時のキラニャンが好きなの。まだ瞳が青い時の! お姉ちゃん、キラニャンのこと分かるの?」

雲母さんの瞳が輝いた。漫画で描くと、瞳の中に星が描かれているような感じだ。

「もちろん。お姉ちゃんは彼のことよく知っているよ。毎日会ってるから」

今度は、灯ちゃんの瞳が輝いた。こんな表情で訓練をやってくれたらいいのにと思わずにいられなかった。

「すごい! キラニャンに会えるんだね。私も会いたいな」と彼女が言うと、雲母さんは、

「会ってどうしたいの?」と訊いた。彼女は、

「お礼が言いたいの! アカリがクンレンできるようになったのは、キラニャンのお陰なんだよ」

「キラニャンのお陰? そんな話あったかな」

「違うよ。キラニャンのペンライトがあったから訓練できたんだよ。キラニャンの目が光ったら、何でも見えるんだよ」

「そうだね。そういう設定だった。悪者も逃げていくものね。じゃあ、そのスケッチブック貸してくれる？」

と雲母さんが両手を出した。右手の中指には、大きなペンだこがあった。灯ちゃんはそれには気付かないようだった。僕と剛田さんは顔を見合わせた。

「いいよ」と彼女がペンとスケッチブックを渡すと、雲母さんは門村さんに、

「ここにマジックか、筆ペンとかありますか」と訊いた。本気で描くつもりのようだ。彼女は一瞬だけ剛田さんの方を見た。彼が白い歯を光らせて笑うと、目を逸らしてしまった。

筆ペンを受け取った雲母さんは、メガネの位置をなおして、紙に手を触れた。何を確かめているのかは分からなかったけれど、それがいつもの彼女の仕草なのだということは分かった。彼女の表情が変わっていく。そして、瞬く間にキラニャンを量産し始めた。

それはアニメをずっと観ていた僕にとっても夢のような時間だった。ラフな絵だったけれど、ペンの穂先が動くと同時に、キラニャンが動き始めた。雲母さんは横目で、灯ちゃんの表情を確認しながら描いていた。彼女が喜ぶと、雲母さんも目を細めた。片目だけ少し不揃《ふぞろ》いに細めたのは見えにくかったからだろう。

穂先の動きと同時に、生み出されていくキラニャンはこちらに語りかけ、紙面を飛び出して迫ってくるようだった。ただ絵を描いているのを見ているだけなのに、現実と紙面との境界線を曖昧に感じる。

キラニャンがそこにいると思えた。

この瞬間のために、彼女は命を削って来たのだと分かった。

「うわあ、すごいなあ」と子どものように声を上げたのは剛田さんだった。その声を聞いた雲母さんの筆の速度は上がっていった。

筆が進むうちに、絵の中の物語が見えてきた。僕らは言葉もなく、彼女の創造の瞬間を見守っていた。

物語の内容は、カウンターで絵を描いている灯ちゃんの横にキラニャンがやってきて、目を光らせて魔法をかける。すると灯ちゃんもキラニャンになってしまう四コマ漫画だ。そのキラニャンには灯ちゃんの特徴やかけているメガネまで描き加えられている。灯ちゃんは、

「私もキラニャンになっちゃった！」と大声を上げた。

「よかったね」と雲母さんは描きながら微笑んだ。彼女の瞳が、そのとき一番柔らかな光を宿していた。僕がキラニャンのアニメを観ながら感じていた光だった。帰ったら全巻漫画を買いに行こうと決意した瞬間でもあった。

ペンを置いた時、僕らは全員拍手していた。

本当に灯ちゃんが漫画の世界の中にいるみたいだった。灯ちゃんは『すごい』を連発して
「もっと、もっとお願いします！」と駄々をこね始めた。敬語が使えたのだと驚いた。雲母さんは嬉しそうに、キラニャンを描き続けている。そのうちに「アカリも描く」と、雲母さんとスケッチブックを分けて絵を描き始めた。

「プロの方ですか？　見事ですね」

と門村さんが言った。三井さんも目を細めて背後から見ていた。

「ええまあ」と曖昧に、彼女は答えた。僕らは事実を伝えない方がいいのだろうか、と思いながらも黙っていると、

「漫画家なんです。目が悪くなっちゃったんだけど。私は治らないかもと言われました」

と寂しそうな声で言った。それで事情を察したのか、彼は、

「そうですか」とだけ言った後、

「僕も緑内障という治らない病気を抱えているんですが、病気のお陰で今の仕事を始めました。悪いことばかりではないです。病気になると変わってしまうけど、どう変わるかは自分で選びましたよ。時間はたくさんかかったけれど」

と、またあの親しみやすい笑顔で言った。そして、

「そうですよね？」と僕に訊ねた。驚いて、頷くことしかできなかった。変えたのは僕ではなく、彼自身だ。僕はその様子を見ていたに過ぎない。

わずかな沈黙が訪れた時、灯ちゃんが声をあげた。

「あれ！　このキラニャン、なんだか柔らかそうに見えない」

「どれどれ」と雲母さんはスケッチブックを覗きこみ、

「ああ、ここはね、こうやって影を描くんだよ。こういうカウンターもそう、ちょっと影を足してあげるだけで、遠くにも見えるし立体感が出るでしょ？」

と描きながら教えた。だが、灯ちゃんの手は止まった。そして、

「立体感って何？」

と、彼女を見て訊ねた。彼女は灯ちゃんが何を言っているのか分からない。言葉が難しすぎたのだと思ったのだろう。

「ほら、立体感っていうのは、物が遠くにあったり近くにあったりするときの感じだよ」

と説明を始めた。

そこら中を指差して立体感や影の感じを説明してくれるのだけれど、灯ちゃんは「ふ〜ん、よく分からない」といった調子で頷かない。雲母さんも、

「ちょっと難しかったかな」と笑って諦めた。

僕と剛田さんには、二人がすれ違った理由が分かっていた。

世界がどんなふうに存在しているかを教えるために、僕らは努力を続けていたからだ。

雲母さんと同じように、彼女が見たこともない世界を見せるために、僕らの仕事があった。


食事を終えて、剛田さんのジムニーで彼のおすすめの場所に向かっていた、というよりも、彼の為《な》すべきことと、行くべき場所に向かっていた。道中、会話が止まった時に、剛田さんは彼女に、

「どうして漫画家になろうと思われたのですか？」と質問した。

雲母さんは最初戸惑っていたが、彼は微笑んだままじっと待っていた。不快感も緊張もな

い。巌《いわお》のごとく動かず、ただ待つ。彼の独特の雰囲気だった。それでいて息苦しくもない。僕なら簡単に問いを引っ込めてしまっただろう。

彼女はその沈黙に戸惑いながらも、話し始めた。話が始まると剛田さんは、いつもの聞き上手な様子で彼女の話を受け入れていた。

「もちろん、最初は漫画が好きだったからです」から始まった話は、無限の選択肢や可能性を埋めるようにとめどなく広がった。逆に言うと、まとまりは何もなかった。言いたいと思ったことはすべて伝えないと駄目だと思う人のようだった。話しぶりに創作家の強い衝動が感じられた。要点をまとめて話すなんてことは、彼女にはできないようだった。

高校時代に漫画家としてデビューして、仕事を続けていくうちに今のような生活になってしまったこと、人生で他にやりたいことも思い描いたことも何もないことなど、だ。

たぶん僕らが本当の他人だから話せていたのだろう。誰かとこんなにゆっくりと話すのも久しぶりだと言っていた。誰かと一緒にいることすらなかったのかも知れない。

「ただ面白い漫画を描くためだけに生きているような気がしているんです。そのことで、みんなが喜んでくれるし、私の周りの人たちも、それを喜んでくれる人が多いから。たぶん、私は成功した漫画家の部類に入ると思うけど、成功しちゃうと成功以外のことは失敗に思えて来てしまって。頑張り続ける以外に何も考えられなくなっちゃったんだと思います」

と話していた。僕は彼女の人生についてはまともな受け答えは、できなかった。剛田さんも、ただ耳を傾けていた。彼女が、

「あの女の子、灯ちゃんって言っていたかな……。彼女は、何かの病気なんですか？」

と、僕に訊ねた。

僕は斜視について説明し、彼女の抱えている病気や環境についても話した。

「大変ですね……」と寂しそうな声がして、その柔らかい響きが雲母さんの本来の性格であるような気がした。キラニャンが持っている人助けをする思いやりや弱きを見捨てない優しさも、この人から生まれているのだ。僕は、

「このキラニャンのペンライト、本当に役に立っているんですよ」

と、後部座席から彼女にライトを差し出した。受け取ると、懐かしそうに眺めていた。

「これがあったおかげで、彼女の斜視も発見できたし、訓練の時も興味を引くのに役立っています。ペンライトだけではなくて、塗り絵も使わせてもらっています。僕らではできないことが、キラニャンにはできるみたいです」

「そうですか」と言った後、彼女はペンライトを返してくれた。そして、

「私の知らないところでも、キラニャンは誰かを救っているんですね。まさか、眼科で私の作品が役に立っているとは思いませんでした。私と医療の現場なんて遠いと思っていました」

と穏やかな声で言った。僕もそう思っていた。たった一本のペンライトの小さな灯りが僕らを結び付けているように思えた。

「さあ、目的地に着きました」

と元気の良い声が聞こえて、着いたのは剛田さんの通う温泉施設付きジムだった。雲母さん

は口元に手を当てて驚いていた。

「私、今から運動するの？」

剛田さんの笑顔は、外灯のＬＥＤよりも強い輝きを見せていた。これ以上ないほど見事に親指を立てている。

「大変なことになるぞ」と思わず呟いた。


いつかと同じように剛田さんはジムの無料チケットを持っていた。シューズもトレーニングウェアも貸し出しで何もかも揃っていた。受付を済ませて着替えをしてジムに入っていくと、そこにいる全員から、

「ケンちゃん、お帰り！」と声をかけられた。

ほとんどが年輩の方ばかりだ。みんな筋骨隆々だった。タンクトップになった剛田さんの筋肉は、僕の記憶よりもさらに膨《ふく》らんでいた。僕も雲母さんも、

「ケンちゃんのお連れさんかい！　若いね〜」と大声で挨拶される。

トレーニングルームの王の臣下になったような気持ちだった。剛田さんは病院にいる時と同じように向日葵のような笑顔で挨拶を続けて、

「今日も頑張ろう！」などと力こぶを作って見せると歓声があがった。花形の役者を迎えた劇場のように室内は盛り上がった。雲母さんは、この一種異様な空間にたじろいでいた。

いったいこの看護師さんは何者なのだろう？

と、顔に書いてある。僕も同じことを思った。だが、僕が知っている剛田さんが看護師であるというだけなのだ。

看護師であることよりも、ここにいる彼の方が本来の彼なのかも知れない。そして、誰も剛田さんのことを糖尿病の患者だとは思わないだろう。

「とりあえず、軽くストレッチをしてから、まずは歩きましょう。しばらく歩いていないようだから」

と、部屋の隅にあるマットルームで剛田さん指導の下、全身のストレッチを行い歩き始めた。ランニングマシーンの操作に慣れない雲母さんの横について、丁寧に使い方を教えて、彼女が歩き出しただけで大げさに褒めていた。明らかに演技だと分かるのだけれど、彼女は思いのほか嬉しそうに彼と視線を交わしていた。

「私、久しぶりにこんなに歩いています」

と、十五分ほど歩いたころに言った。額にうっすらと汗が滲《にじ》んでいる。心なしか彼女の表情に笑顔が浮かんでいるように見えた。そのことが奇妙なほど嬉しいのは、僕らが医療従事者だからだろう。笑顔と健康のイメージは切り離すことができない。患者さんの笑顔を僕らはいつでも探しているのかも知れない。

彼女が歩き始めてから、隣のマシーンで剛田さんも歩き出した。同じ速度だった。

「それで、取材というのは？」

と彼は訊ねた。一瞬、何を言われたのか分からなかったようだけれど、雲母さんは、

「仕事のことや、生活で気を付けていることなど教えて下さい」と伝えた。

するとと今度は剛田さんが、自分が病院で話した糖尿病のことなどを詳しく話し始めた。話しながら歩速は少しずつ上がっていく。

五歳のある日突然、倒れて糖尿病になってしまったこと、母親が一生懸命にインスリン注射のコントロールや、食事の量を調節してくれていたこと、病院の先生、とりわけ看護師さんが優しくて、自分も同じ仕事に就きたいと思ったこと、外で遊ぶだけでいつも心配されていたことなど、どれも陽気に語った。

とても辛く重い話でもあったはずなのに、明るい声と軽妙な話しぶりから、それは感じられなかった。ただただ楽しかった人生の記憶を伝えているような気さえした。気付くと、彼の額にも汗が滲み、頬をつたった。

剛田さんは、自分と彼女のランニングマシーンを止めて素早く移動すると自販機から麦茶を買ってきて、雲母さんに渡した。渡す時に大胸筋が動いていた。

「水分補給、大事ですからね！」

と言うと、彼女は大胸筋から視線を逸らした。確かに驚くほどに鍛え上げられている。

彼女が水分を補給したのを確認すると、また歩き始めた。

今度はさっきよりも少しだけ彼の方が早かった。速度はさらに上がっていき、ついに彼は走り始めた。床が蹴られる大きな音が響いていた。

「色々話しましたけれど、そんなに変わった人生じゃないですよ。大変なこともあったけれど、どんな人の人生も、みんなそれなりに大変なんです。看護師になって、そのことがよく分かりました。医療従事者になると誰かの人生がよく見えるんです。みんな、どうにもならない何かを抱えています。抱えている人同士が、なんとか今日を幸せに生きようと右往左往して一歩一歩前に進んでいるのが世の中なんじゃないかって思うようになりました」

彼がそう言った時、僕は出逢《であ》ったたくさんの患者さんの顔が浮かんだ。

本当にその通りだった。

病院では、その人を取り巻く状況や環境がよく見える。病が深刻になればなるほど、僕らは彼らと深く関わる。

彼らを取り巻く状況のすべてを解決することはできなくても、彼らを知ろうとしてきた。剛田さんに至っては、その巨大な笑顔で励まし続けてきた。

ランニングマシーンを下りて、次に彼はレッグエクステンションと書かれた機械の前に移動した。太ももを鍛え上げるやつだ。重量を最大近くまで動かして、彼は一人で足を上げ始めた。機械が稼働する金属的な音を聞きながら、僕は目を丸くしていた。どうしてこんな重量を楽々と上げることができるのだろう。

一方、雲母さんはレッグエクステンションではなく、彼の目を見ていた。

「変な話ですけど、俺はすごく健康なんです。糖尿病かも知れないけど、この年まで『俺は丈夫だな』、とか、『俺はめちゃくちゃしっかりしてる』って思って生きてきました。大きな怪我もなく、糖尿病以外の大病もなく、人並み以上のハードなトレーニングにも耐えられます。仕事もとても好きです。生きてることに感謝してきました。お袋と親父《おやじ》のお陰です。俺を生かしてくれました。医療従事者の方や職場の同僚や、ここにいる皆のお陰でもあります。別に目立った人生じゃないし、何か偉業を成し遂げたわけじゃないけど、元気に生きて来られました。人生で一番感じて来たことはそれなんです。俺は、健康だ。そして、生きてきた。それだけ考えても幸せでした」

彼はレッグエクステンションを終えて、機械を備え付けの布で拭き上げると、ショルダープレスに向かった。次は肩を鍛えるのだろう。また金属のきしむ音が響く。

「だから、あなたにもその幸福を手放して欲しくないんです。あなたを見ていてどうしても他人ごとには思えなかった。子どもの頃の自分に重なって見えたんですよ」

「私が糖尿病だから?」

彼は首を振った。彼は問いには答えなかった。その代わり、また笑顔を作った。

「でもね、大丈夫です。これから内科でもいろんなこと言われると思うし、眼科でも厳しい説明がされると思います。でもあなたなら大丈夫。あなたには生きがいがあるし、何より若いし、作るべき未来があります。治療は一生のことだから、くじけてしまったり、やる気がなくなってしまうこともあると思います。でも、そんなときは俺がいます。ノミーもいます。俺たちの顔を見に来てください。俺で良かったら、ジムはいつでも付き合いますよ。ほぼ毎日ここにいるから」

と、単に運動とくくるには激しすぎるトレーニングをしながら、息も切らさず言った。

彼女はいつの間にか胸の前で両手を重ねて祈るように彼を見ていた。瞳を覗くと、潤んでいる。マシーンの音は響き続けている。彼は重量をさらに上げて、少しだけ集中してマシーンを動かし始めた。蒸気機関車のように力強く規則的に腕も肩も動いていく。そのマシーンの音を聞きながら、彼女の涙は流れた。そして、小さな声で、

「……くれますか」

と、呟いた。たぶん、マシーンの音で僕にしか聞こえなかっただろう。彼は「へ？」と、訊き返した後、真面目な顔で、

「もちろん、いつでも！　一緒に頑張りましょう！」

と、人生によって鍛え上げられた口角筋を最大限に使い、頷いて見せた。彼女は涙を拭い、

「ありがとうございます」

と言った。今度の声は聞こえたようで、彼はマシーンから下りて、

「泣かないでください。大丈夫……、大丈夫ですよ。病気、怖かったですよね。でも大丈夫ですから……」

と真新しいタオルを渡しながら慰めた。僕はそのときになってやっと気付いた。

彼女が病気をうまく理解できず、手術を拒否したのは、恐怖からだ。たった独りで生きて、頑張り続けてきた人が、誰にも気持ちをぶつけられず、押しつぶされながら目を尖らせて立っていた。僕はまた、病だけを見ていたのかも知れない。

彼女も小さな光を探していた。

剛田さんだけが、彼女の不安と恐怖を理解していた。本当に優秀な看護師で、先輩だなと思えた。

泣き出してしまった雲母さんに誰も近づかなかった。いつもなら剛田さんの周りには人だかりができるのに、今日は誰もが遠くから二人を眺めている。タオルを渡した剛田さんの手を彼女が握っていた。彼女の手は震えていた。彼は彼女の手を握り返し、

「大丈夫です。大丈夫だから。もう大丈夫。何もかも、これからですよ……」

と子どもに言い聞かせるように慰めていた。言葉は意味を、すでに通り越していた。いま大切なのは時間だった。

僕も静かに二人から離れて、ベンチプレスに向かった。

温かな気持ちが、重すぎるバーを軽々と持ち上げていた。こんなことは、これまでで初めてだった。これもまた、剛田さんが筋骨隆々な理由なのかも知れない。

これ以上ないほどバーを持ち上げて、元の位置に戻した後、さっきの彼女の言葉が耳元で蘇った。言葉の意味を考えた後、彼女はわざと剛田さんには聞こえないように言ったのだと分かった。彼女が求めたのは約束ではなかったのだろう。

彼女の問いは、

「私と生きてくれますか」だった。

言葉の意味に気付かないまま、剛田さんは頷いた。気付いていたって頷いたかも知れない。

あれが約束だったのか、ただの言葉だったのかは分からない。

僕らは彼女の時間を作るために、力を尽くしていく。

ただ、あの問いと一緒に、彼女が歩き出したことが何よりも嬉しかった。


トレーニングが終わり、温泉にゆっくりと浸《つ》かった後、受付で僕らは合流した。シャワーを浴びた後、彼女はメガネを外していた。まるで別の女性がそこにいるかのように、爽《さわ》やかな表情だった。顔色も少しだけ良くなっていた。

「悩みが吹っ飛びました」と彼女は言っていた。剛田さんは、風《ふ》呂《ろ》場でジムの古株の仲間と話し込んでいて、まだ出てきていなかった。僕は、

「手術の予約しておいていいですか?」

と彼女に訊ねた。すると、

「よろしくお願いします。先生が怒っていらっしゃらなければいいけど」

と心配そうに言った。先生が怒っている様子は、どう考えても思い浮かばなかった。先生だけでなく、あの場にいた全員が喜んでくれるはずだ。だが僕は、

「剛田さんがいるから大丈夫ですよ」

と、言っておいた。それで、彼女は納得したようだった。

「明日、内科に行ってきます。彼のお陰で希望が持てました。それに灯ちゃんが私の漫画を見て、一生懸命に訓練をしているって聞いて、まだまだ描き続けなきゃって思いました。私もキ

ラニャンみたいに元気でいなきゃって。野宮さんも、ありがとうございました」

と頭を下げられた。有名な漫画家の先生に名前を覚えられて、呼ばれたことに恐縮してしまった。そして、何より灯ちゃんの頑張りを褒めてもらえたことが嬉しかった。

「もしよかったら、キラニャンのグッズがたくさんありますので、訓練に使ってもらえますか？　サンプルでもらうんだけど、私の家には入りきらないから。次々に増えていくし」

「ありがとうございます。助かります。灯ちゃんだけでなく、実は僕も大ファンだから嬉しいです」

と伝えると、胸のペンライトを指差してそっと触った。すると尖った大きな瞳は、キラニャンの笑顔のように丸く輝いていた。この瞳と指先が、子どもたちの笑顔を生み出してきたのだ。ペンライトに魔法がかけられたような気がした。

「二人ともお待たせ！　じゃあ帰りましょう。ゆっくり眠るのも治療ですよ」

と言って、受付を後にしようとしたところで、彼女がジムに入会すると言い出した。彼も、古株のメンバーもそれを聞きつけてお祝いになった。彼女の周りに人だかりができて、次々にメンバーが雲母さんに挨拶に来た。彼女の世界が目の前で広がっていくのが見えた。

帰りの車内で、彼女は「これからよろしくお願いします」と、彼に言った。彼女は自然に助手席に座ることになり、僕はまた狭い後部座席に座った。

「何でも訊いて下さい。まずは内科を受診されてからですが、糖尿病のこともお話しできると思います。以前、内科に勤めていたこともありますので……」

「また一緒にジムに行ってください」

と彼女ははっきりと言った。今度は彼は問い返さなかった。彼はしばらく黙った後、前を向いてさっきよりも大きな声で、

「喜んで」と言って、太陽のように笑った。


それから数日後にレーザー手術になった。手術の日には以前よりも出血は引いていて、思ったよりも少なく目を焼くことになった。彼女は痛みに耐えて、手術を終えた。内科も受診していて、本格的な治療を始めると話していた。

「よく頑張りました。我慢強い方ですね」と北見先生も褒めていた。それから、

「目の状態ですが、思ったよりも希望が持てそうです。これからコントロールをしっかりしていけば、なんとかなるかも知れません。定期的に状態を見せてくださいね」

と言った。彼女はお礼を言って、

「病院で使ってください」と先生に紙袋を差し出した。

中には視標に使えそうなぬいぐるみや、訓練で大活躍しそうな塗り絵、そして、手書きのカイロスコープ用のカードが何枚も入っていた。ファンなら垂涎《すいぜん》モノの逸品だ。僕らは思わず、検査室で拍手していた。雲母さんの視線がまた一瞬だけ剛田さんに向かった。彼はただ頷くだけだった。キラニャンのカードの中で一枚だけ、この前の灯ちゃん自身を描いた絵があった。

少ない線で、見事に特徴を捉えて、キラニャンの世界の中に溶け込んでいる。灯ちゃんの喜ぶ顔が浮かんだ。

午前の診察が終わりの時間だったので、僕と剛田さんは彼女を玄関まで送った。

「タクシーを呼びましょうか」

と僕が訊ねたけれど、

「歩いて帰ります」と彼女は言った。病気のことを考えれば、その方がいいかも知れない。自動ドアを出て数歩歩いたところで彼女が振り返り、「あの……」と、口ごもった。何か言い忘れたのだろうか。

「この前の喫茶店の場所、もう一度教えてもらえますか」

と彼女は訊いた。

「じゃあ、一緒に行きませんか。俺たちも、そろそろお昼ごはんだし」

と剛田さんが言って、僕の方を見た。そのとき、彼の背中越しに雲母さんのキラニャンのような尖った視線に気が付いた。僕は、

「今日はお弁当なんで一人で食べます。お二人でどうぞ」

と言った。すると、彼女が剛田さんには気付かれないように「わお」と口元を動かした。

僕にだってそれくらいは分かる。

二人はこれから、一緒に歩いていくのだ。

扉の向こうでは、向日葵が力強く咲いていていた。

第4話

チェリーレッドスポット

休憩時間に昼食をとるために外に出た。

病院を出ると枯れ葉が舞っていた。山は次第に色づき、秋の真っただ中だ。

住宅街に足を向けて、歩いているとブルーバードの前にひときわ目立つ家がある。この一年ずっと空き家だった。古い日本家屋で元は豪邸だったのだろう。もともと、手入れがされていないことは明白で、草木も伸び放題だったのだけれど、この季節になって実のなる木から果実や枯れ葉が落ちると、さらにひどい状況になった。小鳥の楽園に変わっている。

あまりのありさまに近づいて中を覗いていると、家の門が開いていた。

ここ数ヵ月で初めて見る光景だ。

そして門の先には、これまで人生で見た中で一番汚いバンが駐車してあった。

シルバーの年式の古いバンだが、泥をはね上げて至る所に染《し》みがあり、車体も小傷だらけだった。フロントガラスはワイパーの稼働箇所だけ辛《かろ》うじて透明に保たれており、他は汚れていた。

荒れ果てた家にまさに似つかわしい汚れた車だなと思って、呆然と眺めていると、

「お前、うちの家をなんで覗《のぞ》き見《み》してんだ?」

と後ろから声をかけられた。振り向くと、中肉中背の目つきの悪い、迷彩柄《がら》のベストを着たオジサンが立っていた。首には赤いスカーフを巻いている。顔色は悪く、機嫌も悪そうだった。手にはコンビニの袋を提げている。中身はカップラーメンが何個も入っていた。たぶん、これを食べて生きているのだろう。

「すみません。あまりにも荒れて枯れ葉が広がっていたものですから」

と言うと、不機嫌そうに家を眺めて、小さな声で、

「悪かったな」

とぶっきらぼうに答えて僕とすれ違い家の中に帰っていった。見るからに人を近づけさせない雰囲気の人だった。

誰もあの人に注意できないから、家も荒れ放題になっているのかも知れない。どんな職業かも分からない正体不明のオジサンだった。無理やり当てはめるなら、サバイバルに慣れた傭兵《ようへい》のような人だった。ベストには弾丸が入っているのかも知れない。ナイフくらいは持っているだろう。

変な絡まれ方をしなくて良かったと思いながら、向かいのブルーバードに入った。

店内では門村さんが忙しそうに働いていて、僕を見付けるなり、

「いらっしゃいませ。日替わりですか?」と訊いてきた。僕は頷いて席に着くと、彼はすぐにお冷《ひや》を持って来てくれて、

「今日の午後、眼科に行きますのでよろしくお願いします」

と言ってきた。彼の笑顔を見ると先ほどのことがすべて頭から吹っ飛んで、僕も笑顔になった。日替わり定食のチキン南蛮が出て来たときには思い出すことさえ難しくなった。

午後からの仕事のことと、灯ちゃんの訓練のことを考えていた。


ノンコンタクトトノメーターを挟んで、僕らは座っていた。門村さんの表情は将棋の棋士が対局をしている時のように強張っている。

「それで……」と口を開いた瞬間に、僕はさっき目にした数字を思い浮かべる。

数字は簡単だ。間違えようがない。正しいも間違いもない。

11。正確には11mmHgだ。問題は、それがどんな意味を持つかだ。

「幾つでしたか」とスローモーションで話されているかのように、彼の声に反応している自分に気付く。

ノンコンタクトトノメーターで計測した眼圧を表す数字をどう伝えるかの方に、僕は頭を使い始めていた。

つまり、いまここで訊ねられているのは数字ではないのだ。僕は笑顔で、

「11でしたよ」と何でもないことのように答えた。実際に、大きな問題はない数字なのだから、演技をする必要はなかった。すると、彼は肩を落とした。

「あの、前回は10だったのですが……」

声が沈んでいる。ブルーバードで働いている時とは別人のようだ。そして、一年前の門村さんからは考えられないほど、眼圧に神経質になっている。それだけ本気で治療に取り組んでいるということだろう。緑内障の患者さんにはよくある神経質さを、俗に緑内障気質と言ったりもする。去年は、僕らが眼圧の高さを注意しても、気にも留めなかったし、そもそも自分の眼圧の数値も知らなかった。訊ねようともしなかった。

怯《おび》えて、一重の細い目をさらに細くし尖らせた彼を見ていた。怖がってはいるが、濁っていない。

「大丈夫ですよ。10も11も誤差の範囲内です。目にちょっと力が入っただけで、このくらいはズレてしまうので、見立てとしてはだいたい同じというところだと思いますよ」

と説明した。これは、広瀬先輩が緑内障の患者さんに説明するときによく使うフレーズだ。去年、三井さんにも言っていた。これで落ち着いてくれる人もいる。彼は僕の表情を確認して、やっといつもの表情に戻った。

「そうでしたか。すみません。どうしても気になってしまって」

謝っている。本当はそんな必要はどこにもない。けれどもこれが真剣に病気と向かい合っているのだと感じる瞬間でもあった。彼のカルテを書き込みながら、本当にまるで別の人と接しているようだと感じていた。去年の彼も今の彼も、同じくらいの失明の危機と向かい合っているはずなのに、その態度は驚くほど違う。

「眼圧、気になりますか」

と僕は訊ねてみた。すると、わずかに照れ笑いをしながら、

「マスターやお店を支えなければなりませんから」

と言って俯いた。去年よりも良い瞳だ、と思った。柔らかい声だった。

「そうですか。目薬をしっかりと差されていれば、とりあえずは大丈夫です。眼圧は下がっているると思いますよ」

会話を終わらせて診察室に案内しようと息を吸い込んだ時、彼は話を続けた。

「それに、よく見ようと思ったんですよ」

「よく見る?」

「いま、自分の周りにいる人たちをもっと見て、大事にしないと」と言った。

僕はブルーバードの中に立っている彼の姿を思い浮かべていた。

「大切なことですね」

「ええ。小さい子もうろちょろするようになりましたから」

と言って笑った。灯ちゃんのことだとすぐに気付いた。僕は、

「最近、お店に来られていますか?」と、彼に訊ねた。

「それが……」と少しだけ瞳が陰った。

「それが、夕美さんなんですが、もともと疲れているなあ、無理し過ぎだなあとは思っていたのですが、最近はもっとひどいですね」

僕もそれは気になっていた。ここ一ヵ月ほどは訓練に来れば、必ず眠っているし、顔色も悪い。そんなに頑張り続けなければならないのだろうか。

「お勤めされている洋菓子屋さんのお仕事が繁忙期だというのもあるみたいなのですが、それ以上に勉強したり、物件を探したり、とにかく開店準備のためになんでもやるという雰囲気なんです。焦っていて、その焦りが全部疲労に転換されているような感じです。おまけに彼女のお母さんの調子もよくないようで……」

「まずいですね」

「良くない流れだね、とマスターも言っています。とはいえ、私たちにできるのはお店に来た彼女の話を聞いて、ときどき灯ちゃんを預かることくらいなのですが……」

話を聞きながら、僕らは二人で肩を落とした。僕の表情を見た門村さんが、

「そんなに眉間に皺を寄せたら、眼圧が上がってしまいますよ」と僕に言った。

僕は力無く微笑んだ。

次の訓練の日にも、灯ちゃんを連れてくると、挨拶もそこそこに彼女はすぐに長椅子で座ったまま眠ってしまった。あっけにとられてその様子を見ていると、灯ちゃんが「シーッ」と人差し指を立てた。

「ママね、とっても疲れてるから」と、彼女は言い訳をするように言った。

「そうだね、じゃあ静かに向こうに行こう」と僕は小声で訓練室まで案内した。彼女は歌い出すこともなく、足音も立てずに椅子に座った。こんなに静かに、ここにやってきたのは初めてのことだった。

「ママ、頑張ってるね」と僕が言うと、彼女は口をへの字に曲げて頷いた。問われた瞬間に瞳が潤んだ。何か言い出すものだと思ったけれど、それ以上は語らず固まってしまった。コップの縁から溢れ出してしまいそうな、なみなみと注がれた水が震えているみたいだった。僕は、彼女の表情を変えるために努めて明るい声で話し始めた。

「実は今日は、すごいものがあるんだよ」

彼女が視線を上げて、立っていた僕をまっすぐに見た。僕は雲母さんからもらったカードを彼女に見えないように用意した。背中からカードを持ち出した拍子《ひょうし》に、胸のキラニャンのペンライトが微かな音を鳴らした。僕にしか聞こえない小さな音だ。

彼女は僕が見せたカードを視認すると、

「キラニャンだあ！」と大きな声を上げた。瞳孔が一瞬で拡大した。

カードには、一枚一枚絵柄の違うキラニャンがマジックの単純な線で描かれている。事前に雲母さんに使用用途を説明していたので、気を遣って単純な線で作画してくれたということを、剛田さんヅテに聞いた。あの二人は、ジムで頻繁に会っているようだ。血糖値も下がって来たらしい。数ヵ月前とは別人のようだと、彼は嬉しそうに言っていた。彼自身も、数ヵ月前よりも生き生きして、車にキラニャンのマスコットを置いていた。

「こんなキラニャン見たことない！　これどうしたの？」

と、口元に両手を当てて彼女は驚いていた。子どもらしい甲高い声が響いて、僕も思わず笑顔になる。

「このまえブルーバードで会ったお姉ちゃんが描いてくれたんだよ。灯ちゃんのためにって。覚えてる？」

「覚えてるよ〜。忘れるわけない。あんなに綺麗で、絵が上手なお姉ちゃん他にいないよ。アカリ、すごく嬉しいよ！」

「良かった。じゃあ、これでいつものお描きしてくれるかな」

「まかせて」と言って、早くカイロスコープを持って来て、と催促した。

そのまま勢いよく、三枚描き上げて、一番上手に描けたものを、「お姉ちゃんに見せて！」と渡された。僕は「ちゃんと見せるね」と約束してキラニャンが描かれた紙を預かった。前よりも精度が高い。

彼女の集中力が続きそうだったので、検査もすることにした。

お母さんが休んでいる時間だということを自覚しているのだろうか、落ち着いて検査を受けてくれる。灯ちゃんの検査が終わった頃、白内障手術の術前検査のために休日出勤をした広瀬先輩がやってきて「検査結果、見せて」と言ったので、カルテを手渡した。

「これ、良くなってない？」

「ですよね？」と、弾む声を隠せずに答えた。

検査に対するやる気や、誤差では片付けられない数値の上昇があった。

視力検査をしながら、こんなにも嬉しかったことはなかった。成長ともいえるし、回復ともいえる。少なくとも、見えなかったものが見え始めているのだ。

「どうなることかと思ってたけど、結果が出てきたじゃん」とカルテを見つめたままの先輩に肩を叩かれた。僕ら二人の嬉しそうな様子を灯ちゃんは笑顔で眺めていた。

先輩は灯ちゃんに近づき、同じ目線の高さになるように屈むと、

「頑張ってるね！　偉いね」と頭を撫でた。灯ちゃんは嬉しそうに、

「そうでしょ」と口を大きく開けて笑った。目が大きく見えるレンズを着けているので表情がはっきりと見える。

「これだけ頑張っていたら、きっとママも喜んでくれるよ」と言う先輩の台詞《せりふ》に活気づいた彼女は、

「じゃあママにも教えてくる！　そしたら元気になってくれるかも」と言って、走り出してしまった。呼び止める間もなく検査室を飛び出して、僕らが待合室に着いた時には夕美さんを起こしていた。

「灯、もう訓練は終わったの？」と気怠《けだる》そうな声で呼びかけて、身体を起こした。

「すみません。おやすみのところ」となぜだか、僕は謝った。疲れているのか、「いいえ」と答えた後、居住まいをただし目を見開いた。しっかりと充血している。

広瀬先輩もやってきて、

「訓練は終わって、検査も終わりましたよ。検査結果、良くなっていましたよ」と話した。それを聞くと、夕美さんは灯ちゃんを見て、目を細めた。期待が彼女の目に浮かんでいた。そして、さっきと同じ気怠そうなかすれた声で、

「偉かったね、灯」と頭を撫でた。それだけで灯ちゃんは幸せそうだった。それから、夕美さんはおもむろに立ち上がり「実はちょっとお話が……」と話し始めようとした時、よろめいた。僕らは慌てて彼女を支えて立たせた。灯ちゃんの表情も、さっきとは打って変わり、黙り込んだ。何事もなかったかのように、笑っているのは夕美さんだけだ。

彼女の目が、夕陽《ゆうひ》を見るように寂しそうな色をしていることに気が付いた。

「すみません。少し疲れすぎて、最近目がかすむんです。……もう大丈夫ですから」

「目がかすむって、どんな感じですか？　大丈夫なんですか」と訊ねると、

「まあ、疲れてくるとたまにそうなるというくらいです。たぶんあんまり寝てないからかなと思います」と答えた。

「気になるようなら、検査して帰られますか」

「いいえ。そんな時間はないです。もう帰っていろいろ準備しないと……」

僕らはいたたまれなくなって黙り込んだ。

「それでお話というのは」と広瀬先輩が切り出した。思い出したかのように、厳しい表情で夕美さんは話し始めた。疲れ果ててはいるが、整った顔立ちの女性が厳しい表情をすると緊張してしまう。嫌な予感がしていた。

「実は、こんなに娘や私のために良くしてくださって申し上げづらいのですが、私たち、もうここには来られないかも知れないんです」

「来られないって……」と僕は自分が誰に向けているかも分からない言葉を呟いていた。彼女は目を伏せた。

「お二人にはお話ししたか分からないのですが、私、自分のお店を持とうと思っているんです。焼き菓子のお店です。そのために今も洋菓子屋さんで修業しているんですが、つい先日、ようやくなんとか使えそうな物件が見つかりました。家からは少し遠いところにあって、家賃も高いところなのですが、他にはもう見つからないから……。それで思い切って家族三人で引っ越してしまおうと思っています。でもそうすると、ここが遠くなってしまうのです」

「では、灯ちゃんの訓練は……」訊ねたのは広瀬先輩だった。

「それはちゃんと続けようと思います。この前お断りさせて頂いたのですが、新しい物件からは東山大学病院が近いのです。そちらに紹介状を書いて頂いて、灯はそこで訓練を行わせて頂きたいです。もう来月から、引っ越してしまおうと考えています」

彼女が話し終わった後、広瀬先輩がこちらを向いたのが分かったけれど、僕は動けないままだった。「野宮君」と声をかけられて、やっと金縛りが解けたように表情を変えることができた。

「野宮さん、すみません」と夕美さんが謝っていた。僕は灯ちゃんと彼女を交互に見ながら、「お店、やっと前に進んだのですね。おめでとうございます」と言葉を絞り出した。

だが、それ以上は何を言っていいのか分からなかった。

来月……、ということは、今日が最後の訓練の日……。

これで終わり？

僕が混乱していると、広瀬先輩がいつもの業務的な声で対応しているのが聞こえた。

「ではその旨を先生にも伝えておきます。もう一度、最後に検診を受けていただいてから、という流れになるかも知れませんので、後日ご連絡差し上げますね。東山大学病院は設備もスタッフも整っていて、いい病院ですよ」

「ありがとうございます。今まで本当にお世話になりました。灯も野宮さんに訓練していただくのが楽しみになってきたところでした。本当にわがままを申し上げてすみません……」

彼女の声は次第に遠くなり、最後は灯ちゃんの瞳だけを見ていた。

彼女はずっと眉をひそめて、鋭い目をしていた。夕陽は沈み、宵の暗さが瞳に宿っていた。

僕は彼女の瞳の中にある光を探していた。

彼女の瞳も、同じように光を探していた。


それから一週間、訓練の予定が消えて、いつもの日常が戻ってきた。

いつも通りなのに、違和感がある。自転車にまたがって軽すぎるギアで平坦《へいたん》な道を走り続けているような感覚だ。回転数だけが上がる。広瀬先輩からも、

「最近、テキパキと働けてるね」と褒められた。なぜなのか、と考えることはやめてしまおうと思った。仕事が急にすっきりとした気分で見渡せるようになり、単純なものに思えた。ずっと何かを考えながら勤務してきたのに、いまはその逆だ。それは充実感とは異なる単調な時間でもあった。ため息だけが増えていった。

　そんな日々が二週間目に入ろうとした時、朝礼で突然、

「今週末は以前から話していた社員旅行を決行します！」

と、北見先生が発言した。僕は首をかしげた。

「やったー！」と両手を挙げたのは、看護師の丘本さんだった。そのあと、

「おお、ついに」とか「楽しみですね」とスタッフから声が上がった。そういえば、そんなことを先週、先生が言っていたような気もする。彼は説明を続けた。

「社員旅行といっても、私の思い付きのキャンプです。皆さん都合があるだろうから、今週末に希望した人数でグランピングに行くだけです。山に行って、温泉に入って、バーベキューして帰ってくる小さな慰労会です。参加自由でやります。日帰りでもいいし、一泊してもいいです。じゃあ、希望者は手を挙げてください。今から予約します」

と言った瞬間、隣にいた丘本さんは当然のように左手を挙げて、同時に、右手で僕の袖を引っ張り、僕まで挙手させられた。広瀬先輩と剛田さんも手を挙げていた。

　状況が分からず、彼女を見ると、

「グランピングに行ったら、天体の撮影したいから、よろしくお願いします」

と悪戯っぽく言われた。つまりまた、機材の荷物持ちということだ。

訓練で散々、協力してもらったので、断りづらいタイミングだ。僕はしぶしぶ頷いた。その姿を嬉しそうに先生は見ていた。

「今年は野宮君も大変だったからね。職場からのささやかな福利厚生だよ。美味しいもの食べて休みましょう」

いよいよ断れない。僕に予定がないことは皆、知っているみたいだった。これまでずっと、訓練や勉強ばかりで休みを取っていなかった。

それもいいのかも知れない。もう訓練はないのだ。家に帰ってキラニャンを観て眠るだけなら、丘本さんのアシスタントをするのも悪くない。今週のキラニャンもすでに録画予約している。

「行きます！　今の時期の山は気持ち良さそうですよね」

と答えると、先生は破顔した。

「たまには眼科から離れて、自然ゆたかなところで目を休めるのもいいよ」と彼は言った。

「空の星を見上げるのもいいよ」と丘本さんが言った。

彼女の瞳が、職場では見たことないほどの情熱に燃え上がっているのが見えて、ため息を吐きそうになった。重いレンズや撮影機材を抱えて山を歩くのは大変そうだ。春先にも似たようなことをしていた記憶がある。だが、あの時も楽しかった。

「小さな光を探そう」

という彼女の言葉に、「そうですね」と頷きながら、灯ちゃんのことを思い出していた。灯ちゃんの笑顔が鮮やかに浮かんでくる前に、

「楽しみましょう！」

と笑って見せた。週末の筋肉痛はその瞬間に決まった。

「やったー！」ともう一度、彼女が両手を挙げた。

当日は丘本さんがアパートまで愛車の真っ赤なハスラーで迎えに来てくれた。車を乗りあわせて現地集合で行こうということになり、僕は彼女の車に乗せてもらうことになった。

この車に乗るのも何度目だろう。助手席に乗るのにも慣れてしまった。レジャー施設に行くはずなのに、彼女は全身迷彩服だった。僕は荷物持ちをすることになると思い、ジーンズで来たけれど、彼女の意気込みとはだいぶん差がある。車に乗り込んだ時、

「今日もキラニャンのペンライト着けているのですね」と言われた。いつも着けていろと言われたし、実際に役に立つこともあるから手放せない。最近は愛着もある。

「なんだかトレードマークみたいになってきましたね」と言われた。

アップテンポの曲をかけて走り出した車の中で、最近買ったレンズや機材の話を始めた。僕には理解不能な話だったけれど、レンズのメーカーの名前は聞き覚えがあった。カメラのレンズを作る会社は、医療機器のレンズも作っていることが多い。

後部座席には溢れんばかりの機材が整然と並べられ音を鳴らしている。日除け用に置かれたシートの下にカメラバッグが幾つか見えた。今日はこれを運ぶのだろうか。

後ろを振り向いた時、げっそりした顔をしていたのだろう。彼女は笑って、

「大丈夫ですよ。そんなに無理はさせませんから」

と言われたけど、笑えない。

「どちらかというと、話し相手になって欲しいです」

撮影をするのに話し相手が必要なのだろうか。僕が黙っていると説明を始めた。

「この前、病院の屋上で夜間撮影の練習に付き合ってくれた時のこと、覚えていますか」

丘本さんは時々、業務終了後に独りで病院の屋上で撮影していることがある。夏は満月や地元の花火大会を撮っている姿を何度か見た。

「ええ。一人で黙々とやっていますよね」

「そうなんです。で、今日も撮影しようと思うんですけど、今日の撮影場所はどこだか分かりますか」

「どこって、グランピングするのは高原だから、その付近じゃないんですか。山でしょ？」

「正解。さすが野宮さんですね。山です。それも結構奥深い場所にあります」

だんだん話が分かってきた。

「もしかして、夜中に一人で撮影するのが怖いんですか」

「そうなんですよ！　正直、なんで真夜中の山の中に行かなきゃいけないんだろう、とか思っ

ちゃうくらいです」

それは僕の台詞だと思った。ぐっとこらえた。

「でも、今日の日のためにでっかい天体望遠鏡もボーナスで買ってしまったし、引くに引けないのです。野宮さん、頑張りましょう」

と励まされた。

「頑張りましょう」と僕は力無く答えた。肩こりを予測し、僕は腕を大きく回した。

目的地まであと少しというところで、道の駅に寄った。

行楽シーズンだがそれほど人は多くなかった。簡単な昼食をとり、休憩がてら駐車場に駐車している車を見ていた。

一台だけやけに目立つバンがある。小型のバンだがやたらと汚い。見覚えのある汚れ方だった。窓という窓が内側から段ボールで塞《ふさ》がれて、目張りされている。車中泊をしている最中なのだろうか。まだ午前中だった。あの目つきと顔色の悪いオジサンの車ではないかと訝しんだけれど、あの車は大衆車だ。似たような車種は幾らでもある。まさか、と思いながらぼんやりと眺めていると、丘本さんが、

「あれはもしかしたら、夜の撮影のライバルかも知れませんね」と言った。

「夜間に撮影する人って、こんな時間から眠るんですか?」

「だって、一晩中撮影することもあるから、いま寝ておかないといつ眠るんですか」

相変わらず恐ろしいことを平然と言い放つ。

「じゃあ、僕たちはいつ眠るんですか」と訊ねると、

「それは……、大丈夫ですよ。なんとかなります。明日は休みですから」

と笑って話した。どうやら本気で一晩中撮影を決行しようとしているようだ。いますぐにでも逃げ出したくなったけれど、どうすることもできない。怖くなってきたのは僕の方だ。曖昧に答えて、車に乗り込んだ。

「まずはロケハンしましょう。昼間に場所を確認しておいて、夜になったらスムーズに撮影に移行できるようにしましょう」

昼間に場所を確認しなければ、簡単にたどり着けないような場所に行くのだなと、その発言で分かった。しばらく走っていると、彼女が加速し始めた。

バックミラーを確認すると、見覚えのある車が映っていた。先ほどの汚れたバンが後ろを走っていた。すでに高原を進む一本道に入り、対向車も来ない。僕らは法定速度をギリギリ守って走っていたが、それが気に入らないのか、かなり長い間、車体を近づけてきていた。煽《あお》られている。

「嫌な感じですね」と僕が言うと、丘本さんも頷いた。

「仕方ない。急いでいるわけでもないから、道を譲りましょう」と彼女は、ウィンカーを左に出して路肩に停めた。猛スピードで汚れたバンは僕らを追い越していった。

「さあ、これで気を取り直して行きましょう」と彼女は車を発進させた。僕の脳裏に、あの中肉中背のオジサンの顔が浮かんでいた。確証はないけれど、あの人ならこういう運転をやりか

ねないなと感じていた。

それから数十分後に撮影場所の近くに着いた。そこは山の頂上付近に作られた車の休憩所で、駐車場と公衆トイレと自動販売機とベンチがあった。ちょっとした展望台になっていて、雑木は切り払われ、見通しがよくなっていた。空は澄み、風が心地よかった。毎日、こんな雄大な景色を眺めていたら視力が低下を起こすことはないだろうなと思った。景色はどこまでも続いている。緑も多く、空も高い。

二人で車外に出て、心地よく伸びをしていると、みるみるうちに丘本さんの表情が曇っていった。

「野宮さん、あれ」と指差した方向の先には、あの汚れたバンがあった。同じ一本道を通って来たので、同じ場所で休憩していることはあるかも知れないと思ったけれど、運転手は確認できない。もしかしたら、目的が同じなのかも知れない。

「ここから撮影場所は近いんですよね？」

「ええ、この展望台とは反対側の山側の道を進んだ先に、もう一つ展望台があるんです。ここから三十分くらい歩いた場所らしいです」

つまりここから三十分、登山なのだ。辺りを見渡すと、確かに山道に入っていく階段があった。直登の登山道だった。なんだか嫌な予感がしたので、

「やめときますか」と声をかけたのだが、

「いいえ、ここまで来たのだし行ってみましょう。この半年かけてやっと探し当てた穴場なんで

す。もしかしたら、ただの登山客かも知れないし……」と彼女は言った。どうやら意志は固いようだった。

旅先で厄介ごとが起こらなければいいけれど、と願いながら山道を登った。

山道を登りながら、息を切らした。頭の中に浮かんだのは、時間は相対的なもので、実際には伸びたり縮んだりしていて、時計で綺麗に測りとれるようなものではない、という普段では考えもしないようなことだった。過酷な運動を始めるとこんなことが頭に浮かんでくる。山頂まで三十分でたどり着いたが、体感的にはそれ以上だ。とにかく道が悪く、険しい。ほぼすべて急な階段だった。この場所に夜中にやってくるのは無謀なのではないかと思ったけれど、そんな考えが吹っ飛ぶほど頂上の景色は美しかった。

山頂は中心付近だけコンクリートが敷かれ、平面が保たれていた。この場所に陣取って撮影を行えばいいのだということが分かった。すぐにそう気づいた理由は、誰かがすでに場所取りをしていたからだ。丘本さんと同じく迷彩服を着て背中を向けた男性の影が、携帯用の椅子に座っていた。こんな時間から星空を待つつもりなのだろうか。

そのことを彼女に伝えると、揚々と話し始めた。

「ラッキーなことに今日は年に何度もない新月の晴れた夜で、風もないんです。しかも秋は大気中の水分がカラカラで光がよく通ります。絶好の撮影日和なんですよ。しかも、休日です。ここにたくさんの人が来るとは思えませんが、一番よい陣地で撮影したいんでしょうね」

そういうものなのだろうか。

男性は、自刃の前の武士のように小さな椅子に背筋を伸ばして座っている。近くには、テントが張られていて、機材が幾つも並べられていた。見たこともないような太い三脚も置いてある。こちらの声が聞こえているはずだが、微動だにする気配もない。

丘本さんは周囲を確認するために、平地の周りをぐるりと回った。仕方なく僕もついて行くと、男性の前を通り過ぎることになった。ちらりと顔を確認した時、目が合った。

「あっ、お前は」と彼が言った。

そこには、見覚えのある顔があった。ブルーバードの前で会った空き家の男性だった。僕はどう答えたらいいのか分からず、反射的に「どうも」と返事をした。

「知り合い？」と彼女に訊かれたので、今度は冷静に、

「いや別に」と小声で言った。なんだかこちらを睨んでいるようだったので、目を逸らした。彼もそれ以上、何も言わなかった。わざわざ関わり合う必要はない。

丘本さんと頂上付近を一周すると、満足したのか何も言わず下山を始めた。僕はその後をゆっくりとついて行った。帰りは行きよりも楽に帰れるかと思ったけれど、階段の作りが急なのでそれなりに危ない。

足元に注意しながら歩くと自然に僕らは無言になった。

やっと車の近くまで戻って来たとき、「変な人でしたね」と僕が言ったので、彼女は曖昧に頷いた。思い返しても、本当に変な人だ。プロのカメラマンなのだろうか。遊びであそこに座っているようには思えなかった。それに、まさか、こんなところで会うことになるとは思わな

かった。

　僕らは黙ったまま車に戻り、ドアを閉めた。すると、突然、

「私、感動しています！」と彼女は言った。

　何を言っているのだろう、と瞳を覗くとこれまで見たことがないほど輝いている。

「今夜は期待が持てますね。あんなカメラにすべて懸けているような雰囲気の人がこんな時間から場所取りをするのなら、ロケーションは最高ということですよね」

　明るい声で彼女が言った。

「本当に撮影、ここでするんですか？　道も危なそうだし、もっと他の場所の方がいいような気もするんですが」

「いいえ。絶対ここでお願いします。天体の撮影は準備がすべてなんです。何ヵ月も撮り方をイメージして機材をそろえて、やっとたった一度のチャンスをものにできるんです。あのオジサンの装備や雰囲気からして、間違いなく今夜はここが正解なのだと分かりました。ぜひ、よろしくお願いします」

　こちらを向いた彼女の瞳が輝いていた。

　何を言っても駄目だ、と弾むような彼女の声を聞いて思った。

「頑張りましょう」と僕は気持ちとは反対の返事をした。

　グランピング施設に行くと、バーベキューはすでに始まっていた。夕方近くから始める予定

だったみたいだけれど、北見先生がビールを開けた瞬間に「始めてしまおう」という流れになったらしい。僕らの到着が遅れたせいもあり、待っていられなかったようだ。

僕らが顔を出した時には和やかな雰囲気で、食事が始まっていた。先生はすでに赤ら顔で、剛田さんはひたすら肉を食べ続けている。広瀬先輩はキャンプ用の長椅子に腰かけて、長い足を投げ出しサングラスをかけて空を見上げていた。皆、思い思いに休日を楽しんでいた。

「やっと来たか〜。二人でどこ行ってたんだよ。さあ食べよう」といつものハイテンションよりもさらに声高になった剛田さんが僕らを呼んだ。最近の彼の笑顔は眩しすぎる。

僕らはすぐに肉とビールを渡されたが、丘本さんはアルコールを断っていた。本気で夜には撮影に行くようだ。僕もほどほどに飲むことにした。

椅子に座り、高原の絶景を眺めながら、雲がぼんやりと流れていくのを眺めた。青い空と緑色の大地で二分割された平面の先には何もない。あそこに道があって赤い気球があれば、オートレフの中にある画像と同じだなと思ったりもした。そんなことを思うくらい景色にリアリティがない。丘本さんの車の中で流れていく景色を眺めていくのも良かったけれど、僕にはこうして立ち止まった景色の中で、ぼんやりといまある場所を眺めている方が性に合っている。なんでもうまくはできないから、慌ただしく生きていくのは苦手だ。

高原を眺めながら、

「何もかも終わったのだろうか？」

と考え始めている自分に気付いた。患者さんとの関係が突然終わりを告げることは、医療の現場では珍しくない。明確な別れがない場合も多い。だからこそ、一回一回の現場での仕事が大切で、なるべくいつも全力で頑張ってきた。

だが、灯ちゃんとの訓練の時間は、そうした仕事の範疇《はんちゅう》から少しズレたところにあった。仕事ではあるんだけれど、仕事よりも大切なものだった。

それを何と呼べばいいのかは分からない。ただ、僕はこの数ヵ月、彼女たちのために全力だった。そして、ほんの少しだけれど成果が見え始めていた。

高原に続くオートレフの一本道の先にある気球を追いかけていたのかも知れない。歩き出しさえすれば、いつかそこにたどり着くのだと思っていた。長い長い道がまっすぐに続いているのだと思っていた。

だがその一本道はオートレフの中の景色のように、ただの幻影だった。

実際の僕らは、いつ終わるとも知れない訓練の日々を一秒一秒積み重ねているに過ぎなかったのだ。それも心のどこかで分かっていたはずなのに、僕はその時が来ても狼狽えているだけだった。

僕は先生や広瀬先輩や剛田さんの顔を見た。ただ何も思わず休日を楽しんでいるように見えた。彼らも僕と同じような経験を経《へ》て、医療従事者としてのいまがあるのだろうか。

たぶん、そうなのだろう。彼らは別れをよく知っている。

たった一度の機会や、患者さんが示した一瞬の心の機微や治療への手がかりを教えてくれたのは彼らなのだ。

広瀬先輩の言った通り最初から大学病院を勧めていれば良かったのだろうか、と今頃になって考えている。

気付くと、高原に日は落ちて、赤い気球の代わりに真っ赤な太陽が降りてきた。

夕陽を見るのはどれくらいぶりだろう、と真っ赤な世界を見ながら思った。病院の中では、光はすべてコントロールされているのだ。可能な限りいつも同じ光であることが、眼科では大切な条件だからだ。

夕陽を見ながら、本当に何もかもが終わったような気がして、一気にビールを飲み干した。不思議なほど苦味を感じなかった。

大きなため息を吐くと、広瀬先輩が長椅子を移動させて隣にやってきて座った。

「最近、ため息が多いぞ」

と言って、もう一本ビールを差し出してくれた。僕は受け取り、蓋を開けた。

「また、麻木さんたちのこと考えてたんでしょ」

「ええまあ。なんとなく頭から離れなくて」

「まあ、仕方ないよね。頑張ってたからね」

「ありがとうございます。うまくできてたとは思いませんが」

「よく頑張ってたよ。視能訓練士さんがあんなに頑張らないと訓練ってできないんだなって分かったよ」

彼女はチューハイを一気飲みした。僕も同じくらいビールを飲んだ。僕らは視線を交わすことはなく夕陽を見ていた。網膜に光が焼き付いていくのが分かった。なだらかな山の稜線《りょうせん》の際に日が沈むころに、光はさらに強くなり、僕は視線を逸らした。

広瀬先輩を見ると、頬がかなり赤い。だいぶんでき上がっていることが分かった。

「先輩、大丈夫ですか」と声をかけ、横顔を見ていると、右目がゆっくりとこちらを向いた。その動きに見覚えがあった。僕は彼女の肩を揺すった。彼女は何事かとこちらを向いた。すると、彼女の顔がこちらを向いて、左目が僕を捉えた。けれども、右目は外を向いたままだ。

まさか、と思い、目を見開くと、「ああこれね」と彼女は右目を指差した。

「実は私もね、外斜視なんだよ」と、こともなげに言い放った。

「普段、集中している時はまっすぐ向いているんだけれど、これだけ飲んだら駄目だね」

「知りませんでした。斜視だなんて」

「言ってなかったからね。でも私は大丈夫。訓練もちゃんと受けたし、右目は手術もした。手術してくれたのは、実は北見先生だったんだよ」

僕は驚いて、先輩の背中越しに先生を見た。丘本さんと剛田さんと何かの話で大笑いしている。先輩は、僕の驚いた様子を見て微笑んだ。

「だからね。訓練がどれだけ難しいか、よく分かってる。視能訓練士になってからも、他の病院に勤務している時に何度かやってみたことがあるけど、野宮君より全然駄目だった。まあ、そもそも子どもが苦手だから仕方ないんだけどね。子どもの方が私が苦手だって気付くから。でもね、小さなころから眼科に通っていたから、視能訓練士になろうと思ったんだよ」

「それが先輩がこの道に進んだきっかけだったんですね」

「看護師になろうとしていたんだけれど、学生時代に視能訓練士っていう職業があるって知って、そっちを志望した。あの眼科で検査をしてくれていた大人の人たちは視能訓練士さんだったんだって。もうずいぶん昔の話のような気がするなあ。北見眼科医院に勤めるまで、先生はかつて私の斜視の手術をしたなんてことは忘れていたみたいだけどね。私の手術はうまくいったみたいで、今も先生には感謝してる。まだ先生が大学病院に勤めていた頃だよ」

「だから、先輩は大学病院を勧めていたんですね」

彼女は一度だけ視線を下げた後、苦々しく微笑んだ。

「それもある。私はそれで自分の病気を治療することができたから。でも、野宮君の様子を見ていて、本当にそれだけが正解じゃないんじゃないかって思い始めてた」

僕はビールを飲み干そうとする手を止めた。

「どういうことですか」僕が訊ねると、今度は自然に微笑んだ。視線はすでに両眼とも僕を捉えている。

「思い込んでたら、駄目なんだなって思ったってことだよ。私が大学病院を勧めたのは、たぶん灯ちゃんはこのままではよくはならないだろうと思っていたから。麻木さんは、斜視について理解しているようじゃなかった。だからせめて、大学病院に行って経験のある場所で適切な訓練や治療を受けることが、可能性を広げることになると思っていた。でも、野宮君は別の方法でそれを押し広げた。やったこともないのに自分でやるって言い出して、躓《つまず》きながらも結果を出した」

「それは、偶然だと思いますが……」

「そんなことないよ」

先輩は缶チューハイを地面に置いた。

「偶然なんてないよ。あんなに細かな毎日の積み重ねで導き出された答えが偶然であるわけがない。野宮君と灯ちゃんたちを中心に、皆で出した結果なんだよ。本当にたくさんの人たちが、彼女のためにでき得る限りのことをして現実を変えた。それを導いたのは野宮君の仕事だよ。今日はみんなでそれを称《たた》えているようなもんだよ」

「そうなのですか?」

「そうだよ。だって去年は社員旅行なんてなかったんだから。さっきまで、北見先生も褒めてたよ。よく頑張ったって」

僕はまた彼に視線を投げ掛けた。なぜだか、剛田さんと丘本さんの三人で踊り始めている。不揃いで調子はずれの盆踊りみたいだった。

「結果は、最後まで訓練ができなくて残念だったけれど、麻木さんたちも治療に目を向けてくれるようになった。それだけでも本当は大成功だった。最初の頃に比べたら、上手くいき過ぎているくらいだよ。だから、次に託そう。医療従事者も視能訓練士も、私たちだけじゃないんだから」

そう言った先輩は、ここ数ヵ月で一番優しく微笑んでくれた。

「そうですよね。僕らだけが視能訓練士じゃない……」

「それとね、話はもう一つある」

「もう一つって何のことですか?」

と話していると、僕らの近くに北見先生がやってきた。踊っていたせいか、少し肩で息をしている。こんなに楽しそうな姿は初めて見た。

「しんみりした話は、もう終わったかい?」

「いえ、実はいまからです」と彼女は答えた。僕は何事かと思い、二人を見比べた。北見先生も居住まいをただし、持っていたビールの缶を地面に置いた。だが、完璧にでき上がっていることは明らかだった。

「実はね、野宮君。広瀬さんは、今年度いっぱいで、うちを退職されるんだよ」

また僕の思考が止まった。『退職』の文字が頭の中で上手く理解できない。

「辞めちゃうってことですか」と訊ねると、

「そう。それが理由の二つ目だよ」と彼女が答えた。

「だから、私の後を引き継ぐために、仕事をもっと覚えて欲しかったし、限られた時間やエネルギーを訓練に持っていかれるのはどうかなと思ってた。でも、私はそのことも、もう心配しないようにしてる。野宮君なら、なんとかできるんじゃないかって思い始めてるから。責任を放棄するわけじゃないいんだけどね」

「でも、まだまだ、僕一人では検査を回すことはできません」

「もちろん、それは分かっているよ。だから、広瀬さんの代わりの視能訓練士さんをいま探しているところだよ。彼女ほどの腕を持った人はなかなか見つからないけれど、いまは野宮君も検査に慣れてきたからね。私も、もう一人いれば、なんとかなるんじゃないかとは思っているよ」

　先生にそう言われても不安を拭《ぬぐ》い去《さ》ることはできなかったけれど、僕はとりあえず頭に浮かんだことをぶつけてみた。

「どうして辞めてしまうんですか」

　すると、彼女は笑顔になった。

「大学院に進学しようと思ってね。論文が思いのほかうまくいってしまって、欲が出てきたというのが理由だよ。患者さんと関わる現場も好きなんだけれど、後進を育てていくことにも興味が出てきたから。だからそれも、野宮君のお陰かな」

「そうですか……」と言ったきり、僕は何も言えなくなってしまった。引き止めるべき理由が何一つ思い浮かばない。僕は大学時代に出会った視能訓練士の先生たちを思い出していた。教壇で講義を行っている先輩の姿は頭の中で鮮やかに思い浮かんだ。

　それはとても似つかわしい未来のような気がした。

　しばらく黙り込んだ後、僕はやっと言うべき言葉を思いついた。「そうですか……」の後に続く大切な言葉だ。僕は、

「おめでとうございます」と伝えた。すると、先輩も先生もホッとしたように微笑んだ。

彼女は「ありがとう」と言った。

「こちらこそ、今まで本当にお世話になりました。今年度はあと少しですが、頑張って仕事覚えます」

と伝えると、先生は、

「じゃあ広瀬さんの新しい門出を祝って乾杯しよう」とやっと缶ビールを持ち上げた。僕らも地面に置いていたお酒をやっと持ち上げて、お互いに缶を打ちつけた。

真っ赤な世界は終わって、目に見えるすべてが紺色に変わっていた。さっきとはまるで、別の場所にいるみたいだった。

時間はこんなふうに、何もかもを変えていってしまうのかも知れない。広瀬先輩は太陽が沈み切った後の遠方の山々を眺めていた。

右目はもうまっすぐに前方を見つめていた。焦点は定まっている。視力は限界まで遠方を探していた。人はこんな瞬間に、未来を作っているのではないかと思えた。

広大な景色が、まだ見ることもできない瞬間への入り口のようにも思えた。


バーベキューが終わり、剛田さんの彼女自慢をひとしきり聞いた後、僕らはまた山の頂上を目指した。

昼間に通ったときよりも道はさらに遠く感じた。

ガードレールのない場所はなかったけれど街灯は一つもなく、野生動物がいつ飛び出して来るかも分からない時刻だ。

たどり着くまでに、たっぷり一時間かかり、ようやく頂上付近の展望所に着いた。

駐車場に車を停めて、外の空気を吸うと酔いが冷めるほど心地よい空気が肺に流れ込んできた。気温もかなり下がってきている。車は、昼間に見たオジサンのバンだけだった。よく見ると車体が汚れているだけで、型自体はそれなりに新しい。お金には余裕があるのかも知れない。父が昔、同じ型のバンを買おうとしたが、予算的な理由で諦めたことがあった。目の前のバンはそれよりも高い。

僕らは意を決して、ハスラーのハッチバックを開けた。車内灯で照らされた後部座席には整然と膨大な撮影機材が並んでいた。前よりも増えている。

「これ、やっぱり、ぜんぶ使うんですか」と訊ねると、「まさか」と笑いながらも使うものを何個か指差した。それだけでもかなりの重量になる。何より、これまでで最大の長さと太さのバッグが気になった。それが二つだ。とても丘本さんのような小柄な女性が運べるようなものではない。中身を訊ねると、天体望遠鏡と雲台と三脚だと言われた。カメラ本体は彼女が首から下げている。

「今はもっと小さくて精度のいいレンズとかもあるんですが、古いものだとこんなに大きくなっちゃうんですよね。今年のボーナスと来年のボーナス分まで注《つ》ぎ込《こ》んで買いました」

と自慢げに言った。

僕は苦笑いをしながらバッグを二つ抱えた。彼女もカメラとリュックを持って歩いていく。僕は両手が塞がっているので、彼女が手持ちのライトで足元を照らした。あまり強くはない赤いライトだった。

足元が見えないこともないけれどはっきりとはしない。僕が一度転びそうになると、

「これ白熱球に赤いフィルターをかぶせたライトだから、あんまり見やすくないんですよね」

と言った。

どうやら天体観測では、こういう特殊なライトを使うらしい。赤い色の方が目に刺激を与えにくいことと、LEDより白熱電球の方が光が弱いからだろう。山頂にたどり着く直前にライトが点滅し始めて、彼女は電池を揺らすためにライトを振った。点滅は解消されて彼女はもう一度足元を照らしてくれた。明日の筋肉痛が間違いないほど足を酷使した後、山頂付近にたどり着いた。すると彼女は明かりを消した。僕が戸惑っていると、

「撮影している時にライトで照らしたら、またあのオジサンに怒られちゃうかもですから」

と言った。その可能性は十分にある。

頂上にたどり着くと、彼女の懸念通り一心不乱に空にカメラを向けている男性の姿が薄明かりの中に見えた。こちらに注意を払う様子もなく、機材に囲まれて夢中で操作を続けている。丘本さんと似たり寄ったりの大掛かりな機材だった。

僕らは彼から少し離れてセッティングを始めた。とはいっても、荷物を運び終えてしまうと僕にはやることはなく、彼と同じく闇の中で動き続けている彼女の姿を見ているだけになっ

た。どうやら手助けは必要なさそうだ。やることがなくなった僕は、視線を空に上げた。「わあ」と、思わず声を上げてしまうほど、夜空には星が満ち溢れていた。

それはまるで、広角眼底カメラで見た瞳の中のように幻想的で、夜空すべてを含めて一つの生き物のようだった。大小の星のちりばめられた明かりは、夜空に隠された滑《なめ》らかな肌とその遥かさを思わせた。小さな光がそこにあるだけで、真っ暗な空に生き生きとした姿が映し出される。一つ一つの光と光は離れているけれど、そこには目には見えない結びつきがあるような気さえする。その結び目を見ようとするけれど、それは容易には見出《みいだ》すことはできない。

だが、この場所から眺め続けていれば、いつかは星と星が繋がりを解き明かしてくれるかも知れない。そんな想像を掻《か》き立《た》てるほど、星の光は僕に迫ってきた。

たとえば、まだ誰も見出していない小さな星の光を一つ見つければ、夜空は形を変えるのだろうか。それぞれの星々の結びつきが変わり、夜空全体が新しい形になって輝き始めることはあるのだろうか。

小さな星を一つ救うことに意味はあるのだろうか。

少なくとも、僕らはこの夜空と同じくらい広い瞳の中を、微細な情報を収集することを極めた医療機器を通して見つめる時、必死に見つめている。小さな病巣一つ、わずかな可能性の一つを見落とさず、観測し続けている。それが、瞳だけでなく、その人の人生を変えることに繋がるからだ。

どんな小さな星も同じくらい眩しかった。

　ふと、耳元でプラスチック製の何かが落ちる音がした。慌てて胸ポケットを押さえたけれど、キラニャンのペンライトはそこにあった。では何が？　と丘本さんを見ると、闇の中で動いている。何かを探しているようだ。近づくと、音に気付いてこちらを見たのが分かった。

「レンズキャップが落ちちゃったみたいです」と地面を触っている。僕は反射的に胸にあったペンライトで足元を照らした。その瞬間、怒声が飛んできた。

「おい、邪魔だろうが。ふざけたことするな」

　オジサンが近づいてきた。僕らは立ち上がりオジサンを迎えた。

「すみません。レンズキャップが落ちちゃって」と彼女は謝った。僕もすぐにペンライトを消した。暗闇で表情は分からないが、険悪な雰囲気なのは分かった。

「今日は勝負の日なんだよ。邪魔するなら帰ってくれ。あんたたちは若いから分からないかも知れないけど、こんなにいい日は、もう俺には一生ないかも知れないんだ。だから邪魔するな」

　と言いながら、こともなげに地面に落ちていたレンズキャップを拾ってくれた。それを丘本さんに手渡すと、

「明かりなんてつけるから余計見えなくなるんだよ。レンズキャップは外した時に手に持ったままポケットに入れとけ」と言い捨てて、自分の機材の方へ帰っていった。文句の付けようのない見事なアドバイスだなと思ってしまった。彼女の言った通り、本当に夜間の撮影に精通した人だった。彼女は、

「あれは、私たちが悪かったね」と言って声を低めた。僕もいつもの短慮を見事にやってのけてしまった。その後は、しばらく僕らは関わることはなく撮影を続けた。

丘本さんはタイムラプス撮影というのをやりたいらしい。一定の時間間隔で連続した写真を撮影して高精度で時間の変化を記録することができるらしい。そのため、一度シャッターを押すと撮影が終わるまで他にやることは何もない。

「どれくらい待ってればいいんですか？」と訊ねると、

「う～ん、夜明けまでかなあ」と答えた。

冗談を言っている風ではなかった。だから、話し相手が欲しいと言ったのか。こんなふうに明かりをつけることさえできない場所で真夜中にいることになるのなら、僕一人では足りないのではないだろうか。

突然遠くから女性の叫び声のような悲痛な声が聞こえて、気味が悪かった。それを伝えると、

「きっと鹿《しか》の声ですよ。夜中になると聞こえるらしいですよ」と、彼女は言った。

鳴き声はどんどん増えていき、森は叫び声に溢れた。正直、もう一秒だってここにはいたくないと思った。

彼女が水筒から温かい紅茶を出して僕に差し出した。甘い。これがなければ帰る提案を始めるところだった。闇の中でも彼女が微笑んでいるのが分かった。

撮影を始めてから、一時間ほどした頃、急に冷え込んできた。

あたりはさらに暗くなり、星は光を増した。空が美しくなるのは心地よい気がしたけれど、周囲の不気味さもさらに増していき、鹿の気配や鳴き声も増えていった。本当にこんな場所に夜明けまでいることになるのだろうか。夜明けまであと何時間だろう。

丘本さんは平気なのだろうか、と考えていると、ドンと近くで何かが倒れる音がした。オジサンの方からだった。耳を澄ますと、ううう、とうめき声が聞こえる。

何かが起こった、と反射的に思った。僕は大声で呼びかけた。

「大丈夫ですか！」

だが応答はない。僕はすぐに彼の機材の方に近づいた。輪郭は次第に明らかになり、彼が地面に前のめりにうつ伏していることが分かった。

僕は彼の肩に触れて、もう一度呼びかけた。

「大丈夫ですか？　声が聞こえますか」

しばらく経って、

「ああ、大丈夫、大丈夫。フラッとして、よろめいたんだ」

と声がした。だが、声の調子や雰囲気からただ事ではないことが分かった。僕は胸のペンライトを取り出し光を当てた。頭部に打ち傷と切り傷がある。機材で頭を打ったのかも知れない。僕は彼の目に光を当てて、揺らした。

「見えますか」と訊ねた。彼は虚《うつ》ろな声で、

「ああ、見える。見えるけど……」と言葉がしばらく途切れた後、ペンライトの光を追いながら「何か変だ」と言った。

「どう変ですか?」

「ちょっと前から……、みたいなんだけど、なんだか見え方が変なんだ。急に気持ち悪くなった後だ。集中し過ぎているせいかと思ったけど、違う。どうやら、右目が見えないみたいだ。それで機材に躓いたんだ」

僕はそれを聞いて、片目ずつ光を隠しながら瞳孔を確認した。本当に見えていない。

「突然、見えなくなったんですか?」

「ああ。突然だ」

「徐々にではなく、突然?」

「ああ。ぷっつりと。あんた、お医者さんか何かか?」と彼は訊ねた。僕の心臓が大きな音を立てたのが分かった。落ち着くために、深呼吸をしてから、僕は答えた。

「視能訓練士です。目の検査技師のようなもので、眼科の医療従事者です」

「ああ、医療関係の人か、どうりで手際が良い……」と声が細く変わっている。僕は大声で丘本さんを呼んだ。彼女はすぐ近くにいた。

「丘本さん、この人すぐに運ばなければいけません。病院に行かないと。救急車呼んでください」

と叫んで伝えた。すると「分かりました!」と病院にいるときと同じ冷静なトーンの声が返ってきた。彼女はすぐにスマホを取り出した。彼女の顔が青白く照らされる。スマホを耳に当てては画面を見て、を繰り返している。そして、

「野宮さん。ここ電波ないです。救急車が呼べません」と言った。

半ば予測はしていたけれど、最悪の場所とタイミングだった。

「じゃあ、僕らで連れて行きます。一刻を争います」

僕らはオジサンを助け起こしながら立ち上がった。意識はあるが、力はなく体重が肩に掛かっている。重い。立ち上がりながら、

「さっき言いましたが、僕は視能訓練士の野宮恭一です。北見眼科医院に勤めています。こちらは看護師の丘本真衣さんです。あなたは？」

「出野《いでの》だ。出野一郎《いちろう》」と弱々しい声がする。ゆっくりと一歩一歩、歩き出した。遅い。僕の見立てが正しければ、彼が視力を失わないでいられるまでの時間はそんなに長くはない。僕は歩きながら質問を続けた。

「ご家族はいらっしゃいますか？」

「いない。いないよ。子どもは一人いるけど、遠くにいる。いないのも一緒だ……」

「年齢は？」

「六十。なったばかりだ。あんたうちの近くの眼科の人だったんだな」

「そうです。落ち着いて聞いて下さい。たぶんあなたは動脈閉塞《へいそく》を起こしています」

「動脈閉塞？　なんだそれは」

「僕も医師ではないので詳しいことは言えませんが、目の細かい血管が詰まって、目の中に血液が回らなくなっている状態です。出野さんくらいの年齢の男性に多いです。これから言うことを正確に聞いて、できる範囲でいいのでやってください。手は動きますか」

「動く。両手とも」

「良かった。じゃあ僕が左側に行きますから、瞼を閉じて、空いた方の手で目をマッサージしてください。歩きながらできる範囲でいいです。揉《も》み解《ほぐ》すように、ぐりぐりしながら」

彼は戸惑いながらも従ってくれた。

「これをやらなかったら、どうなるんだ?」

「やらないまま放置していると失明します」

「失明って」と彼が言った時、平地が終わり階段に差し掛かった。ここからが勝負だ。僕は彼女に声をかけた。

「僕が彼を支えていきますので、足元を照らしてください」

「分かりました」と彼女はポケットから懐中電灯を取り出して、ライトのキャップを外した。どうやら通常の白色の明かりへの変換もできるようだ。彼女が足元を照らしながら数歩進んだところで、またライトが点滅し始めた。電池が切れかけているのだ。僕らは立ち止まった。

「明かり大丈夫そうですか?」

「う~ん、駄目みたいですね。もう電池が切れそうです。すみません、こんなときに」

「予備のライトとかありますか?」

「それがないんですよ。赤いのしか持って来ないつもりだったから、これ一本だけで。スマホも電池がヤバいです」

僕も自分のスマホを見た。充電を気にせず持ち歩いていたので、切れかけている。いま通信手段を失うわけにはいかない。彼女は、

「出野さんは明かりになるもの持っていますか？」

と訊ねた。けれども「ない」と小さな声で帰ってきた。たぶん機材と一緒に置いてきたのだ。そのときには明かりが消えて、周囲は完全な闇に包まれた。突然、風が吹いて木々がざわめいた。このままじっとしていれば、方角さえ見失ってしまいそうだった。天上も大樹に覆われて星も見えない。

仕方がない。

彼には時間がないのだ。もし彼が動脈閉塞を起こしていれば、緊急事態だ。長くても二時間以内に治療をしなければ視力の回復は見込めない。彼の目の毛細血管はいま何らかの理由で、詰まり、活動を停止している。目の細胞への血液の供給が止まり、酸素は届いていない。細胞が酸素なしで活動できる時間はそう長くはない。一時間……、最低でも二時間以内に酸素を供給できなければ、細胞は死に始めてしまう。痛みも頭痛もないはずだが、彼はいま紛《まぎ》れもなく失明の危機に瀕している。あとどれくらい時間が残されているかも分からない。一秒も無駄にはできない。

僕は丘本さんに、

「すみません。僕の胸ポケットからペンライトを抜いて、それで周りを照らしてもらえますか？」と訊ねた。

「でもあれじゃあ、足元を照らせるほど明るくはならないんじゃ……」不安そうな声だった。

「分かっています。でも何もないよりマシです。その明かりで、彼を車まで連れていくしかありません。僕も慎重に行きます。誘導をお願いします」

彼女は息を飲み込み、僕の胸あたりを手で探り、ペンライトを掴んだ。どうか落とさないでくれと願う。ペンライトは引き抜かれ、カチッという聞き慣れた音と共に、僕らの周囲が照らされた。

思いのほか明るい。これならなんとか降りることができそうだ。

ペン軸の先からだけでなく、キラニャンの瞳から漏れる光で、行き先まで見える。

僕らは、キラニャンに救われていた。

もし雲母さんが、漫画を描かなければ僕らはここで立ち往生していたかも知れない。彼女の顔が脳裏に浮かんだ。広瀬先輩にも話さなければ……。ついでに、このことも剛田さんに伝えなければならない。彼の豪快に笑う姿が、脳裏の雲母さんの面影《おもかげ》に寄り添った。

僕は身体中の力を振り絞り、ぐったりと身体を預けた出野さんを抱えて歩いた。寒々とした空気の中で、汗が噴《ふ》き出《だ》していた。

一歩、また一歩と丁寧に階段を降りていく。膝を曲げたまま伸ばすことができない。力を緩めることのできない足が次第に震えてくる。だんだん重くなるスクワットみたいな感じだった。僕は歯を食いしばって歩いていく。腰も痛い。こんなことならもっと、剛田さんとジムに行くべきだった。彼なら片手で出野さんを担げただろう。

ふいに出野さんが「ほんとすまないな」と呟いた。彼もなんとか踏ん張ろうとしているが、思うように力が入らないみたいだった。僕は彼の言葉には答えず、歩くことに集中した。人生で最も長い階段だった。

キラニャンの灯す明かりだけを見て、歩き続けた。

やっとの思いで駐車場までやってきた。ハスラーの前まで、汗だくになって歩いてくると彼女が素《す》っ頓狂《とんきょう》な声を上げた。

「野宮さん、まずいです。ここでも電波届きません！　しかも、私の車、機材が載り過ぎていて三人乗れないです」

そうだった。彼女の車は後部座席まで撮影機材で埋められていたのだ。万事休すと思った瞬間に、

「俺の車がある」と出野さんがポケットから車のキーを出した。

僕はそれを彼女に渡すと、彼女は走ってバンの方まで行った。エンジンはすぐにかかり、僕らの元までやってきた。スライドドアを開けると、出野さんは少し回復しているのか、後部座席に自分で乗り込んで深く腰を下ろした。僕は彼の横に座った。

「出してください」と声をかけると勢いよく坂を下り始めた。

スマホは相変わらず繋がらない。

「野宮さん、走らせたのはいいんですが、どこに向かえばいいですか。病院の場所とか分かります？　たぶんこの辺にはないと思いますが」

僕もそう考えていた。こんな山奥には総合病院もなければ、建物すらない。民家も来る途中では見当たらなかった。電話を借りることもできない。思いつく場所は一つだけだった。

「病院は見つかりそうにないから、とりあえず北見先生たちがいるグランピング施設を目指しましょう。少なくとも、あそこには医師がいます。救急車も呼べるはずです」

言いながら、もうその手しかないと思うようになった。

「了解しました。じゃあ、なるべく急ぎますから、しっかり摑まっていてください」

と彼女は言ってアクセルを踏んだ。僕は自分の分のシートベルトと出野さんのシートベルトを確認した。その後、僕がスマートフォンを祈るような気持ちで眺めていると、

「あんたたち、本当にすまないな。俺みたいなののために……」

と彼が弱々しく言った。何か話した方がいいのだろうか、それとも黙っていた方がいいのか、まったく分からなかった。僕は、

「気分はよくなりましたか」と訊ねた。すると、

「さっきよりはずっといい。でも、右目は見えないよ。俺はそんなに悪いのか。死ぬのか」と訊ねた。

「それは分かりません。でも少なくとも、一秒でも早く病院に行かなければ、失明してしまうはずです」

「こんなに急に見えなくなるのか」

「ええ、急になります。急すぎて見えなくなったことに気付かないこともあるほどです」

僕は彼の網膜の様子を想像した。

通常、網膜に光を当てて観察した場合、全体が赤く見える。当然、この赤は血管を流れる血液が透けて見えた赤で健康な状態だ。だが、彼のように何らかの理由によって血管が詰まってしまい網膜に血液が供給されなくなると、全体が白っぽく見える。その一方で、中心付近の一点だけはその付近の血管から栄養や酸素を補給されて壊死《えし》には至らず機能する。すると、その箇所だけが赤く見える。

真っ白な皿の上に、たった一粒だけサクランボが載っているような画像だ。

それを、チェリーレッドスポットという。

これは動脈閉塞に特徴的な状態で、これが確認できた時は眼科では緊急事態だ。一刻も早く治療を開始しなければならない。

「あんな一瞬で、どんな病気なのか分かるんだな。あんた達、なんて言ったっけ視能訓練士か。すごいんだな」

声がかすれていた。

「いえ、はっきりしたことは検査してみないと分かりません。それに僕らは医師ではないので、診断もできません。ただその可能性があるということで、急いでいます。あんな状態で放っておけないでしょ」

そう言うとしばらく沈黙が続き、車が揺れる音だけが響いた。車内には無数の生活雑貨がひしめき合い、音を立てていた。車上生活をずいぶん長く続けていることがうかがわれた。あんなに大きく立派な家があるのに帰らなかったのだろうか。

この人は何があってこんな生活をしているのだろう、と思わずにいられなかった。

「俺はさ、最高の一枚が撮りたかったんだよ」

「最高の一枚、ですか」

「ああ、これまでの人生、いろんなことがあったけど、その嫌なことも全部忘れてしまえるくらいの最高の一枚が撮りたかったんだ。そうすれば、胸を張って死ねると思ったんだよ」

「死ねるって……」

彼が肩を震わせているのが分かった。

「俺はさ、ずっと大きな会社で働いてきたんだよ。今じゃそうは見えないかも知れないけれど、大企業の研究者だったんだ。就職と同時に子どもができたんで、必死で働いてきた。家にも帰らず、朝も昼も夜も身を粉にして、人生を会社に捧《ささ》げてきた。そのおかげで、子どもを大学に入れてやることができたし、大きな家も買った。でもさ、そんな人生には疲れちまって、仕事を早めに辞めたくなったんだよ。五年前の話だ。もういいだろうって思って、うちの母ちゃんとも話した。母ちゃんとしっかり話したのだって、結婚するとき以来だった。……すまない、運転席にある水筒を取ってもらえるか」

僕は丘本さんから手渡された小型の水筒を手に取り、渡した。アルミ製の年季の入った傷だらけの水筒だった。彼は喉を鳴らして、中の液体を飲み干した。

「それでさ、母ちゃんと一緒に日本中撮影旅行でもしようって、この車を買ったんだよ。そしたら、納車された日に脳梗塞《こうそく》で倒れてあっという間に葬式だよ。俺は、俺はさ。何のために働いて生きてきたんだろうな。あいつのことも、息子のこともろくに知りやしねえままだよ。俺に残ったのは、趣味で集めてた撮影機材だけ。鳥の写真や空の写真ばっかりだ。人のことなんて全く見てなくて、家族の写真だってほとんどない。だからさ、俺は最高の一枚を撮りたかったんだよ」

僕らは彼の一人語りをずっと聞いていた。かける言葉もない悲惨な状況だ。いま彼はその写真を撮るための目さえ奪われそうになっているのだ。荒れ果てた家の姿が鮮明に蘇った。

「それで、ブルーバードの前のあのお家《うち》には帰らなかったのですね」

と訊ねると「そうだ」と答えた。

「あの家にいると、あそこであいつが死んだって思うと、どうしても帰れなかった。ブルーバードの三井さんにもご近所さんにも悪いと思って、時々帰って家の周りを掃除したりはしたけど、だんだんと足が遠のく。俺は誰からも責められているような気がして……」

それがあの不躾《ぶしつけ》な態度と冷たい視線だったのか……。スマホはまだ繋がらない。次の言葉を探し、彼の様子をうかがっていると、丘本さんが口を開いた。

「あの……、つかぬことをお伺いしますが、ブルーバードに置いてある芸術作品のようなルリビタキの、青い鳥の写真は出野さんが撮ったものですか」

彼は顔を上げた。

「知ってるのか。そうだよ。あれは俺が昔、家の近くで撮った写真だよ。マスターはご近所さんで、当時は町内会長をしてててな。世話になってるからプレゼントしたんだ」

それを聞くと彼女は「うおお！」と声を上げた。僕らの方がびっくりした。

「出野さん、いえ師匠！　どうか私を写真の弟子にしてくれませんか？　私、どうやったらあんなすごい写真が撮れるのか、ずっと研究していたんです」

「弟子ってあんた……。あんたは俺みたいにカメラ馬鹿《ばか》なのか？」

と訊ねて、僕を見た。僕はしぶしぶ頷いた。

「まあ、そうだろうな。そうじゃなきゃあんな場所に、こんな日に写真撮りに来ねえよな。いや、看護師さん。俺が教えることなんて何もないよ。その熱意さえあればどうにでもなる。それにな、俺は最高の一枚をまだ撮ってねえんだよ。だから人に教えることなんて何もない。俺は何もかも間違ってきたんだよ」

そう言った直後、スマホのアンテナが一本だけ立った。

今なら電話がかけられる。僕はすかさず、救急に電話をかけた。事情を説明し、もうすぐ到着するはずのグランピング施設の場所を伝えた。伝えた直後に、電話は切れてまたアンテナの表示も消えた。

「まだまだ話したいことはあるけど、いよいよ着きますよ！」

と彼女が言った。僕らはこぢんまりとした施設の明かりを、今夜見たどんな光よりも眩しく見つめていた。車を停めると、僕は丘本さんに指示を出した。

「丘本さん！　走ってください。走って北見先生を呼んで来てください」

「了解！　行ってきます」と彼女は運転席を降りて駆け出していった。

彼女の足音が遠ざかると出野さんは、

「あのお嬢ちゃん、弟子入りがどうのって本気かな」

と呟いた。僕は、

「本気だと思いますけど、真面目に受け取らないでください」と注意した。彼女が弟子入りしたら、僕も巻き込まれそうな気がした。

「そうだよな。あの子、俺みたいになっちゃいけないよな」

と彼はもう一度呟いた。ぐったりと背もたれに身体を預けてだるそうにしていた。僕は、

「横になってください」と伝えて、シートを倒して介助しベルトも外した。もっと早くこうすれば良かったけれど、気が付かなかった。

しばらくすると、小走りで北見先生がやってきた。僕は車内灯をつけて場所を移動しながら、状況を説明した。先輩と剛田さんは酔い潰れているらしい。

「よく頑張りましたね。私は医師の北見治五郎《じごろう》です。気分はどうですか」と言いながら彼の様子を手早く確認している。僕は帰ってきた丘本さんからペンライトを受け取り、先生に手渡した。先生は症状を聞き出しながら、目に光を当てた。

「先生、俺は見えなくなるんですか？」不安そうな声が漏れた。

「それは分かりませんね。いま救急車が向かっていると思います。本格的な治療は病院に着いてからです。ですが、こんな山奥なんでもう少し時間がかかるでしょう。応急処置をしますね」

先生は穏やかな声で伝えると、目を閉じるように指示して両手で目を数秒圧迫して離した。その後、「どうですか」とさらに優しく語りかけた。

出野さんは、数秒間放心していたが身体を起こし、目を見開いて北見先生を見つめた。そして、左目をつぶり、信じられないというように口を開けた。

「どうですか」ともう一度、先生が訊ねると、

「先生、見えます。信じられません。はっきり見えます。前の通りです」

と言った。先生は破顔した。

「良かった。まだ寝ててください。これから病院に行って検査してもらいましょう。ほっとしました。一応はこれで大丈夫です。そのまま休んでいてくださいね」

そう言った後は、車を降りてきた。僕らも唖然《あぜん》としていた。

「先生どういうことですか?」と訊ねると、

「押さえ方にコツがあるんだよ。こうやって押さえて離して、ぱっとやると治る時もあるんだ。圧迫して急に離すと血管の圧が上がるから、詰まっているものが取れる時がある。でも危ないから医師がやらないと駄目だよ」

と病院にいるときと同じように説明してくれた。

「出野さんは君たちがいてラッキーだったよ。見えないまま一晩放っておくと次の日には駄目になっていることがある。野宮君、いい見立てだったね。おっ、救急車が来たみたいだよ」と僕らの後方を指差した。

僕と丘本さんは顔を見合わせた。熟年の医師の本物の技術を見た瞬間だった。知識と経験だけで何の道具も使わず治療してしまった。出野さんが車から出て、担架で運ばれるとき、彼は僕を呼び止めて、

「野宮さん、ありがとうな」と言った。

「お大事に」と僕は言った。彼はしっかりと頷いた。きちんとこちらが見えているようだった。そのとき、星が見えた、と思った。そう思ったのは、彼の瞳がこれまでで一番穏やかに輝いていたからだ。

彼はずっと誰かに助けてほしかったのかも知れない。彼が見えなくなる前に、

「師匠！　機材片付けときますね～」と彼女が言い、彼は「頼むよ」と手を振って車に乗せられた。救急車はすぐに発進し、見えなくなった。

「それじゃあ、今から片付けに行きますか。車も取りに行かなきゃいけないし」

と彼女が言った。

「明日じゃ駄目ですか？」と訊ねたけれど、彼女は首を振って答えた。出野さんの荷物を含めると、僕はあと何回、あの階段を往復しなければならないのだろう。

ため息を吐く前に、彼女に引っ張られ車に乗せられた。

「さて、楽しい天体観測の始まりですね」

と彼女は言った。僕は「頑張りましょう」と言って力なく笑った。

それでも、今夜あの場所に行くことができて良かった、と思っていた。

流れ星が空に一線、煌《きら》めいた。その星を僕らは受け止めたような気がしていた。


数日後、出野さんが北見眼科医院にやってきた。夕方の終わりの時間にやってきて、

「先生と野宮さんと丘本さんにどうしてもお礼を申し上げたくて」

と言っているとのことで、剛田さんに呼ばれた。

三人で待合室に行ってみると、短い小径《しょうけい》のカメラを片手に持った見たこともない紳士が立っていた。磨きぬかれた革靴をはいて、光沢のあるスーツを着ていた。

無精髭《ぶしょうひげ》をそり、身なりを整えて立っていると、まるで別人のようだった。カメラを持っていなければ、山で会った人物と同じだとは思えなかった。

「その節は……」と挨拶を始めた時も、その丁寧な物腰からそっくりさんではないかと疑ってしまうほどだった。

彼の話ではあのあと、病院で数日検査してもらい、とりあえずは問題なく出て来られたとのことだった。お礼にと、なかなかの厚さの札束《さつたば》を包んで持って来られたけれど、北見先生は丁重に断った。

「それじゃあ、こちらの気がすみません。何かおっしゃっていただけませんか。できることならなんでもします」

と言われたけれど、僕らはそんなつもりで助けたわけではないからとお断りした。だが彼の方も引くこともなく、押し問答が続いて、ついに丘本さんが、

「じゃあ、私に写真の技術を教えてください！」

と言い出して、決着がついた。先生は笑っていた。

「では、ここではなんだから、そこのブルーバードで。マスターの三井さんとも久しぶりに話がしたいし、ゆっくりできるから」

と提案されて、僕らは乗ることにした。ちょうど、終業の時間になり、ブルーバードで待ち合わせをすることになった。丘本さんは、例のごとく僕を引っ張り出して弾むような足どりでブルーバードに向かった。

店内に入る前に、夕闇《ゆうやみ》の中で向かいの出野さんの家を確認すると雑草は生い茂ったままだったけれど、道路にまで溢れていた枯れ葉は綺麗に片付けられていた。道は広くなり、車線はしっかりと見える。家には明かりが灯り、やっと人の気配を感じた。

カウベルを鳴らして店内に入ると、カウンターには麻木さん親子がいて、夕美さんが出野さんの方を向いて何度も頭を下げていた。カウンターの彼の手元にはさっき持っていたカメラが置いてあった。

また何か問題が起こったのかと思い、慌てて近づくと、

「あっ、野宮さん」と穏やかな声で出野さんと夕美さんが声をかけてくれた。声は柔らかい。彼は間接照明の光に目を細めて嬉しそうにこちらを見ていた。

「何かあったんですか?」

と声をかけると、マスターの三井さんが説明してくれた。

「実はお二人を待っている間に、出野さんと夕美さんがカウンターでご一緒されまして、おめでたい話が決まったんです」

「おめでたい話?」僕は訳が分からず二人を見た。夕美さんは涙ぐんでいる。三井さんは話を続けた。

「実は先日、夕美さんが見つけていたお店用の物件なのですが、あと少しで契約というところで不動産屋さんが家主さんの意向で値上げをすると言い出したみたいなのです。それで、どうしようもなくなって弱り果てているという話をしていたら、そこに出野さんが来られて、それなら空き家になっている自分の家を使ってくれませんか、と言ってくださったんですよ」

僕は驚いて思わず声を上げた。

「だって、あれ、すごい広くて立派なお家ですよね」

出野さんは首を振った。

「住む者もいない散らかった、ただの空き家ですよ。どう処分しようかと迷っていたくらいで。使っていただけて、地域のためになるのならその方がいい。それに、先日、入院した折、息子とやっと連絡が取れて、息子夫婦と二世帯住宅で一緒に暮らすことになったんですよ。だからあれは無用のもの。麻木さん、好きなように使ってください」

と彼女の方に向きなおった。三井さんも僕を見て頷いた。

ハンバーグを頬張っていた灯ちゃんが、

「ねえ、ママ。じゃあ灯は引っ越ししなくていいってこと？　また眼科に訓練に行ける？」

と訊ねた。夕美さんは目元にハンカチを当てながら、

「大丈夫よ。また野宮さんのところで訓練ができるよ。灯、よかったね」

と頭を撫でた。彼女は飛び上がり、フォークを置いて、僕のところまで駆けてきた。僕は立ちあがり彼女を抱き止めた。

「走ると転んじゃうよ」と言うと、

「前より見えるから転ばないよ」と言われた。僕はその言葉が何よりも嬉しかった。出野さんは大きく息を吐き、陽の光を浴びているときのように目を閉じた。

僕も彼にお礼を言って頭を下げた。

「ありがとうございます。これで、僕も灯ちゃんの訓練を、また受け持つことができます」

彼は小さく頷いた後、首を振った。

「いいや。お礼を言うのはこっちだよ。それに困った時は助け合いでしょ。そういうことも野宮さんたちに教えてもらったんだよ。あんただって、見ず知らずのオヤジを必死になって助けてくれた。だからいま俺はここにいられるんだ。そう思うよ。ほんとにありがとう」

と元のぶっきらぼうな口調に戻って言った。僕は彼の言葉に微笑んだ。そのとき夕美さんが

僕に近づいて、灯ちゃんを抱き上げた。灯ちゃんは嬉しそうに抱き着き、彼女が手に握っていたハンカチを奪い取ると、涙を拭いた。そして、

「ママ良かったね。みんな、ママを助けてくれるね」

と言った。夕美さんの瞳からまた涙が溢れてきた。間接照明に照らされて彼女の頬に宝石のような大粒の涙が光っていた。巨大な夕陽が瞳に宿っているようだった。

そのとき出野さんが立ち上がった。何かに憑《つ》かれたようにそっと立ち上がり、自然にカメラを構えて、無造作にシャッターを切った。店内にシャッター音が響いた。

二人は驚いて彼を見た。その後すぐに彼は我に返り「すみません」と謝りながらも、

「でも、人生で最高の一枚だったから」

と言った。彼の目にも涙が溢れていた。その表情を見て、夕美さんは微笑んだ。

「いいえ、ありがとうございます」とまた彼女はお礼を言った。

出野さんはその日、誰よりも幸せそうに、微笑んでいた。

それから、

「本当に、良かった」

と震える声で言った。

第5話

11ミリのふたつ星

「さあ、今日はもうこれでおしまいだよ。よく頑張ったね」と灯ちゃんに訓練の終了を告げても、パイプ椅子から下りて駆けていくことはなくなった。

「いや、もうちょっとビーズをする」と訓練用に始めたビーズ遊びに熱中して続けている。訓練を始めた頃からは考えられないような変化だ。

『訓練』という概念が正確に飲み込めているわけではないとは思うのだけれど、彼女にとって眼科の病院は嫌な場所ではなくなったようだった。

「でもね、ママが待ってるよ。灯ちゃんが作ったビーズのブレスレット、とても上手だから見せに行こうよ」と説得してやっと席を立った。

待合室では、すでに夕美さんが起きて待っていた。最近は居眠りをしていることは少なくなってきた。顔色もいい。灯ちゃんを送り出すと、彼女は、

「今日はこれ作ったよ～！」とカラフルなブレスレットを夕美さんの手にはめた。彼女は嬉しそうに灯ちゃんの頭を撫でた。

「今年の訓練はこれで終わりです。年の瀬まで、本当にお疲れ様でした」と伝えると、

「こちらこそ、お世話になりました。眼科の皆さんもこれからお休みですか」

と訊ねられた。そう、この訓練が終われば僕らは少し早めの冬休みだ。

今年は暦《こよみ》の関係で、年末・年始の休みが少し短い。それならばと、休日出勤が多かったことを労《ねぎら》うということで北見先生が早めに冬休みをくれたのだ。実は今日は土曜日ではない。最近は訓練室に連れて行きさえすれば集中して訓練をしてくれるようになったので、夕美さんの空いた時間の平日に訓練を行っている。今日は、今年の診療の最終日で夕方、彼女たちが最後の来院者だった。

これで今年の仕事が終わる、と思うとなんだか嬉しかった。

「ええ、僕たちもこれから冬休みです。来年は開店準備もあって、お仕事大変だとは思いますが、僕たちも頑張りますので、よろしくお願いします」と頭を下げた。彼女も同じように挨拶してくれて、業務が終わった。

玄関まで彼女たちを見送った時、灯ちゃんは小さな段差で突然ジャンプした。病院で暴れられるのは困るけれど、小さな段差が見えているのかも知れないと思い嬉しくもなった。彼女の四歳が終わろうとしていた。

僕は間に合ったのだろうか。

まだ答えは出なかった。だが、無駄ではなかったのではないかと思えた。

出会った頃よりも、二人の笑顔は増えた。しかめっ面をして世界を見ていた灯ちゃんはもういない。それだけでも、これまで感じたことのない喜びを感じていた。

冬の空に呼気がゆっくりとのぼって行った。

「で、恭一はちゃんと、職場で役に立っているのか」と冗談でもなさそうに父が訊ねた。

隣にいる母も心配そうだ。

こんな空気になるから、実家に帰って来たくなかったのだ。

「大丈夫だよ。今年はとくに、よく働いているよ」と言っても信じてくれない。

いつの間にか、自然に両親に対して構えてから接してしまう癖がついてしまった。それが、ただただめんどくさい。それでも去年は帰って来なかったので、今年くらいは、と説得されてここにいる。家でキラニャンを観て年越ししても良かったのにと思ったりもした。

だがそれでも、年末に僕が帰ってくるということで、親族が集まることになったらしい。地方の大学に進学した妹も帰省するようだ。

僕らは彼女を待って、外食に出掛けようとしていた。

父雄一《ゆういち》の妹である叔母の綾子《あやこ》さんと、従弟の大輔《だいすけ》も家に来ていた。

僕は大輔の目の周りに作ったパンダのような大きな痣《あざ》を見ながら、二人の話を聞いていた。当の本人はずっとスマホをいじってゲームをしている。この年頃の子どもならこんなものかも知れない。彼は高校一年生だ。

「俺たちは、お前がちゃんと仕事ができているのか心配しているんだ。お前は人一倍不器用だし、最近はろくに帰ってこないし……」と学生時代にも聞いたことがあるような話を始めたので、今やっている検査や訓練の説明を始めようかと思ったけれど、二人の顔を見ているとそんな気にはなれなくなった。子どもを心配する親を最近は何度も目にしているからだ。

僕はただ「問題ないよ。たくさん覚えて、ゆっくり正確にやれば、誰でもできる仕事だからね」と穏やかに言った。完璧にそうだとはいえないところもあるけれど、間違いではない。

何より彼らに、複雑な機械の説明は難しい。

二人は僕が反論してくると思っていたのか、予想外の言葉に目を見開いた。そのあと顔を見合わせて、

「分かっているかと思うけれど、注意深くやるんだぞ、急いだり慌てたりせずな。ゆっくり急げ」と口癖《くちぐせ》のように言い続けられてきた台詞を口にした。僕は話題を変えるために傍で茶菓子を食べていた叔母さんに話しかけた。

「叔母さん、大輔なんであんなパンダみたいな怪我してるの?」

彼女はハッとしたように顔を上げた。食べることに集中していたらしい。ふくよかで優しい気質の叔母は僕と同じで、ゆっくりと不器用に生きているようなところがあった。

そして、なぜだか、叔母は昔から実家である我が家の和室で茶菓子を食べるのが好きだった。お菓子は何でもいいらしく、しばしば帰ってきては母と話し込んでいた。母と叔母は義理の姉妹ということになるのだが、昔から仲が良く、そのせいで従弟の大輔も僕と顔を合わせる機会が多かった。従弟というよりも兄弟のような感覚だ。

僕が大学の三年生の時に叔母は、叔父さんと別居した。とはいっても、何か問題が起きたわ

けではなく、叔父の海外赴任が決まり、数年家を留守にすることになったのだ。今年は年末年始をずらして帰ってくるということで、二人だけが家に来ている。叔父の単身赴任の頃から、叔母はさらに家に出入りするようになった。同じ頃、僕は地方の大学に行っていたので、たまに帰ってくる程度だったけれど、帰ればいつも叔母がいた。彼女と大輔が家にいるのは日常の景色だった。

「ああ、あれね~。なんていったかしら、高校の体育の授業でソフトボールをしていたときに、高く上がったボール……、あれなんていうんだっけ。フライ？　あれが捕れなかったんだって」

「へえ、でも大輔は野球部でしょ？　運動神経だっていいのに」

と僕が言うと、話を聞いていた大輔がゲームをしながら、

「元、だよ。もう野球部はやめたんだ」とふてくされたように言った。

「え？　そうなの？　なんで」と訊いても答えてくれない。代わりに、

「ボールと太陽がちょうど重なって見えなかったんだよ。俺だって恭一兄ちゃんみたいに失敗することだってあるよ」

と突っぱねた。僕みたいにと言われるのには釈然としなかったけれど、言い返すことはできない。自慢じゃないが僕はフライを一度も捕れたことはない。動いてくるものとタイミングを合わせるような動作は基本的に苦手なので、彼の物言いが懐かしくもあった。ずいぶんゲームに熱中しているようで画面との距離が近い。

「おい、大輔。あんまり画面に近づいてゲームしていると、目が悪くなるぞ」

と父が注意した。すると大輔は少しだけスマホから顔を離した。長時間あの姿勢でゲームをしていたら本当に悪くなってしまうから、父の小言もたまには役に立つなと思った。

それにしても僕が帰って来てから数時間、あの調子だ。

「大輔は、一日どれくらいゲームをしているの」

と叔母さんに訊ねた。すると、

「分からないのよ。二時間くらいって言っているけど、たぶん嘘よね。成績が下がったらスマホを取り上げるからねって、言っているんだけど、成績は悪くないのよ。ゲームから離させる口実がなくて」

と言った。それを聞いた大輔はこちらを見ずに、

「約束は守ってるからいいだろ。いまどきスマホ持ってない高校生とかいないよ」

と言った。そうかも知れないけれど、限度というものもある。人間の目はそんなに近くを見続けられない。眼科的な説明を行おうと思った矢先、

「遅れてごめん！　バスが渋滞に巻き込まれちゃって。やっと帰って来たよ〜」

と妹の希美《のぞみ》がやってきた。少し見ない間に大人っぽくなって、別人のようだ。僕を見ると、

「あっ、お兄ちゃんだ。お小遣い頂戴《ちょうだい》！」

と両手を差し出された。いや、何も変わっていないのかも知れない。昔から妹は、僕に無理難題をふっかけてからかう癖がある。僕は苦笑いして、妹の手にタッチした。

「希美、久しぶりに会ったお兄ちゃんにその態度はないぞ。それに、お年玉にはまだ少し早い」

と言うと、頬を膨らませた。それから、急に瞳を輝かせた。

「あっ、キラニャンだ！　お兄ちゃんも好きなの？　雲母先生の絵って可愛いよね」

「そうだね。キラニャンいいよね。最近はいつも着けてる」

「え？　そんなに好きなの？　それはちょっと引くかも……」と身体をのけぞらせた。

僕は事情を説明するのも面倒なので、

「キラニャンがいないと、僕の仕事は成り立たないんだよ」と言った。彼女は意味が分からないという顔をして、両親の方へ行ってしまった。

すると大輔はスマホから身体を離して、むくっと起き上がった。前よりも背が伸びている。僕より少し高いくらいだろうか。野球を続けていればいい選手になれたかも知れない。

「大輔、どうした？」と訊くと、

「兄ちゃん、もしかして本当にお小遣いくれるの？」

と訊いた。彼は僕を兄ちゃんと呼ぶ。僕は少し迷ったが、社会人になった従兄の大人の威厳《いげん》を見せる時かも知れないと思い、

「叔母さんの言うことをよく聞いて、スマホの時間を減らすのならあげてもいい」

と言うと「じゃあ、いいや」と、また寝そべってゲームを始めた。両親も苦笑いしていた。

「じゃあ、晩飯食べに行くか」

と父が立ち上がり、僕らは家を出た。誰かと食事をするのは社員旅行のとき以来だ。

出がけに父が、

「恭一、お前が運転するか」と迷いながら訊ねた。キーを遠慮がちに、こちらに差し出している。

「いいよ」と言って、鍵を受け取ろうとしたけれど、渡す直前で、

「やっぱいいや」と言って、自分が運転席に乗り込んだ。父にしては曖昧な態度だった。僕は釈然としないまま、助手席に乗り込み、

「お酒飲んじゃったら、帰りには僕が運転するよ」

と伝えた。父は何も言わずに、車を発進させた。

ショッパーズモールの中にある中華料理屋に行くと、父は機嫌がよくなってビールと小エビの唐揚げを頼んだ。僕らはそれぞれ好きなものをオーダーして、皆で分けた。六人で行ったはずなのに、十人分は頼み、全員がお腹いっぱいになった。十人分も頼むことになったのは、食べ盛りの大輔がいたからだ。

僕も覚えがあるけれど、彼くらいの年齢のときには何かの病気のようにお腹が空き続ける。どれだけ食べても太らないし、食べてしばらくするとまたお腹が空く。胃袋を五つくらい身体に抱えているような感覚だ。

父は大輔の食べっぷりを見て満足そうに、ビールをジョッキで三杯飲んだ。

「おい大輔。将来は、何になりたいんだ？」

と訊いた。彼は口いっぱいに食べ物を頬張りながら「分からない」と答えた。そして、

「恭一が眼科の何だっけ、あれになりたいって言った時は苦労したな、母さん」

と母に呼びかけた。

「視能検査技師だっけ」と母が言ったので、僕と妹が、

「視能訓練士だよ」と同時に訂正した。妹だけが覚えていた。父は小エビの唐揚げを摘まみながらもう一口ビールに口を付けた。

「人一倍、不器用な恭一が検査技師になるなんて、自分にとっても世の中にとってもよくないだろうと思っていたけれど、ちゃんとなっちまったもんな。どこの病院も雇ってくれなくて、大学で国家資格まで取ったのに就職浪人かと思っていたら、最後はちゃんと勤め始めて顔つきも社会人らしくなった。不思議なもんだな」

としみじみと話している。すると、妹が、

「ほんと、残念イケメンだったのにね」

と唐揚げを頬張りながら言った。その呼び方も懐かしいなと思った。

いつも見掛け倒しだと言われてきたけれど、最近はそんなことを言われることもなくなった。家族と離れて暮らしているからだろうか。なんだかここに座っていると、よく知っている別の人間に乗り移って食事をしているような気持ちになった。彼らの中では、僕は高校時代の

ままなのだ。

彼らと話していると、不思議と仕事のことばかりを思い出した。なんとなくスマホを見ると、剛田さんから連絡が入っていて「ジムに行こうぜ」と書いてあった。僕は笑ってしまった。年末も鍛えているのか。僕が慌てて断りのメールを打っていると、丘本さんからも画像が飛んできた。

先日夜に銀河をタイムラプス撮影した動画だった。スマホの画面で見ていてもとんでもない迫力で、撮影が成功したと書いてあった。「良かったですね。おめでとうございます」と送ると、「今夜、めちゃくちゃ天気がいいです。今からまた撮影に行きませんか」と誘われた。あんな大変な目にあったばかりなのに、懲《こ》りないなと感心してしまった。帰省中だと説明して断りを入れ、やっとスマホから目を離せると思った時に、広瀬先輩から画像付きのメールが来た。珍しいなと思って開いてみると、

「キラニャンのペンライトもう一本見つけたよ。予備買っとく？」と書いてあった。

僕は、素早く「ぜひお願いします！　助かります」と返した。

毎日外に持ち出して使ってきたので、実はかなり傷んできたのだ。このペンライトがあったお陰で、本当に一年を乗り切れたような気もする。彼女の言った通り、胸に差して持ち歩くことが正解だった。最初に手渡されていつも着けていろと言われた時、何の意味があるんだろうと思って訊ねた。

「意味は後で分かるから。きっと私に感謝することになるよ」と言っていた。

本当にその通りだった。僕はお礼を打ってからスマホをポケットにしまった。それを見ていた大輔が、

「彼女からのメール？」と僕に訊いた。視線が一気に僕に集まった。とくに母の目が真剣だ。父も箸で持っていた回鍋肉《ホイコーロー》を落とした。僕は、

「いや違うよ。職場の人達からたくさんメールが来てたんだよ」

と説明した。すると大輔は、

「それって休みの日までメールが来て、うざくない？」とさらに訊いてきた。そんなことは考えたこともなかった。

「全然そんなことないよ。職場の人たちとよく遊びに行くからね」

と返すと、両親は不思議そうな顔をした。それからしばらくして、

「職場の人達、本当に良い人達なんだな」

と父がぽつりと言った。

「お陰さまで仕事ができているよ。現場はチームで動いているからね。仕事も面白いよ」

と言うと「そうか」とだけ言って、微笑んでいた。母も何も言わずに微笑んでいた。

なんだかしんみりとした空気になり、全員が口をつぐんでいると、食事を続けていた大輔が出し抜けに、

「小エビの唐揚げもらえる？」

と指差した。父は「おお」とおどけてみせて、手元にあった皿を大輔に差し出した。彼は皿

の上にあった小エビを一つ箸で摘まもうとした。だが、エビは上手く取れない。父が手元を揺らしたのだろう。僕は皿を受け取って、大輔の近くに持って来て置いた。彼はお礼を言ってまた小エビに箸を伸ばした。また摘まみあげることができない。

「おいおい、大輔も恭一みたいになっちゃったか」と父が冗談を言っていたけれど、彼は不機嫌そうだった。何度か挑戦した後、小エビに箸を突き立てて取り上げた。その後は、無言で食べ続けている。

「慌てて食べ過ぎだよ。ゆっくり食べたらいいよ」と僕が言っても視線を上げなかった。気難しい年頃なんだろう。僕もこの年頃の時は、両親とほとんど口を利かなかった。自分が誰でどんな人間か分からないのに、どうやって人と話せばいいかなんて分からない。でも分かるためには話さなければならない。何もかもが不器用にできている季節だ。

僕はそれが終わったのかも知れない、と思った。

小エビの唐揚げと天津飯を食べると、大輔の食事が終わり、父の晩酌《ばんしゃく》も終わった。酒に強い父は大して酔っていなかったけれど、もちろん僕に車の鍵を渡した。

モールを出て腹ごなしに歩こうと父が言い出して、中の店を見て回った。年末は買い物客が多いが歩きにくいほどではなかった。歩いている時も大輔はゲームを続けている。さすがにまずいのではないかと注意しようとした時に、エスカレーターに差し掛かった。彼はスマホから目を離して、動いている階段に足を掛けた。そのときにつま先が段差に当たり、前のめりによろめいた。危ないと思った時に手が出て、彼の腕を摑んでいた。

「大丈夫か」と訊くと、何も言わず頷いた。すぐにまたスマホを見ようとしていたので、叔母が「いい加減にしなさい」と窘《たしな》めた。彼は、エスカレーターに乗っている間、しぶしぶスマホから目を離したが、歩き始めるとまた画面を見るようになった。どうやらゲームをしていないと落ち着かないようだ。

「そんなに面白いゲームなの？」と僕が訊ねると画面から目を離さないまま、

「いや、別に。でもやらないと落ち着かないんだ」と答えた。

「ゲームをやらない日はある？」

「いや、ない……、かな。別に学校の成績は下がってないし、むしろ上がってるし、余計なこと考えずに済むからね」

「余計なことね……」

「なんだよ」と不満そうに言った。こんな風に挑んでくる口調はかつての彼にはなかった。

「その余計なことのなかに、将来の夢も入っているかも知れないな」と僕が言うと、彼はしばらくこちらを見ていた。何を考えているのかは分からなかった。そして、

「ただのストレス解消だよ」

感情を読み取りにくい無機質な声だった。完全に画面の中身に集中していた。そして、熱中するとさらに画面と目との距離が近くなる。ふいに希美が、後ろからスマホを取り上げた。彼は反射的に、

「何すんだよ」とキレたが、彼女は冷めた目で前を見ろと指差した。そこには白杖を持って歩

いている人がいた。彼は、すぐに「ごめん」と謝って手を出した。希美はニヤリと一度笑って、自分のバッグにスマホを入れてしまった。大輔は不安そうな顔をしたが、

「お前が悪い」と父が言ったので、そのまま渋々《しぶしぶ》歩き出した。

大輔がこちらを見た瞬間、ほんのわずかに片目をつぶっているように見えた。僕は思わず彼を呼び止めた。

「何?」とこちらを斜めから見ていた。

「いや、なんでもない。僕はちょっとあの白杖の人を見てくるから、父さんたちと駐車場に行ってて」

「了解。早くしてよ」

と不機嫌そうに彼は言った。

僕は急いで、白杖を持った男性の方に近づいた。さっきから同じ場所を行ったり来たりしていた。行き先を訊ねると、本屋だった。友人にプレゼントをしたいのだと言っていた。僕は本屋まで付き添った後、駐車場に向かい運転席に乗り込んだ。助手席には父が座っていた。

エンジンを掛けて発進させると、

「お前、大人になったな」

と父が言った。

家に帰ると父はまた飲み直していた。相変わらず呆《あき》れるほど酒に強い。叔母と母は二人でお茶を啜り、妹は長風呂《ながぶろ》に浸っている。

そして大輔は、またもスマホを触り続けていた。今日会ってからこの姿しか見ていない。トイレにも持って行くし、ご飯を食べている時以外はすべてスマホの時間になっていた。ときどき肩を回しては目を瞬《しばたた》かせている。僕も退屈になってきて、彼のゲームから注意を逸らすために話しかけた。

「なあ、大輔。どうして野球、辞めちゃったんだ」

改めて訊ねたが、答えはなかった。

彼が野球部を辞めたというのが、どうしても信じられなかった。中学まで続けていて、ずっとピッチャーだった。かなり運動神経が良く、スポーツはたいてい何だってできた。高校でも部活を始めるものだと思っていたのだが、いまは身体全体ではなくて、指だけを動かしている。

「辞めたっていうか、できなくなったんだよ。肩を壊して……」とかすれた声で言った。

「どういうこと?」

「どういうことも何も、そういうこと。高校に入って野球部には入ったけど、二ヵ月で肩を壊して辞めた。ピッチャー以外ならできそうだったけど、俺、ピッチャーにしか興味ないから、もういいやって」

「野球に未練はないの?」と訊くと、不機嫌そうに黙り込んで、答えなくなった。ないわけはないのだろう。小中学時代、彼は野球に熱中して練習を繰り返していた。僕も庭先でよくキャッチボールや投球練習に付き合った。周りは田んぼだらけで広い庭のある家なので、どれくらい練習していても何の問題もなかった。年がら年中、大輔が家にやってきて練習をしているので、父は庭に照明を付けたほどだった。

その大輔が、こうしてスマホばかりを触っているのは異様な光景だった。叔母さんを見ると、やめさせなければならないとは思っているのだろうけれど、声をかけられないでいるようだ。うちの両親もそうだった。大輔は性格的に少し強情なところがあり、へそを曲げてしまうと全く言うことを聞かない。唯一彼を宥めることができたのが、僕で、叔母の視線から「なんとかスマホをやめさせてくれ」とお願いされているような気がしている。さっきから、叔母だけでなく両親もちらちらとこちらをうかがっているのだ。

言われなくても、そうするつもりだった。彼の目には少し気になるところがある。

「なあ、さっきのお小遣いの話、覚えているか?」

と言うと、顔を上げてこちらを見た。僕はニヤリとして、

「僕とボールを地面に落とさず、五十回連続でキャッチボールできたら、お年玉ってことでお小遣い出してもいいよ」と言った。

「ほんと?　いくら?」と訊いてきたので、

「まあ、僕のお給料の範囲内で。まあまあ高校生が遊べるくらいかな」と言うと、眉をひそめた。

「そもそも兄ちゃんは、五十回も続けられるの？　ちゃんとまっすぐ投げられるの」

それは考えていなかった。たぶんできるとは思うけれど、絶対にできるかと言われると自信はない。

「僕が落としてしまったら、ノーカウントでいいよ。変なボールを投げてしまった時も同じ。大輔が普通の捕れそうなボールを五十回連続で捕って、こっちに投げられたらオーケー」

「了解。余裕だよ」

と言って立ち上がった。僕らはグローブを取り広縁から庭に出た。久しぶりに庭の照明を点けると大輔は懐かしそうにあたりを見回した。

「肩が痛いなら無理しなくてもいいぞ」と言うと、

「軽く投げるくらい問題ないよ。兄ちゃんこそ運動不足でなまってないよな」と言われた。

「山登りしたり、重い荷物を持ったりして鍛えているから大丈夫だよ」と言うと不思議そうな顔でこちらを見た。

「視能訓練士って、そんなことまでするの？」

「たまには、ね」と言った時に、大輔はボールを投げた。僕はそれを受け取った。手心を加えて投げているのは、はっきりと分かった。大輔の本気の球はこんな速度ではない。

僕はボールが速くならないように、ゆっくりと弧を描くように投げ、大輔に返した。

一投目。

小気味良い音を立てて、彼はグローブの中にボールを収めた。

「相変わらず、変なフォームだね」と言われた。僕は苦笑いした。またボールは返ってくる。二投目は少し速めに投げた。彼は素早くグローブを構えた。堂に入っている。肩の力は抜けているが、姿勢は沈んだ。表情は硬い。

パスッと、さっきよりも良い音でボールを捕った。そして大輔もさっきよりも速く返してくる。

そして、三投目。ほぼ直線でボールが飛んでいく。だが、僕が投げた球なのでそこまで速くはない。なんせフォームも悪い。大輔は構えを変えた。ボールの軌道は読んでいる。ボールは彼に近づいた。グローブを閉じる。革とボールが重なる音が夜に響くと思われた瞬間に、小さな鈍い音が鳴り、ボールは地面に落ちた。

「あれ?」と大輔は言った。白球が、真っ黒な地面に転がっていた。

彼はしばらく呆然とボールを見つめていたが、ゆっくりと近づき拾い上げると、

「もう一回だけ」と言ってこちらに投げ返した。

「お小遣いはもうなしだぞ」と言うと「分かってるよ」と不機嫌そうに言った。

僕はもう一度、同じような速度で投げた。だが、結果は同じだった。飛んでくるボールを摑むことができない。

「夜だからだな」と彼は言ったけれど、その言い訳には無理があった。ボールははっきりと見えるくらい明るい。これまで数えきれないくらい、こんな暗い夜にキャッチボールをしてきたのだ。明らかに彼に何かが起こっていた。

その後、何度もボールを投げ返したが、彼がボールを捕ることはなかった。風が強くなり、身体が冷えて来たところ、大輔は諦めて家の中に入った。

僕にグローブを渡して、広縁から家に上がっていくときの彼の表情は厳しかった。

気付くとみんなが、彼の様子を見ていた。誰も笑ってはいない。

家の中に入ると、彼は僕らの視線を無視してまたスマホを手に取った。だが、もうそれ以上、目を酷使することは看過できない。僕はスマホを取り上げて、自分のポケットに入れた。

「なにすんだよ」

瞳に怒気が混ざり、輝き始めた。嫌な光だなと思ったけれど、目に関することなら黙っていることはできない。

「すぐに返すよ。でも、あと一つだけ付き合って欲しい」

「なんだよ」

「まず座って、それから、これを見ていて」

と僕は畳の上に彼を座らせて、胸のペンライトを抜くと自分の顔の前に立てた。彼からはキラニャンの顔が見えているはずだ。彼は何も言わず、キラニャンを見つめていた。僕はそれだけでも、また気分が重くなってきた。本当はもうこのカバーアンカバーテストは必要ないかも知れない。それでも納得させるためにはやった方がいいのだろう。

家族は全員黙って、僕がやることを見ていた。彼の身に何かが起こっているのだと気づいている。風呂から上がってきた希美も立ったまま僕らの様子を見守っていた。

「じゃあいくよ」

と僕は片手で彼の目を隠し、瞬時に手を離した。目は壊れた時計のような特徴的な動きをした。ため息を吐きそうになるのをグッとこらえて、ペンライトを持ち替えて反対の目を隠した。彼は何も言わずにじっとこっちを見ていた。

「じゃあ、もう一度」

真剣な声が伝わったのか、彼は唾を飲み込んだ。

瞬時に手を離す。祈るような気持ちで彼の目を見ていた。怪しいところだが、こちらは大丈夫そうだ。

「もういいよ」とペンライトを下ろして、スマホをポケットから取り出して返した。彼はスマホを見なかった。

「なんだったんだよ」と、ぶっきらぼうだが今度は不安そうに訊ねた。

「それは……」と言いかけた時、叔母さんも僕らの近くに座った。続いて家族全員が周りに集まった。全員が黙って僕を見ていた。僕がそれだけ険しい表情をしていたのかも知れない。

「あのな、大輔……」と僕はなるべく優しく冷静に声をかけ、

「いつから、物が二重に見えてる?」と訊ねた。彼は大きく目を見開いた。

「あんた、二重に見えてるの?」と驚いて叔母も訊ねた。彼が歯を食いしばり、僕の視線に押されて、力を解いた。

「だいぶん前から。夏くらいかな。気付いたらなってた」

「頭痛は？」

「ある。いつもだ。実はいつもガンガンする」

「遠くも見えないだろう」と訊ねると彼は黙った。僕は彼から目を逸らさなかった。しばらくして、「見えない」と言って、俯いた。

「まっすぐに僕の目を見て」と言うと、彼は視線を上げて僕の目を見ているつもりらしかった。だが実際には、彼の瞳は右目だけ内側を向いていた。

大輔の目に内斜視があった。

「叔母さん、こっちに来て」と僕は視線を逸らさないまま、手招きした。叔母さんだけじゃなく、全員が僕の背後にやってきた。まず声を上げたのは、父だった。

「おい、大輔。お前、片目が内側向いているぞ」

大輔の目が見開かれた。怯えている、とその瞳を見て思った。彼は目を伏せた。叔母さんは口に手を当てて目に涙を浮かべていた。

「どうして、早く言わなかったの！」

そう言いながら近づくとスマホを取り上げようとした。だが彼は手から離さない。僕は彼の目をまっすぐ見ながら「大輔、分かってるだろう」と呼びかけて手を出した。

彼は抵抗をやめて、静かにスマホから手を離し、僕に渡した。そして、さっきと同じように目を隠すため俯いた。

「恭ちゃん、これどういうことなの？」と叔母さんに訊ねられた。「詳しいことは病院で検査しないと分からないけれど」と前置きして話し始めた。

「大輔は、たぶんスマホ内斜視だよ」

「スマホ内斜視って、そんなのあるの？　これ見てるだけで病気になっちゃうの」と希美が訊ねた。僕は渋々頷いた。

「スマホ内斜視というのは、最近の言葉で、実際には急性内斜視というものなんだけれど、長時間スマホをはじめとしたデジタルデバイスを使い続けることで突然、発症してしまう病気だよ。よっぽど近い距離で小さな画面を長時間見てきたんだろうね。若い人に多いよ」

「なんでこんなことになるの？」

「正確な原因は分かっていない。でも、こうじゃないかって言われている理由はある。さっき言ったみたいに長時間、小さな画面に張り付いていることでなってしまうことは多いみたいだね。その本質は目の筋トレみたいなものなんだよ」

「目の筋トレ？」と全員が眉をひそめた。筋肉と目が結びつかなかったのだろう。だが、実際には目は幾つもの筋肉に支えられて動いている。

「目はそもそも、意識的に外側に向けて開くことは難しい。自分で外側に開ける人がいたらやってみて」と言ったけれど、当然誰もできなかった。僕は説明を続けた。

「でも、内側に向かって物を見る時には皆、寄り目ができるはずだよ。僕らは輻輳《ふくそう》と言ったりすることもあるけれど。とにかく『寄り目』だね」

希美は寄り目をして見せた。「ほんとだ」と声をあげた後、すぐに「なんで？」と訊いた。

この言葉がなぜだか奇妙なほど懐かしかった。昔は分からないことがあるとすぐに、近くにいる誰かに訊きに来ていた。ある時期までそれは僕の役割だった。

「これはね、さっき言った目を動かすための筋肉の問題なんだ。寄り目を可能にするための筋肉を『内直筋』というのだけれど、ちょうど鼻側から目の内側を囲むようについている。この筋肉が縮むことで目を内側に向けているんだよ。目を外側に向ける時は、主にこの筋肉を緩めることが行われている。それで遠くを見ることができるようになる。遠くを見ると目は自然な位置に戻ることになる。寄り目をしなくなるわけだからね」

「ということは、腕みたいな感じ？」と希美は訊いて腕を曲げて見せた。

「まあ、そうかも知れない。内側に向ける時は上腕の力を使うけど、緩める時はだらんと力を抜くだけでいい。厳密にはちょっと違うかも知れないけれどイメージは似ている。で、その筋肉を内側に、寄り目させる方だけに使い続けるとどうなると思う？　毎日何時間も寄り目をひたすら続けたら？」

「毎日寄り目って、毎日腕立てみたいなことだよね……。目の筋肉が鍛えられるよね」

「正解。目の筋肉は鍛えられて、内側に向く動きに習熟してしまう。すると、ちょっとの力でも内側を向くようになってしまうし、そのうちに元に戻らなくなる。当然、筋肉も太くなる。もともとはまっすぐに見るようにできていた目は斜めに付いてしまうことになる」

「そしたらどうなるの？」

「それがいま大輔が陥《おちい》っている症状だよ。物が二重に見える。本来の位置に目が付いていないことになるから頭痛も出てくる。長時間、至近距離で物を見ているせいで強度の近視になっていることもある。これもよくない。とにかくスマホを見続けることでいろんなことが起こる」

そこまで説明すると、叔母さんは口を開いた。

「恭ちゃん、じゃあ大輔はどうしたらいいの？」

「まずはこれが一番だよ」と手に持っているスマホを見せた。

「スマホを止めること。症状が軽い場合は、これで治ることもある。でも症状が重い場合は手術になる場合もある。特殊なメガネをかけて治療する場合もある。選択肢は幾つかあるし、病気の程度による。いずれにしても、病院で検査してもらった方がいい。さっき僕が言った目の筋トレの話だけじゃなくて、脳の病気の時もあるからね」

僕は大輔を見た。彼はうなだれて畳の目を見ていた。

「スマホを長時間見ているだけで、そんな病気になっちゃうんだね。お兄ちゃん詳しいね」

と希美が言った。スマホ内斜視について、詳細に説明できるのは、斜視の訓練のために勉強を続けていたからだった。

それに最近、デジタルデバイスが原因で斜視になる人が増えている。スマホだけでなく携帯型のゲーム機でも同じ症状が表れる子どもや若い人も多い。僕が大学に入った頃は、それほど多い病気ではなかったが、いまは急激に数を増やしている、らしい。まさか、こんなに身近で急性内斜視を発症する人がいるとは思わなかった。それも、ずっとスポーツマンで身体を動かすのが好きだった大輔が手からスマホを離せなくなった。まだ僕らはデジタルデバイスとの上手な距離感を見出せていないのかも知れない。

「大輔、年が明けたらすぐに恭ちゃんのところの病院に行くよ」と叔母が言った。

彼は顔を上げた。僕も驚いた。来てくれるのは構わないけれど、親族に来られるとなんだか少し照れくさい。大輔は答えない。この表情を何度も見た。だがここから一歩踏み出した人だけが、自分を回復させることができるのだ。

家族全員が厳しい目で彼を見ていた。それが彼を苛《さいな》んでいることが痛いほど分かった。こんなときに、何が必要かも分かっていた。それは僕らにとっても着地点であり、スタートでもある。広瀬先輩に一番最初に仕事の基本だと教えられたことだ。

僕は笑顔を作った。彼はその変化に驚いていた。

「大丈夫だよ。病院は僕よりも優しい人達ばかりだから、年が明けたらすぐにおいで」

そう語り掛けると、しばらく僕をじっと見ていた。

それから「分かった」と静かに言った。その言葉を聞いて、僕はスマホを返した。彼はポケットに戻して、目を閉じた。

すると、なぜだか希美が、

「お兄ちゃんすごい！」と言って拍手し始めた。それに、父が続き、

「ほんとだな。最初見た時はなんだか変なキャラクターグッズ着けてるなあと思ったけど、立派な仕事の道具だったんだな。休みの時まで着けてるなんてな」と嬉しそうに言った。

最後に母が、

「恭一も、器用になったね。あんなに手際よくできてしまうのね」としみじみ呟いた。

そんなことを言われたのは生まれて初めてだった。器用にはなっていないけれど、検査はできるようになった。

いまでも不器用でゆっくりだけれど、ゆっくりを繰り返して、いつの間にか早くなった。不器用は丁寧に変わって、迷いは慎重になり、不安は集中力の源になった。

僕の目も手も、医療従事者に変わってきた。

僕は、僕のまま視能訓練士になった。ここに帰ってきてやっと、そんな気がした。

「やっと仕事に慣れてきたんだよ」と、僕は言った。


新年が明けて数日、休みに身体が慣れ始めた頃に仕事が始まった。

千客万来というのが、この仕事ではいいことなのか悪いことなのか、分からない。けれども、休み明けに病院に来る人は多かった。いつもの二倍の人数を広瀬先輩と二人でさばきながら一日が終わろうとした頃、丘本さんから呼ばれた。

「野宮さん、受付にご親族の方が来られてますけど」

と言いながら、ニヤついている。隣にいた剛田さんもだ。

「ノミーの妹さん、めちゃくちゃ美人だな」

と、想像もしなかったことを言った。大人になった彼女はそんなふうに見えるのだろうか。

受付に行くと、大輔と叔母と不自然なほど愛想《あいそう》よく微笑んでいる希美がいた。完璧に化粧をして、白衣よりも白いコートを着ていた。若い人がそんなに訪れることのない空間なのでいやが上にも目を引く。一方、大輔はフードの付いたパーカーの上にジャンパーを着てジーンズをはいている。どこにでもいる高校生の服装だった。こちらは表情も姿勢も固まっている。

僕が近づいていくと、

「おっ、白衣だ」と希美が言った。病院なので当たり前だけれど、看護師とは違い、医師のように見える白衣は予想していなかったのかも知れない。なぜだか叔母さんは、

「恭ちゃん、出世したのね」と見当違いのことを言っている。

「希美までなんで来たの？」とまず最初に浮かんだ疑問を口にすると、

「お父さんが、ぎっくり腰になっちゃって、運転できないんだって。恭一が頑張ってるなら、俺も頑張らないとって、お母さんにずっとせがまれてた家庭菜園を始めてスコップを使ったら、痛めちゃったみたい」

なんだか情景が浮かぶようだった。僕のおっちょこちょいは、案外父の影響かも知れない。

僕は叔母さんから問診票を受け取った。

「恭ちゃん、よろしくね」という言葉と同時に、大輔の肩を叩いた。彼は立ち上がり、他人行儀に、

「よろしくお願いします」と頭を下げた。僕は、

「こちらにどうぞ」と業務的な笑顔で誘導した。

僕が検査室のドアを開けようとした時、向こう側から扉が開いた。

そこには、一日の疲れを満タンに溜《た》めた広瀬先輩と丘本さんが立っていた。背後から、

「うわあ。すごい綺麗な人」と希美の声が聞こえて、先輩の耳がぴくっと動いた。そして、

「あちらが野宮君のご親族の方？」と視線が飛んだ。嫌な予感がする。

「そうです」と訝しみながら返事をすると、

「せっかくだから、仕事場を見て貰ったら？　他にはもう誰もいないし」

「いえいえ、それは駄目ですよ。検査室には機材がいっぱいあるし、ここに関係のない人を入れては……」と言いながら、自分が奇妙なことを言っていることに気が付いた。

彼女たちは、患者さんの付き添いで、僕の親族でもあるので、完璧に関係がないとは言い切れない。考え込んでしまった一瞬に、丘本さんが、

「先生、野宮さんのご親族が一緒に入ってもいいですか？」

と大きな声で訊いてしまった。さらに遠くから大きな声で、

「いいよ〜」と軽い返事が返ってきた。皆、疲れてしまって思考力が低下しているのだろうか。自然、眉間に力が入った。

「そんな顔しない。たまには、ご家族にいいところ見せてみたら」と先輩は言った。

「いいところって、いつも通りのことしかできませんよ」

「それでいいんだよ。どんなときもいつも通りできるのがプロなんだから」

先輩は「こちらにどうぞ」と二人を手招きした。仕方なく、僕も同じように二人を招き入れ

た。希美は、なぜだか小走りでやってきて、叔母さんも笑顔になった。

「いつも、兄がお世話になっております。ご迷惑をお掛けしていると思いますが……」

と言った瞬間に、先輩は、

「迷惑だなんて。野宮君は、これからはこの眼科医院でメインの検査を受け持つ視能訓練士になるんですよ。彼がいなければ、先生も診察ができなくなります」

と冷静な声で告げた。希美は表情を失った。

「嘘でしょ？」と敬語も忘れて、言葉を漏らした。

「本当ですよ。彼こそ、うちの眼科の目です」と笑顔で返した。

家族が来ているので、わざわざ持ち上げてくれているのだと分かってはいるのだけれど、先輩から褒められると、どうしても嬉しさを隠せなかっただろう。希美に声に出さず、

「ほんとに？」と訊ねられた。僕はそれには答えずに、大輔を案内した。

さっきから一言も喋っていない。希美よりも大切なのは、いまは大輔だ。

僕が視力検査用の椅子に案内すると、検査室は静まり返った。右目を隠した検眼枠を彼に装着してもらうと、僕はわざと敬語で、

「輪っかの切れ目を答えてください」と言った。大輔は無表情のまま、右、左、下、上と次々に答えていく。だが、視力はそれほど出ていない。近視が進んでいるのだろう。

さらに、目隠しを左目に入れ替えて、斜視が如実に表れている方の右目の測定を始めた。左目よりも、もっと出なかった。その後の矯正視力も右目マイナス5D。僕は奥歯を噛《か》み締《し》め

た。

感情を隠して、オートレフに案内する。これもいつも通りだ。とくに変わったところはない。顎台を調節し、目を開いてもらい、右、左と測定する。

そして眼圧の検査を始めようとした時、「私あれ苦手なんだよね」と遠くで希美のひそひそ声が聞こえた。その声に答えるように「実は私もなんですよ。でも野宮さんの検査は結構早いんですよ」と丘本さんが言った。僕はなるべく注意と集中を削《そ》がれないように、「まっすぐ赤い光を見ていてくださいね」と伝えた。彼は無言で従ってくれている。

眼圧の左右数回の検査も、問題なく終了し、最後に、もう一度視力検査用の椅子に座ってもらい、実家で行ったカバーアンカバーテストをした。結果は同じだ。

そして、最後にプリズムバーを使った眼位検査を行った。三角錐《かくすい》の細長い透明の棒を目に当てて、左右の目を隠しながら行う検査だ。これによって、どれくらい目の位置がズレているのか正確に測定することができる。結果は、右目で35プリズム。一瞬、息が止まった。半ば予想はしていたが、楽観視できる数値ではなかった。

カルテの記入も終わり、僕が診察室に持って行こうとしたところ、北見先生はすでに立って僕の検査を見ていた。そして、僕を見て、

「終わった？」と訊ねた。「終わりました」と答えて、先生にカルテを渡すと、希美が、

「もう終わり？　あっさりしているね」と言った。

北見先生はそれを聞いて答えた。

「それが大事なことなんだよ。当たり前のことを当たり前にできるようになるまで、何年もかかる。でも、彼は二年かからずにそれを習得した。これは、本当にすごいことですよ。本人はどう思っているか知らないけど、こんなに早く検査を覚えていく人はなかなかいないはずです。私も彼には熱意を感じます」

「熱意ですか？　お兄ちゃんにそんなものあったのかな。なんだか当たり前のことをしているようにしか見えなかったですけど……」

「何にでも対応できる当たり前は、数限りないたくさんの当たり前を経験した後にやっと身に付くんですよ」

希美はしばらく黙った後、

「勉強になります」と殊勝《しゅしょう》に答えて見せた。先生は彼女の表情を見て笑っていた。

大輔は、診察室に案内されて、眼底検査と細隙灯検査を受けた。そして、もう一度、先生のカバーアンカバーテストを受けた。

半暗室で先生と向き合う彼は相変わらず無言だった。

「スマホは一日どれくらい？」と訊ねられて、

「放課後帰ってきて、勉強が終わったらずっとです」と答えた。

「ずっと、と言うと、三時間くらい？」

「寝るまでなので六時間くらいです。休みの日は、十時間以上やっていたと思います」

「そうですか……」と言いながら、問診の内容を確認している。僕があらかじめ、詳細に記入していたので、それを読み込んでいるようだった。

「正直に言って、良くないですね」

と先生は言った。全員が凍《こお》り付《つ》いた。本当に良くない時の声だった。

「若いし、いまはスマホをあまり持っていないと書いてあるから、どうかなって思っていたけれど、あまり楽観視できるような感じではないです」

と、大輔ではなく、叔母さんを見ながら、先生は話している。

「ここまで来ると自然に治っていくとは、考えられないので、手術をおすすめします」

と、叔母さんを見た後、大輔を見つめ、はっきりと言った。それを聞いて彼は、

「手術って……」と、僕と先生を交互に見た。僕は先生の方を見ろ、と目で合図した。先生は説明を始めた。

「平たく言えば、目に麻酔をかけて、眼球を動かしている目の周りの筋肉を切除して縫い直し、位置を調節する手術です。切り方や繋ぎ方はケースバイケースですが、たぶん彼の場合はそれが一番効果的だと思います。一日で終わって、その日に帰れます」

「目の筋肉を切るって、じゃあ目に切れ目を入れるんですか」と潤んだ瞳を指差して、大輔が訊ねた。

答えはイエスだ。

目の表面に切れ目を入れて、筋肉を取り出し切除する。そして、取り出した筋肉をまた縫い付ける。縫い付ける先は、厚さ一ミリにも満たない薄い膜の上だ。どれくらい切って、どれく

らい糸を締め付けて、どの位置に縫うかが手術の成否を決める。手術の時間は比較的短いけれど、僕らには決して簡単そうには見えない。先生は「そんなに難しくないよ」と平気で言っていたけれど、広瀬先輩は否定していた。「決して簡単なわけじゃない」と大真面目な顔をして教えてくれた時のことを思い出した。

「まだ、時間をかけて、何度か正確に数値を測ってから手術という流れになると思いますが、気持ちを決めておいて頂いた方がいいと思います。治療には他の方法もありますが、これから数年後には受験勉強もあるでしょうし、本人も今、大変な生活を送っていると思います。しっかりとした回復を見込むなら、私は手術をした方がいいと思いますよ」

と言った。どこにも嘘は感じられない誠実な声だった。実際に、嘘は言っていない。スマホ内斜視によって、両眼視が失われている今の生活は楽ではないはずだった。今の大輔は、かつての大らかな印象とはかけ離れている。それがこの時期特有のものなのか、内斜視に由来するものなのかは分からない。けれども、彼の生活から健全な視覚が失われていることだけは確かだった。そして、失ったものを取り戻すチャンスを握っているのも、確かなことだった。

僕は彼の肩にそっと手を当てた。

それで十分に伝わると思っていたけれど、彼は震えていた。

「ちょっと、考えさせてください」

と言って、彼は席を立った。力の抜けたゆっくりとした足取りだった。誰も彼を引き止めず、扉は開き、閉じた。叔母は先生に質問を始めたので、僕は彼を追いかけた。

待合室に行くと、彼は椅子に腰かけていた。声をかけるのも躊躇《ためら》われるほどに肩を落としている。ふいにスマホを取り出して、また近い距離でゲームを始めようとした。

制止しようとしたときに、聞き覚えのある足音が聞こえてきた。

音の方を振り向くと、灯ちゃんが立っていた。

「野宮さん、こんばんは！」と大きな声で言って走ってやってきた。大輔もその様子を見て驚いている。彼女が僕の近くに来た後、夕美さんもやってきた。

「すみません。今日は訓練の日じゃないって言ったのに、眼科に来たがってしまって」

僕は足元にいる灯ちゃんを見た。今日もメガネをかけている。大きな目が合うと、歯を見せて笑った。僕はその表情を見て、嬉しくなって彼女の頭を撫でた。そして、ペンライトと同じく胸元に差していた訓練用の度なしのメガネをかけた。

「良かったら、他の人がいませんから訓練していかれませんか。そうすれば、今週はまた来られなくても大丈夫ですから」

と言った。時間的には、まだ余裕があるはずだ。人も途切れている。僕は検査室に一度入って先生の許可を取った。「もちろんOKだよ。せっかく来てくれたんだから」と先生は軽く言った。夕美さんのところに戻ると、

「あのとても嬉しいお申し出なのですが、こちらの方は？」と大輔を見て言った。

「こっちは、僕の従弟の大輔です。お気になさらず。一応診察は終わっていますから。ほら、大輔挨拶をして」と伝えると、状況がよく分からないまま、

「石山《いしやま》大輔です」と頭を下げた。手にはスマホを持ったままだった。すると夕美さんは、

「まあ野宮さんのご親族なのですね。いつも娘がお世話になっております。野宮さんのお陰で、うちの娘は斜視の訓練ができているんですよ」と言った。

「斜視の訓練？　兄ちゃんが……、恭一兄ちゃんがやっているんですか。斜視に詳しい？」

「ええ。喫茶店のイベントの時、偶然ご一緒して、娘を見て斜視を発見して下さったんです。親の私も気付かなかったのに、娘を見てすぐに気付かれて。最初は私も信じられませんでした」

夕美さんは、そう話しながら大輔の目を確認していた。まっすぐに向き合うと彼の目が内斜視になっていることは隠しようがない。

「ほら見てください。こんなノートまで作ってくれたんですよ」と夕美さんは、「みるみるノート」を取り出して大輔に見せた。ノートにはびっしりと僕らの字や数字が書き込まれていた。積み重ねた時間がノートの重さに変わっている。

「訓練って、兄ちゃんは斜視を治せる人なの？」

と僕の方を向いて訊いた。僕は首を振った。

「いいや。治す手伝いをするだけだよ。この子が自分の力と努力で治していくんだ」

と言うと、灯ちゃんは得意げに胸を張った。そして大輔をじっと見ると、

「ねえ、野宮さん。このお兄ちゃんに、アカリは、訓練見せてあげたい。このお兄ちゃんもアカリと同じようにシャシなんでしょ？」

と僕を見上げながら言った。彼女も大輔の斜視を理解しているようだった。彼は斜視を指摘されて口元をきつく結んだ。僕はその様子を見て、夕美さんに向き直り、

「見せてあげても大丈夫でしょうか?」と訊ねた。すると彼女は笑顔で、

「灯、本人がそうしたいと言っていますから」と言ってくれた。僕はすぐに先生に許可を取り、二人を訓練室に案内した。彼は簡易的な椅子と机、おもちゃが雑然と並べられた様子に戸惑っていた。この一年で、眼科の中に保育園ができたみたいだった。

「今日は何をする?」と訊ねると、「箱でお絵描き」と言った。カイロスコープのことだ。

雲母さん直筆のカードが使えるお絵描きが彼女のお気に入りだった。

僕は彼女に絵柄を選んでもらい、真っ白なコピー用紙を置いて、赤鉛筆を渡した。鉛筆を持った灯ちゃんは揚々と描き始める。それでも手元は狂い、キラニャンの顔は歪《ゆが》んでいく。

「このただのお絵描きみたいなのが訓練なの?」

と大輔が言った。その言葉に彼女は反応して、

「じゃあ、やってみて」と赤鉛筆を渡した。ちょうど彼女は絵を写し終えていた。彼は戸惑いながら赤鉛筆を受け取り、僕は紙を取り換えた。内斜視の状態の彼では、この作業は相当に難しいはずだった。案の定、絵を描き上げることはできずにリタイアしてしまった。

「なんでこんな気持ち悪い作業を、あんなに楽しそうにできるの?」

と彼は僕に訊いた。目の状態は違うはずだが、四歳児である彼女と訓練の難しさは変わらないはずだ。僕は、

「それが彼女の努力なんだよ。彼女は立体視を獲得して、視機能を発達させるために眼科に通い、この一年近く訓練してきたんだよ。彼女がかけているメガネも訓練器具だよ」

と言った。灯ちゃんは彼のキラニャンを見て「下手だね。アカリの方が上手」と興味なさそうに言った。その通りだ。彼女はもう、訓練が辛くても投げ出したりしない。

「次はビーズ！」と彼女は自分でビーズの箱を取り出して、訓練を始めた。

「これは大輔もできるからやってみたら」と僕は検査室から検眼枠を持って来て、彼にかけさせた。細かい作業をさせるわけにはいかないので、大ざっぱではあるがプリズムを入れているメガネだ。だが、紐《ひも》をビーズに通し始めるかと思えば、じっと灯ちゃんを見ているだけだ。彼女は、無心になってビーズ遊びをしている。

「頭は痛くならないの？」と彼は訊ねた。灯ちゃんは、丁寧にビーズを一つ入れ終えると、

「なるよ。当たり前だよ」と答えて、一瞬だけ彼を見てから、またビーズに視線を戻した。

「じゃあ、どうしてやってるの？　やめちゃえばいいじゃん」

その言葉を聞いて、彼女は口を尖らせた。その後、彼女はため息を吐いてビーズを置いた。

そして、大輔の方をまっすぐに向くと、

「それで、何が変わるの？」と訊ねた。僕もその言葉を聞いて、息が止まった。

「アカリが訓練をやめて、何かが良くなったりするの？　みんなアカリのためにお休みの日も頑張って出て来てくれてるって言っていた。お母さんだって休みたいのに病院に連れて来てくれる。アカリだって、メガネかけたり、頭痛くなるから細かい作業するのは嫌だったけど、誰

かが元気じゃなくなったら、周りの人も悲しいんだよ。それは駄目でしょ」

と、少し尖った声で言った。彼は黙って彼女の話を聞いていた。返答が何もないことが分かると彼女はまたビーズに戻った。

「アカリにはまだ分からないけど、いつか『りったいし』ができるようになる。『りったいてき』に何かが見えるようになると、いろんなことが変わるって野宮さんが言っていた。それを見てみたいから、アカリは頑張ってる」

とビーズを見つめたまま言った。そして、自分で綺麗に紐を結ぶとビーズの腕輪を作った。前回よりも上手にできている。彼女はそれを大輔に押し付けた。

「だからお兄ちゃんも頑張って。同じシャシだから。きっと治るよ」

と彼女は言って、じっと大輔を見ていた。彼が啞然としたまま、

「ありがとう」と言うと、やっと彼女は微笑んだ。

「よく頑張ったね。今日の訓練は終わりだよ」と彼女に伝えると、また夕美さんの方へ駆けて行った。

彼女がいなくなった訓練室で、

「俺、兄ちゃんの仕事がなんとなく分かったよ」と呟いた。僕も微笑んだ。

「地味だけどね。頑張りがいのある仕事だよ。僕はこの道を選んでよかったと思ってるよ」

「あんなに皆に反対されたのに？」と言った。僕が進路を選んだ時のことを覚えているのだろう。不器用だった僕が技師になると言った時、賛成してくれる人は誰もいなかった。

いまは懐かしい思い出だ。

「そんなことはどうでもいいことなんだよ。自分の道は自分にしか見えないんだ。自分が見たいと思う景色を、自分の目で見に行けばいいんだよ」

その言葉を聞くと彼は、「ありがとう」と言った。それから、

「俺も手術、頑張ってみるよ。治療してみる。あんな小さな子だって『訓練』を頑張ってるんだから」と続けた。彼はビーズを握りしめていた。

彼の瞳に小さな光が宿っていた。それはいま灯ちゃんの瞳に灯っているものとよく似ていた。その光を僕もかつて、自分自身に感じたことがある。

そしてこれからも、それを見つめるために仕事を続けていくのだ。

「大輔。遠くを見て、目を見開いて、夢を見つけるんだぞ」

と彼に言った。彼は静かに頷き、診察室に向かって歩き出した。

診察室では希美と叔母さんが穏やかに談笑していた。大輔の話をしているのかと思えば、僕の話のようだ。先生が、

「ほらね。言った通りでしょう。野宮君に任せておけば大丈夫なんです」

と言いながら希美を見た。そして、彼女は僕と大輔の表情を確認すると、

「お兄ちゃん、ここにいると残念イケメンじゃなくなるね」

と言った。どういう意味かは分からなかった。

ただ、瞳は子どもの頃のように輝いていた。

「では、今日は皆さん、よろしくお願いします」

と夕美さんが頭を下げた。なぜだか、そこで拍手が起こった。場所はブルーバードの前、出野さん宅の駐車場と歩道だった。集まったのは二十人ほどで、ほぼすべて地域の人やブルーバードの常連さんだった。家の前には大きなトラックが停まっている。

梅の花は散った後だったけれど、地面はもう汚れてはいなかった。

今日は出野さんの引っ越しと、夕美さんのお店への改築作業のための掃除にやってきていた。ブルーバードに貼り紙をすると、これだけの人数が集まった。ボランティアの有志だ。

僕ら北見眼科医院のメンバーも集まった。後でやってくる人もいる。先日、斜視手術を終えたばかりの大輔もここに立っていた。体力を持て余している若者に、皆が期待の目を向けている。眼球の後ろに針を刺す球後麻酔を打ったときに、叫び声を上げていたらしいけれど、手術が終わるとケロリとしていた。

立体視が取り戻されて、世界がまた元通りに見えた時、彼は大声で、

「見える！　見えます！　やっぱり、普通に見えるって、いいな」と言った。その感動を忘れてほしくないなと思った。どれほど回復を願っても手に入れられない人達をたくさん見てきたからかも知れない。

「二度目はないからね。このチャンスを大事にするんだよ」

と北見先生にも注意された。

その彼が今日は元気に、力仕事の現場に立っている。剛田さんと彼に視線が集中するのは無理からぬことだ。出野さんが話し始めた。

「皆さん、我が家の引っ越しのために本当にありがとうございます。これまで地域の皆様には大変、ご迷惑をおかけしまして、その上こんなふうにお集まり頂き、どう感謝を申し上げていいか分かりません。本日は、どうか怪我のないように、よろしくお願い致します」

と神妙な面持ちで頭を下げた。出野さんのお宅に関しては、生前の奥さんが人付き合いが良かったことと、あれほどできた奥さんを失《な》くしたら家に帰れなくなるのも無理もないと噂《うわさ》されていたようだ。

「困った時はお互い様だよ」とどこかから声が聞こえた。

「さあ始めよう！　挨拶ばかりしていたら日が暮れてしまうよ」とブルーバードの常連さんの誰かが言って、皆それぞれに動き始めた。集まったのはブルーバードの常連さんでもあるが、眼科の常連さんでもある。年配の方が大半を占めるためだ。

まず常連の方々は庭の掃除から始めるとかで、若く力仕事が可能な僕らが大きな家具を動かすことになった。売り払えるものはあらかた業者に引き取ってもらったから家の中にあるのは、廃棄処分にするか、思い出の品として引っ越し先に持って行くものばかりらしい。

片づけが始まると、夕美さんは全体をゆっくり見まわしながら、出野さんと話を始めた。ど

うやら廃棄処分を検討している家具の中に欲しいものがあったらしく、交渉しているようだ。出野さんは、

「いいよ、いいよ。どうせ捨てるものなんだから、使ってくれた方がいい。遠慮なく欲しいものは言って」と笑っていた。彼の表情もずいぶん朗らかになった。

ついでに丘本さんも、出野さんがもう使わなくなったレンズを大量に受け取っていた。

「今日が人生最良の日です」と抱えきれないほどのレンズを持って言っていた。

家具を運び出し、庭が手入れされ、家の中は広くなっていく。人数が多いと、変化も大きい。

当初半日以上はかかるのではないかと思えていた家の片づけも、昼前には終了する目途がついた。

この引っ越し作業を提案したのは三井さんだった。出野さんは業者を呼んですべて引き取ってもらうと言っていたのだけれど、

「そんな無駄なお金を使わずに、みんなでやったらすぐに終わりますよ。人なら私が集めますから」と強引に決めてしまった。結局、それが正解であることを彼は知っていたのだ。

出野さんの奥さんもお菓子作りが趣味で、品のいいカップ等の食器や調度品、調理器具を大量に持っていた。それらはすべて出野さんにとっては必要のないものだったけれど、夕美さんにとっては宝の山だった。

次々に、選別していく彼女の要望に応えていくうちに、台所のものはほぼすべて夕美さんが

受け取ることになってしまった。

「全部大事に使います。ありがとうございます」と頭を下げた彼女を見て、出野さんは嬉しそうだった。

「あいつが集めたものも、また生きて使ってもらえるんだな」と言った。

トラックがいっぱいになると、彼は剛田さんを連れてリサイクルセンターに向かった。

空にした後、また戻ってくるらしい。

家具を除《の》けた後の埃まみれの家を、外に出ていた常連さんたちが片付け始める。指揮を取っていたのは門村さんだった。ランチタイムまではこちらに来て手伝うらしい。彼の傍には灯ちゃんがいて、彼女も床に落ちたごみを拾ったり、箒《ほうき》を楽しそうに使って床を掃いていた。

夕美さんは、全体の作業を手伝いながらも必要なものと不必要なものをより分けていく。どうやら人を使う才能があるようで、判断も速い。お店は繁盛するような気がした。

片づけが終わり、家具もより分けた頃合いで、大きな道具箱を抱えた年配の方々が家に入ってきた。この人たちも三井さんが集めた別部隊だ。出野さんもいつの間にか帰ってきて隊に加わっている。

引退した大工《だいく》さんや施工技術を持った人たちを、夕美さんが安く雇ったのだ。

「マスターとこんなに小さな可愛いお嬢ちゃんに頼まれちゃなあ」と、嬉しそうに頬を緩めたお爺《じい》ちゃん達は、せっせと働き始めた。中にはまだまだ現役で働いている方もいるらしく材料の調達などでも活躍してくれたそうだ。

店の設計図は出野さんと一緒に考えたと言っていた。この段階に来ると僕たちの出番はほとんどなく、家が改装されていく様子を呆然と眺めていた。

「兄ちゃん、これほんとに知り合いだけで作ってるの？　すごいね」といつの間にか隣に立った大輔が言った。もうパンダのような青痣《あおあざ》はない。

「そうらしいね。ほとんど皆、眼科に来たことのある人ばかりだよ。近所の人たちだからね。こんなに頼りになる人たちに囲まれていたんだって、驚いているよ」

僕は至極当たり前のことを口にしていた。僕らが力を最大限発揮し、技術を駆使できるのは、病院の中だけなのだ。そこから一歩外に出れば、別の世界が広がっていて、別の方法で誰かが助け合い、生きる場所を作り上げている。

「立派な人たちだね」と彼が言った。僕は頷いた。疑う余地はなかった。

皆が一つの景観の完成を夢見て、動いていた。

ふいに、ドンと大きな音がして、人が倒れる鈍い音が続いた。僕らは慌てて音の方へ向かうと、夕美さんが玄関の近くで尻《しり》もちをついていた。

「大丈夫ですか？」

と駆け寄ると、板に額を打ちつけているのが分かった。

「今、一緒に壁の板を引っぺがしていたら、勢い余って頭に板をぶつけちまったんだよ。麻木さん、大丈夫かい？」と出野さんが言い、「ママ」と灯ちゃんが駆け寄った。彼女は抱き着いてきた灯ちゃんを見て、視線を尖らせた。

「どうしましたか?」と僕が訊ねると、右、左と片目ずつ目を開けたり閉じたりした。そして、僕を見た。

「野宮さん、私、目が変かも知れないです」と彼女は言った。

僕は急いで胸からペンライトを取り出し、瞳に光を当てた。右目を隠して光を上下左右に当てた。外側から見る限り、おかしなところはない。次に左目を隠し上下左右に当てた。すると「あっ」と声が聞こえた。

「あの、いま気付いたのですが、私、左目がおかしいです。下側に白いカーテンが掛かっているみたいに見えます」

と言った。まずい、とすぐに思った。僕は丘本さんに、

「北見先生にすぐに電話してもらえますか。網膜剝離《はくり》かもです。確か、もう少ししたらここに来てくれる予定でしたよね?」

と訊ねると、剛田さんが、

「さっき、病院の花壇の雑草を抜いていたよ。もうすぐ来るって言いながら。俺、いまから走って行ってこようか」と言った。

「いえ、剛田さんは車を取って来てもらえますか。走るのは、大輔が行きます。今から先生に病院開けてもらって検査しましょう。たぶん開けてもらえると思うから」

「了解。さすが頼りになるね」

「という訳で、頼んだ。行ってくれ」

と大輔に言うと彼は頷いて玄関から飛び出した。走れば北見眼科医院までは五分だ。剛田さんは慌てず外に出て、ブルーバードの駐車場に車を取りに行った。僕と丘本さんは二人で彼女をそっと歩かせた。灯ちゃんと門村さんもついてきた。

車の後部座席に乗り込む時、寂しそうに、

「やっぱり、私は駄目ですね。うまくいっていたと思ったら、あと少しのところで何もかも壊れてしまう」

と言った。瞳にはまた雨雲が集まり始めた。丘本さんは何も言わず隣に乗った。僕は門村さんに病院まで灯ちゃんを連れて来てもらうようにお願いした。彼女も心配そうだったけれど、全員は乗れない。二人は、病院に向かってゆっくりと歩き出した。

僕が扉を閉めると、剛田さんはゆっくりと車を出した。振動や衝撃を与えないように丁寧に運転していることが分かった。

病院にはすぐに到着した。病院の前では、大輔と北見先生が真剣な様子で話していた。先生は長靴を履いて、軍手を付けていた。剛田さんの言葉通り、先生は花壇の雑草を抜いていたようだ。僕が車から降りて事情を説明すると、

「じゃあ検査しようか」といつもと同じ冷静な声で、ゆっくりと病院の中に入っていった。僕は剛田さんと丘本さんに夕美さんをお願いして、院内へ続いた。

僕は手を洗い、検査室の明かりをつけた。先生もスリットランプの電源を入れて診察用の運動靴に履き替えた。

「慌てて引っ越しの手伝いに向かわなくて良かったね」と先生は言った。笑ってはいなかった。「OCTも立ち上げておいて」と先生に言われて、僕は検査室へ向かった。

彼女が検査室に入ってくると、僕はすぐにOCTの前へ案内した。OCT（光干渉断層計）は、目の断面図を見せてしまう機械だ。大きなデスクトップ型のパソコンに似ている。夕美さんの目の中を覗いてみると、見事に左の上側の網膜が剝《は》がれているのが確認できた。

重ねられた幾つもの線の中で一ヵ所だけが盛り上がっていた。大地を縦にスライスして地殻の断層を眺めた写真で、一部だけが隆起しているような状態だ。衝撃は、彼女の人生を通して積み重ねられたものなのだろう。

僕は画像をプリントアウトするとそのまま診察室へ案内した。

先生はOCTの結果を確認して、口を固く結んだ後、

「ちょっと前から、見え方に違いはなかったですか？」と訊いた。

彼女は診察室の椅子に座りながら、

「目の中に虫がいるっていうんでしょうか、筋のような、あれなんて言うんでしたっけ？」

「飛蚊症ですか？」

「そうです。それが増えたような気がしていました。あとは目のかすみ。疲れだと思っていました。今は白いカーテンが掛かったみたいになって、見えないです。左下側です」

「そうですか、ちょっと見てみましょう。顎をここに載せて。OCTの通りですね。あっ、これは剝がれてますね。野宮君の言った通りですよ。網膜剝離です。頭をぶつけたと聞きました

が、その衝撃で剝がれちゃったのですね」

彼女は驚いた。首を振ろうとしたので、僕らは慌てて止めた。

「でも、そんなに強くぶつかっていないです、少し打った程度で。びっくりして尻もちをついてしまっただけです」

「もともと剝がれかけていたところに衝撃が加わって、網膜剝離を起こしたんだと思いますよ。消しゴムが目に当たって網膜剝離になってしまった人も過去にいました。起こる時には起きてしまうんですよ」

と穏やかに先生は言った。

「でもまあ、これなら悪い剝がれ方じゃないですよ。今日は日曜日ですから、一日安静にして、明日大きな病院に行ってください。手術になって、入院になると思いますよ」

「それは困ります！」と夕美さんは言った。大きな声だった。

僕らはすぐに彼女の言葉の意味を理解した。

「気持ちは分かりますが、今日は絶対に安静にして、枕《まくら》なしで寝ておいてください。下手に動いて網膜がより複雑な剝がれ方をした場合、問題が起こります。網膜とは目の中のフィルムそのものです。とても薄く繊細な膜で、目の奥にあります。完全に壊れてしまった場合、手の施しようがなくなってしまいます」

「ですが、今日は皆さんが私たちのために頑張ってくださっています。私だけ家に帰るわけにはいきません」

僕らは夕美さんの性格を熟知していた。どんな困難にも耐え、一途《いちず》で、無茶をするけれど嘘がない。穏やかな見かけの印象とはかけ離れた体当たり型の人だ。責任感も強い。頑張ることが、いつも当たり前になってしまっている。

そして、一度言い出すとテコでも動かない。強情さは母娘《おやこ》でそっくりだった。

彼女はまた、冷たい雨に独りで耐えるのだろうか。瞳の中にはそんな景色が広がっていた。

半分泣き出しそうな表情で先生は夕美さんを見ていた。彼女を説得する言葉を探しているのだろう。

いつもなら、僕らはここで沈黙する。踏み越えられない一線が、そこにあるからだ。

だが、僕らは夕美さんを知っていた。彼女も僕らを知っている。

だからこそ言えることがあった。その言葉を呟いたのは、灯ちゃんだった。

「ママ、そんなこと言わないで。大丈夫だよ」

彼女は振り向いた。そこには丘本さんと剛田さんに付き添われた灯ちゃんが立っていた。

「ママ、もう大丈夫だよ。一人で頑張らなくても、みんながいる。もう、一人で何もかもしないで」

「灯、でもママには責任があるから……」

「ママ、もう頑張らないで！」と彼女は泣き出して、夕美さんに抱き着いた。

僕はその光景を見ていて、なぜだか、涙が溢れてきた。

それこそが、僕らが夕美さんにずっと伝えたかったことなのかも知れない。でも、ここにいる誰もが、それを上手く伝えることができなかった。僕らこそが、彼女にその頑張りを強いてきたはずだからだ。

「夕美さん、灯ちゃんの言う通りです。大丈夫です。今日が駄目でも、何度でも、僕らは力を貸します」

「でも、いま止めてしまったら、また壊れてしまうから。やっとここまで来たのに、駄目になってしまうから……」

僕は彼女の瞳を見つめた。そこには、半暗室の薄い光が宿っていた。その光は、彼女の心には届かない。ただ暗さを際立たせているだけだった。夜の深い川を流れる黒いうねりのようでもあった。彼女は過去を見ていたのだろうか。

少なくとも僕らを見ているわけではなかった。自分のなすべきことだけが、瞳に映っていた。

僕は静かに首を振って、視線を逸らし、灯ちゃんを見た。そして、もう一度、彼女の目を見た。違う、と思った。幸福を選び取るのに必要なものは、覚悟ではなく希望だ。

二つの目に宿る光が、必要なのだと思えた。

僕は息を吸い込んだ。そして、

「夕美さん、立ち止まることで得てきたものだってあったはずです。だから、大丈夫です。これからを、未来を見るために、休んでください」と言った。

言葉にしながら、声が震えていた。どうして自分が泣いているのか分からなかった。だが、考えなくても分かることだった。

「いま、やっとすべてがうまく行き始めたんですよ。まだ何も壊れてないんです。いまから、何もかもを創り上げていくんですよ」

「壊れてない……」と、か細く彼女の声が響いた。

「そうです。そのために、今日まであったんですよ」

と、僕は言った。そうとしか思えなかった。そして、灯ちゃんも泣き出し、メガネを外した。夕美さんは彼女から手渡されたメガネを受け取り、彼女を膝に抱えた。彼女は夕美さんの肩にしがみつきながら、

「ママが目を治さなかったら、アカリも訓練止めちゃうからね。アカリ、ママと一緒にお店がやりたくて、一生懸命、目を治してたんだから！」

と、さらに大声で泣いている。

この一年間のすべての瞬間が脳裏をよぎった。僕らは夕美さんをじっと見つめていた。言葉はもう要らなかった。彼女の瞳は、潤み、溶けていった。川は流れ、雨は晴れる。灯ちゃんは夕美さんから身体を離した。夕美さんの視線の先には灯ちゃんがいた。強い光を瞳に宿した少女がいた。

いま彼女の目は、まっすぐに前を向いている。夕美さんを捉えている。

二人の瞳に輝きが戻っていった。

大きなため息が聞こえた後、

「分かりました。どうぞ、よろしくお願いします」

と彼女は言った。しがみついていた灯ちゃんは腕を緩めて、夕美さんの顔を見て、「ママ、きっと大丈夫だからね」と言った。メガネを外した灯ちゃんは、夕美さんにそっくりだった。


先生は、頷いて立ち上がり、病院用の運動靴をまた長靴に履き替えながら、

「紹介状を書きますので、後ほど受けとってください。そして、明日の朝一番に大学病院に行ってください。後のことは、問題ないですよ。私もいまから、お宅のお庭の手入れに行きます。こう見えても草花を扱うのも得意なんですよ。むしろお願いしてやらせてもらいたいくらい」


と言って笑った。

「先生いつも、花壇にお水やっていて遅刻してきますものね」と丘本さんが言った。

夕美さんもやっと笑ってくれた。

その時になって、僕は灯ちゃんが、夕美さんと同じくらい優しい目をしていることに気が付いた。

かつて見たことのない彼女の瞳がそこにあった。

そのまま一ヵ月半が過ぎ、桜の季節になった。

春風の心地よい午後、今日も僕は、灯ちゃんの訓練を行っていた。

すでに成長と回復は重なり始め、彼女は訓練を楽しんでいた。先日メガネを作り替えた時、土浦さんが彼女の記録を確認したのだろう。僕ら宛《あ》てに「希望が見えてきましたね」と書き込んでくれた。夕美さんの手術も無事成功し、二人は元気に春を迎えた。先生と丘本さんは、いま鎌田さんの白内障手術に入っている。

「知り合いの手術をするのは、いつもより緊張する」と先生は言っていた。一方で鎌田さんは、元気だ。手術室に入る前にすれ違った時「訓練の調子はどう?」と訊ねられた。

「今日も今から訓練です」と答えただけで「大丈夫そうね」と言われた。なぜ分かるのかと思い彼女を見ると「いい笑顔よ。いい視能訓練士の顔」と教えてくれた。

僕は今日の訓練の様子と検査結果を、隣で塗り絵をしていた灯ちゃんの横で書き終えた。

「もう終わった? アカリも訓練、終わってもいいかな」と訊ねられ、

「お待たせ。じゃあ行こうか」と伝えた。彼女は椅子から飛び跳ねるように下りた。

待合室に向かったけれど、今日は夕美さんはいない。僕は白衣の上にパーカーを羽織って外に出た。灯ちゃんは自然に僕と手を繋いだ。

この道も何度歩いたか分からない。お店までは、目を閉じていてもたどり着けそうだ。

しばらくすると人だかりが見えた。明るい声が幾重にも重なって、その一角だけお祭りのような雰囲気になっていた。

ゆっくりと近づいていくと、見覚えのある人影がある。サッカーボールを背負った小さな背中が飛び跳ねている。

「渉君、久しぶり！」と声をかけた。彼は周りを見渡して僕を探す。何度か首を回して、近づいて行った僕を見つけた。

「視能訓練士のお兄ちゃん！」と叫びながら近づいてきた。

「久しぶり、元気だったかい？　君もお店のプレオープンに来たの」

手には大きなクッキーを持っていた。

「近くに新しい焼き菓子屋さんができて、無料でお菓子が配られるって聞いて来たんだ。こんな美味しいクッキー食べたことないよ。しかも形もめちゃくちゃ可愛い。キラニャンみたいだよ」と言った。

そう。彼が手にしているのは夕美さんのお店のクッキーだ。地域の人への感謝と宣伝のために、無料で配っているのだ。人だかりは、ブルーバードの常連さんと地域の方々だ。そしてその人たちが宣伝した人たちだ。

「最近、勉強はどう？」と訊ねると、

「頑張ってるよ。漢字もたくさん覚えた。毎日いろんなもの見てる。楽しいよ！」

と以前と同じ元気な声で言って、僕を眩しそうに見た。

「そっか、良かったよ。これからも時々眼科で会おう。僕も渉君を応援しているよ」と言うと、「それはこっちの台詞だよ」と言われた。その通りかも知れない。

人込みを掻き分けて歩いていると、灯ちゃんが、「さっきの子は誰？　目が見えないの」と訊いてきた。僕は頷きそうになったけれど、首を振った。

「いいや。彼の世界を見ているよ。僕はそれを彼に教えてもらったんだ」

それを聞いた彼女は「キラキラした瞳で美味しいって言ってくれたね」と笑顔になった。

人が予想以上に増えていて、彼女を庇いきれなくなったので僕は彼女を持ち上げて肩車した。すると、

「あっ！　あそこに剛田さんとキラニャンお姉さんだ！」と頭の上で指差した。差された方を見ると、雲母さんが剛田さんにクッキーを食べさせていた。剛田さんは顔を真っ赤にしながらも幸せそうに微笑んでいる。雲母さんはこちらに気付いて手を振った。僕は手を振り返せないので、灯ちゃんが手を振り、

「キラニャンお姉さんありがとう！　また漫画描いてね～」と大声で叫んだ。視線が二人に集まり、彼女は驚いて剛田さんに寄り添った。彼はさらに顔が赤くなった。だが、答えを待っている灯ちゃんに気が付くと雲母さんは、

「灯ちゃん！　私も治療を頑張って漫画描くからね。お店も頑張ってね！」

と大声で言った。その瞬間、視線は一気に肩車の彼女に移った。誰かが雲母さんにも負けないくらいの大声で、「開店、おめでとう！」と叫んだ。

それを機に人だかりが割れて、拍手が起こった。

お店までの一本道が僕らのために開かれた。拍手は続いていく。誰もが気付いたのだ。僕は

一歩ずつ入り口まで、歩いて行った。祝福の声は止まない。

お店の前に到着して、僕らは巨大な看板の前に立った。

『洋菓子　あかり屋』

それが夕美さんが店に付けた名前だった。そう、今日の主役は灯ちゃんだった。

店の前に立つと彼女は僕の肩から下りた。

「野宮さん、ちょっと待っててね」と言うと、彼女は慌てて店の中に入り、エプロンをつけた夕美さんの手を引いて出てきた。小さな紙の箱を持っている。

「開店おめでとうございます」と僕が頭を下げると、夕美さんも深々と頭を下げた。

「何もかも、皆さんと野宮さんのお陰です。灯のためにも力を尽くしてくださって、ありがとうございます。こんなにたくさんの人が来てくださるなんて私、思いもしなくて……」と涙声で言った。

「ちょっと、顔を上げてください。皆、見てますよ」と慌てて言うと、灯ちゃんが夕美さんから紙の箱を取り上げて「お礼！」と言って箱を突き出した。

「お礼？」と僕が訊き返すと、

「アカリが作ったの。頑張ったんだよ」と言った。夕美さんが代わりに説明を続けた。

「灯が自分の手でアイシングクッキーを作ったんです。貰ってやってください」

と灯ちゃんの手に自分の手を添えて差し出した。

僕は真っ白な紙の箱を二人の手から受け取った。小さなリボンもかかっている。

「開けて」と灯ちゃんが言ったので、僕はその場で開けた。

すると、そこには僕が胸に差しているキラニャンを模したクッキーがあった。他には白衣を着た僕の顔をかたどったようなクッキーも入っていた。とても素人が作ったようには見えない。まして、五歳の子どもが作ったとは信じられない。

「これを灯ちゃんが？」と訊ねると「当然でしょ」と彼女は笑顔になった。

「何度も、野宮さんのためにって作り直して今の形になったんです。私もこんなに上手にできるとは思いませんでした。訓練の成果ですね」と夕美さんは言った。

僕はクッキーを持ち上げた。まさにそうだ。これだけの造形を集中して作るのはかなりの根気のいる作業だったろう。

僕の形のクッキーの裏側には、チョコレートで文字が書かれていた。その文字が目に入った時、僕の視界がゆっくりと滲んで見えなくなっていくのが分かった。拙《つたな》い字だけれど、一生懸命に書いてあった。簡単な言葉だった。それでも、一生忘れられない言葉だった。そこには、二枚に分けて、『ノミヤさん　ありがとう』と記されていた。チョコレートの線は丸く歪んでいる。

「ありがとうございます」と僕がお礼を言った声は、拍手で掻き消された。

灯ちゃんが僕に抱き着いて、僕はクッキーを落としそうになった。その手を夕美さんが取って、揺れると、クッキーは宙を舞った。

その一瞬に気付いた灯ちゃんが、空中のクッキーに手を伸ばした。

そして、取った。

僕はその瞬間を、ずっと忘れないだろうと思った。

立体視だ。

彼女は三次元の世界を捉えていた。彼女はクッキーを摑んだ。

何もかもがゆっくりと見える。

小さな手に握られたクッキーが、輝いて見えた。

「とれた」と彼女は、口を半開きにして言った。そして、

「見えたよ。いま見えた。世界が見えたよ。なんで気付かなかったんだろう」と、目を大きく見開いて言った。僕は、

「そうだよ。それが世界だよ」と、彼女に言った。

ずっとそれを伝えたかったのだ。

「本当だね。魔法みたいに、綺麗だね」

と、彼女は手に持ったクッキーをじっと眺めていた。

彼女の瞳が何を見つめているのか、僕は気付いていた。それを見つめるために、今日までの時間があったのだ。

「世界が見えるって、本当に素敵なことだね」

と彼女の声が響いた。

白い箱を抱えて北見眼科医院に戻ると、検査室に誰かいる気配がした。

扉を開けると、そこには広瀬先輩が立っていた。視力検査表をじっと見ていた。

「先輩」と声をかけると、こちらを向いた。

「ああ、野宮君か。訓練お疲れさま」と寂しそうに笑った。

「先生の手術、終わったんですか？」

「ええ。さっき終わって、先生も丘本さんも『あかり屋』さんの方へ歩いて行ったよ。すれ違わなかった？」

「いえ、あまりにも人が多かったものですから」

「そっか。大盛況だね」

「今日ですよね？」と僕が訊くと「そうだね」と返ってきた。

今日が広瀬先輩の最後の勤務日でもあった。来週からは、新しい視能訓練士が入ってくるらしい。

「ずいぶん、長くいたから、なんだか寂しくなっちゃってね」

「僕も先輩がいなくなるとか、信じられないです」と言うと、彼女は笑った。

「もっと仕事しやすくなるかもよ」

「それはないです。まだまだ教わらなければならないことばかりです」

「そんな顔しない。野宮君は訓練までできる立派な視能訓練士なんだから、少しは自信を持たないと。そうだ、せっかくだから、視力検査してみない？」

僕は視力検査表を見た。これまで何度も先輩と練習のために使ってきた。彼女の視力の数値も知っている。だが、僕は「やりましょう」と言って位置に着いた。クッキーの箱を椅子に置いてスタンバイした。彼女も椅子に座った。

僕も彼女も視力検査表を眺めていた。視能訓練士にとって、最も簡単そうに見えて、実は奥深いのがこの視力検査だ。あらゆるパターンの患者さんの視力検査の方法を、先輩に叩き込まれた。最も重要なものが、観察であることも教えてもらった。

無線式のコントローラーを握り、最初のランドルト環を触る指先が震えていた。最初はCと同じ向きの形だ。先輩は視力が良いから、きっとこの時間もすぐに終わってしまう。

視力検査を始められないでいると、

「深呼吸して、落ち着いて」と言われた。それから、

「自信と不安の間でバランスを取って、患者さんをよく観察して、笑顔で。ゆっくり、正確に。それを少しずつ速く……」とこれまで言われてきたアドバイスを繰り返した。

僕は先輩の声を聞き頷いて、視力検査を始めた。「右、左、下、右……」と先輩の声が響いていく。両眼とも視力検査は瞬く間に終わった。

検眼枠を付けようとした時、

「合格」と彼女は言った。それから、僕の胸のペンライトを指差した。僕は、

「本当に、感謝しています」と言って、彼女に検眼枠をかけた。けれども彼女はその検眼枠を

外して立ち上がった。

僕らの視線は重なった。

「教えたいことは、まだまだ山ほどあるけど、それはまた次の機会に。もう、ここを任せても大丈夫かな」

彼女の声はかすれていた。そのとき僕の頭にひらめいた言葉は、これまでの僕では決して思いつくことのできないものだった。

「任せてください。僕も視能訓練士ですから」

そう伝えると、彼女はやっと微笑んでくれた。

「じゃあ今度は卒業祝いだね。探すの大変だったから大事にね」と言って、新品のキラニャンのペンライトを渡してくれた。今日の日のために渡さずにいたんだよ。

「ありがとうございます」と頭を下げると、背後で扉が開く音がして、

「あれ、二人で何やってるの。また練習?」と声が聞こえた。僕らが振り返ると、両手に持ちきれないほどのクッキーを握った先生が立っていた。その後ろには丘本さんもいる。

「送別会、ちょっと早いけど、ブルーバードの三井さんが、もう来ていいよって言ってたよ。そうしないと、あかり屋のお客さんたちが雪崩《なだ》れ込《こ》んできてしまって座れなくなるかもって」

「なら用意してすぐに行きます」

と、僕と広瀬先輩は更衣室に向かった。服を着替えて、また外に出た。先生は戸締まりに戻って来てくれたようだった。通りは遠くからも見えるほど混雑していた。

僕らはなんとか人込みを掻き分けて、ブルーバードに入った。

店内では三井さんがテーブルを用意して待っていてくれた。いつもより人は多いけれど、まだまだ座ることはできそうだ。

「いらっしゃいませ。お待ちしておりました」と声が聞こえるほど、店内は落ち着いている。外の喧騒《けんそう》が壁越しに聞こえ、店内も少し明るく思える。

「店の前に人の流れができそうですね」と北見先生が言うと、

「ほんと、その通りですね。ブルーバードとあかり屋さん。二つとも支え合って地域の皆さんに愛されていけたらいいなあと思っています。そうそう、野宮さん、さっき出野さんが、お店の前で、また最高の写真が撮れたって言っていましたよ」

と言われた。僕はあの喧騒の中にいた彼の姿を想像した。たぶん、僕らが手を取り合っていたときの写真だろうなと思った。彼もまた自分が選び信じたものを続けている。

「ちょっと早いけど、じゃあ始めましょう」と先生が言うと同時に、剛田さんが店に駆け込んできた。

「お待たせしました」と言った顔は、いつもよりもさらに元気そうだった。それに続いて、門村さんも店に帰ってきてエプロンを着けて、料理の準備を始めた。

料理が運ばれ、全員にグラスが配られ、彼がワインを注いで回ってくれた。僕の番になった時、

「野宮さん、ありがとうございます」と彼が言った。何のことか分からず、首をかしげると、

「灯ちゃんの目、すごく良くなっているんでしょ？　顔つきを見ていると分かります。夕美さんも本当に幸せそうです。僕らも彼女たちの辛そうな姿を見ていられなかったから。去年のあのイベントの日、野宮さんがここにいてくれて本当に良かったです」

と言ってくれた。ワインは溢れるほどに注いでくれている。僕はあの日を懐かしく思い出した。あの日のたった一度のヒルシュベルク法の検査が、こんな未来に繋がるなんて思いもしなかった。

「それに私も実は、マスターからこのお店を引き継ぐことになりました。皆さんのお仕事と支えがあって僕らは働けています。そのお礼でもあります。今日は楽しんでいってください」

彼はボトルを置いて、ピアノに向かった。曲はあの日弾いていた『きらきら星』だ。訓練中に何度も聴いて来たのに、僕らは会話を止めて耳を澄ませていた。

「きらきら星かあ。本当に私たちにふさわしい曲かも知れないね」と先生は言った。

「どういうことですか？」と僕が訊ねると、

「長い間、眼科の医療に携わって来たけれど、瞳というのは夜空に浮かぶ星のようだなと思うんだよ。身体の中で唯一、皮膚に覆われず外界に露出している臓器。でもその活動は、見えないように覆われた身体すべての機能と関わり、結びついている。星と星が見えない力で結びついているように。そして何より、光を感受し輝いて、遠い未来を見せる美しい器官だ。私たちは、皆の小さな星を守るために仕事しているんだって思うんだよ。そして野宮君、君は小さな星がまた輝けるように訓練したんだ」

「小さな星の訓練……」
先生は微笑んだ。曲の一番が終わったとき、
「じゃあ、広瀬さんの新たな門出を祝って！」
と先生がグラスを掲げた。僕らは乾杯し、グラスをふれあわせた。広瀬先輩は味わうように
ゆっくりとグラスに口を付けた。彼女の隣にいた丘本さんが、
「でも、広瀬さんがいなくなっちゃったら寂しくなりますね。いつか写真のモデルさんをお願
いしようと思ってたのに」と言った。すると、
「いなくならないよ」と彼女は平然と言った。
「え？」と自分でも信じられないほど、大きな声が漏れた。彼女は笑っている。
「私、いなくならないよ。退職はするけど、代わりの人も見つからないからパートタイムで、
まだまだ北見眼科医院に来てくれって、さっき先生に口説かれちゃった」
先生を見ると、舌を出して笑っていた。
「ごめんね。新しい視能訓練士さん、広瀬さんくらい何でもできる人が見つからなかったんだ
よ。だからまだまだしばらくは、うちに来てもらおうと思って。ずっと見つからなければ、大
学院が終わった後もまた戻ってきてくれるかも知れないし」
信じられない、という顔で二人を見ていたのは、丘本さんだけではなかったはずだ。僕らは
二人を見比べていた。
「じゃあこれは送別会じゃないんじゃないですか？」と丘本さんが言った。

「厳密に言うと違うよね。野宮君の一年間の労をねぎらう慰労会だね。あとは我々の未来に」

きらきら星はさらに白熱し、音量を上げていく。

僕は皆の瞳を、一人ずつ眺めた。それぞれの瞳が、お互いの瞳の光を受けて、輝いている。

たった11ミリの小さな二つの星が、同じ光を見ていた。

いつまでも見つめていたいと願う光が、そこにあった。

前口径約24ミリ、重量約7・5グラム、容積約6・5ミリリットルの中に宿る光に、僕は遠い未来を見ていた。

主要参考文献および資料

『視能学 第1版』 丸尾敏夫・久保田伸枝・深井小久子編 文光堂
『眼科ケアVol・25 No・2』 メディカ出版
『眼科ケアVol・25 No・6』 メディカ出版
『目の見えない人は世界をどう見ているのか』 伊藤亜紗 光文社新書
『ヒトの目、驚異の進化 視覚革命が文明を生んだ』 マーク・チャンギージー著 柴田裕之訳 早川書房

日本弱視斜視学会ウェブサイト「外斜視」 https://www.jasa-web.jp/general/medical-list/strabismus/strabismus2
みるみるネットウェブサイト https://mirumirunet.com/about/index.html
日本眼科医会ウェブサイト https://www.gankaikai.or.jp/lowvision/index.html
日本視能訓練士協会ウェブサイト https://www.jaco.or.jp/ippan/shinou/
日本眼科学会ウェブサイト https://www.nichigan.or.jp/public/disease/

本書は書き下ろしです。

監修

東　淳一郎

日本眼科学会専門医

ひがし眼科耳鼻咽喉科医院　院長

砥上裕將
とがみ・ひろまさ

1984年生まれ、水墨画家。『線は、僕を描く』で第59回メフィスト賞を受賞しデビュー。他の著作に『7.5グラムの奇跡』『一線の湖』がある。

11ミリのふたつ星《ぼし》　～視能訓練士《しのうくんれんし》　野宮恭一《のみやきょういち》～

二〇二四年一二月一六日　第一刷発行

著者……………砥上裕將《とがみひろまさ》
発行者…………篠木和久
発行所…………株式会社講談社
東京都文京区音羽二-一二-二一
郵便番号　一一二-八〇〇一
電話　出版　〇三（五三九五）三五〇六
販売　〇三（五三九五）五八一七
業務　〇三（五三九五）三六一五

本文データ制作……講談社デジタル製作
印刷所…………株式会社ＫＰＳプロダクツ
製本所…………株式会社国宝社

ISBN978-4-06-537602-7
N.D.C.913　366p　19cm

KODANSHA

「向日葵図《ひまわりず》」